W0025167

MIA WILLIAMS

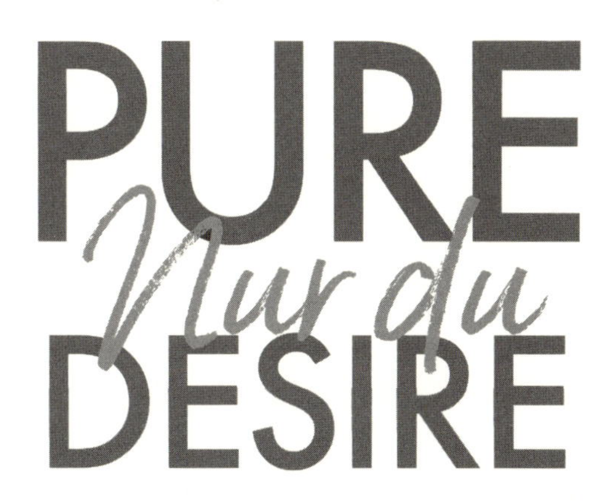


BAND 1

*Roman*

FISCHER Taschenbuch

Originalausgabe

Erschienen bei FISCHER Taschenbuch
Frankfurt am Main, November 2018


Dieses Werk wurde vermittelt durch die Literarische Agentur
Thomas Schlück GmbH, 30827 Garbsen

Satz: Pinkuin Satz und Datentechnik, Berlin
Druck und Bindung: CPI books GmbH, Leck
Printed in Germany
ISBN 978-3-596-70291-6

# Kapitel 1

Mein Leben läuft nicht nach Plan. Das ist nichts Neues für mich. Viele Tage sind so, seitdem meine kleine Schwester Amber es sich im Epizentrum ihrer Pubertät gemütlich gemacht hat und ich durch den Tod meiner Eltern zum Familienoberhaupt eines liebenswerten, aber chaotischen Haufens aus fünf Schwestern geworden bin. Es ist verdammt schwer, unser Nesthäkchen davon abzuhalten, sich durch irgendwelche waghalsigen Aktionen umzubringen.

Eher unwillig verlasse ich den Platz unter der Patchworkdecke in meinem Bett, wo ein warmes Rechteck aus Sonnenlicht zum Verweilen einlädt, und schlurfe über den Dielenboden zum Bad. Ich spüre die Astlöcher unter meinen Füßen und die Erinnerungen, die jede Holzfaser dieses Hauses in sich trägt. Die an gestern Abend würde ich hingegen sehr gern mit einer heißen Dusche wegspülen.

Ich werfe einen Blick auf mein Handy und seufze resigniert. Sieht so aus, als könnte ich direkt alles wegspülen, was mich und Peter jemals verbunden hat. Wir haben uns einige Male getroffen, und obwohl er gutmütig ist und einiges aushält, hat er nach gestern Abend wohl genug. Ich kann ihm nicht einmal böse sein. Amber hat ihm allen Ernstes nach einem heftigen Zusammenstoß die Radmuttern seines Wagens abgeschraubt, weil sie ihn nicht in unserem Haus haben wollte.

Unter der Dusche lasse ich das heiße Wasser meine verspannten Muskeln lockern und versuche, nicht traurig zu sein, dass mit Peter der vermutlich letzte annehmbare Anwärter auf eine Beziehung von meiner kleinen Schwester in die Flucht geschlagen wurde. Es klappt beängstigend leicht.

Peter und mich hat nie mehr verbunden als Freundschaft, die sich in der kurzen Zeit entwickelt hat, seitdem er hier lebt und arbeitet. Schmetterlinge im Bauch oder ein heißes Flirren, das meine Magengegend durchzieht, hatte ich bei ihm nie, obwohl ich als bekennende Leseratte genau diese alles verzehrende Liebe suche, der so viele Bücher gewidmet sind. Im Grunde sollte ich meiner kleinen, chaotischen, schrecklichen Schwester dankbar sein, dass sie Peter vertrieben hat. Ich wäre eh nicht glücklich mit ihm geworden.

Nachdem die Dusche beschlossen hat, dass sie nur noch kaltes Wasser ausspucken wird, trockne ich mich ab und schlüpfe in eine khakifarbene Shorts und ein gestreiftes Tanktop, das meiner Figur schmeichelt. Meine langen braunen Haare trocken zu bekommen würde ein halbes Jahrhundert lang dauern, und generell verträgt sich meine Naturkrause nicht mit dem Fön. Deswegen schlinge ich sie einfach zu einem feuchten Knoten an meinem Hinterkopf zusammen und laufe dann die breite Naturholztreppe hinunter, die aus den gleichen Bohlen gefertigt ist wie die Trägerbalken und die Wände des riesigen Blockhauses von Pinewood Meadows.

Ich mag es, dass ich jedes einzelne Knarren der Stufen im Voraus kenne. Das war sehr nützlich, als Mom und Dad noch lebten und nicht mitbekommen sollten, wenn ich die Sperrstunde mal wieder ausgedehnt hatte. Meistens, weil meine Schwester Fiona, nach mir die zweitälteste, nicht genug von der Party bekam, auf die ich sie begleitet hatte, und ich es nicht geschafft habe, sie aus dem Arm irgendeines Typen zu zerren.

Am Fuß der Treppe öffnet sich das lichtdurchflutete Erdgeschoss mit einem kleinen Gästebad, dem Büro, der großen Eingangshalle, Küche und Wohnbereich. Die Räume gehen alle ineinander über, und man kann vom Büro am einen Ende des Hauses bis zur Terrasse und dem dahinter angrenzenden See auf der anderen Seite sehen.

Ich gieße mir den letzten Rest Kaffee, den meine Schwestern übriggelassen haben, in einen Warmhaltebecher und sehe die Post durch, die vermutlich Hazel auf die freistehende Kücheninsel geworfen hat. Schon wieder ein Brief von der Immobilienfirma Harris & Sons aus New York. Ich stopfe ihn eilig zu den anderen, die in meinem Büro zwischen meine Bücher gequetscht sind. Dann schnappe ich mir Dads alte Sonnenbrille vom Küchentresen.

Vor dem Haus begrüßt mich das sanfte Wellenschlagen des Sees. Ich verharre sekundenlang. Dabei bin ich bereits spät dran und müsste dringend losradeln, um rechtzeitig zum Schichtbeginn im Lakeshore Diner, unserem familieneigenen, leicht kränkelnden Restaurant, zu sein. Aber es ist schon fast ein Ritual, dass ich immer einmal innehalte, wenn ich vor unsere Haustür trete. Der Tod unserer Eltern hat uns allen schmerzhaft vor Augen geführt, dass man das, was man liebt, von einem Tag auf den anderen verlieren kann und das Leben besser genießen sollte, solange man dazu in der Lage ist.

Obwohl ich schon mein ganzes Leben hier verbracht habe, haut mich das türkisfarbene Wasser des Lake Tahoe, das gegen einen perfekt weißen, feinpudrigen Sandstrand stößt, jedes Mal wieder um. Ich atme den Geruch der Pinien tief ein, die so dicht an unserem Haus stehen, dass Pinewood Meadows wirkt, als wäre es natürlich gewachsen und nicht nachträglich erbaut worden. Etwas weiter nördlich ragt der Gebirgszug der Sierra Nevada mit seinen selbst im Sommer schneebedeckten Gipfeln auf wie ein stummer Beschützer dieses Paradieses und schickt eine kühle Brise über die Ausläufer bis zum See hinunter.

Seufzend reiße ich mich schließlich los und zerre mein Rad aus der Garage. Grace und Hazel brauchen unseren alten Buick später, um Besorgungen zu machen, und einen weiteren Wagen können wir uns nicht leisten. Mit der niedrigsten Übersetzung kämpfe ich mich die steile Schotterzufahrt hinauf, die von der Halfmoon Bay und unserem Zuhause zur Hauptstraße führt.

Als ich die Straße erreiche, geht es noch rund eine Meile sanft bergauf, bevor ich am Upper Eagle Point ankomme. Der höchste Punkt, an dem der Berg zu beiden Seiten steil abfällt und einen atemberaubenden Ausblick über die Bay, den Lake Tahoe und den westlich liegenden Cascade Lake bietet.

Auf dem Weg bergab treibt mir der Fahrtwind die Tränen in die Augen, aber in meinem Magen braut sich ein Juchzen zusammen und schlüpft mir über die Lippen, als ich mich in eine scharfe Kurve lege und das kleine Städtchen Cooper Springs vor mir erscheint. Häuser und Natur bilden hier eine Einheit. Ich mag die hellblau, rot und gelb gestrichenen kleinen Holzhäuser entlang der Hauptstraße genauso wie die naturbelassenen Blockhütten am Ortsrand. Kiefern, Pinien und jede Menge Grünflächen erstrecken sich zwischen den Gebäuden und lockern das Stadtbild auf. Cooper Springs mag auf Außenstehende verschlafen wirken. Ich aber liebe den Kleinstadtcharme, den die rissige Mainstreet mit ihren kleinen Läden, dem Eiscafé und dem Lakeshore Diner am Ende der Straße versprüht. Unser Diner. Er ist mein ganzer Stolz und gleichzeitig auch eine große Verantwortung. Nach dem Tod unserer Eltern hätte ich nie gedacht, dass wir der Herausforderung gewachsen sein könnten, ihn ganz allein zu führen. Aber zusammen mit meinen Schwestern habe ich alles gegeben, um den Laden am Laufen zu halten, und ich freue mich, dass er langsam, aber stetig, ein klein wenig mehr abwirft.

Ich parke mein Rad neben dem Eingang und gehe hinein. Der Geruch von frisch aufgebrühtem Kaffee, Pancakes mit Ahornsirup und das Stimmengewirr des Gastraums empfangen mich. An der rechten Wand befinden sich die alten Sitznischen, die noch immer mit den roten Polstern aus den Anfängen des Diners bezogen sind. Den Rest des Gastraums haben wir letztes Jahr neu gestaltet – hell und freundlich. Die Möbel haben wir in einer Nacht voll Musik und Lachen weiß lackiert, die Wände in einem hellen, warmen Grau gestrichen, auf dem jetzt Bilderrahmen im Shabby Look hängen. Fotografien des Lake Tahoe, die Grace geschossen hat, und Zeichnungen von Hazel sind darin eingerahmt. Mit ihrer sprühenden Kreativität gleichen die Zwillinge meinen vollkommenen Mangel an künstlerischem Talent aus. Zahlen sind da schon eher meins. Wir ergänzen uns perfekt, wenn es um den Diner geht.

Das Herzstück unseres Restaurants ist wie früher schon der breite Massivholztresen, dem wir ebenfalls ein Makeover verpasst haben und der nun nicht mehr den Raum mit seinem dunklen Holz dominiert, sondern sich perfekt in das Ambiente einfügt. Darüber haben wir auf der gesamten Länge des Tresens eine Tafel angebracht, auf der Hazel unsere

Speisen, Getränke und die dazugehörigen Preise mit verspielten Kreidestrichen festgehalten hat. Je nach Jahreszeit umrahmen diese Karte Blumenranken, Schneelandschaften, bunte Herbstbäume oder frische Frühlingsbilder. Das dafür benötigte Arsenal an verschiedenen Kreidefarben bewahrt Hazel in einem riesigen Pappkarton im Schuppen hinter dem Diner auf.

Auf die Toilettentür hat sie ein Blütenmeer aus schwerer Lackfarbe gemalt. Antike Cowboyutensilien vereinen sich mit modernen Shabby-Chic-Elementen zu einem gemütlichen Ambiente. Und dann ist da natürlich noch Bob, ein ausgestopfter Elchkopf, der mittig über einer der Nischen thront und den Fiona zu einem Ganzjahresmistelzweig auserkoren hat.

Der Gastraum ist gut gefüllt. Wie fast jeden Tag sitzt Sam Hunter mit grimmiger Miene an einem Einzeltisch am Fenster und reagiert nicht darauf, dass ich ihm zunicke. Molly, die Besitzerin des Bed & Breakfast, das am Rande von Cooper Springs liegt, und ihre Freundinnen Ella und Betty haben sich wie jeden Montagmorgen zum Frühstücken getroffen und tauschen eifrig den neuesten Klatsch und Tratsch aus. Ich begrüße sie mit einer Umarmung, unterhalte mich kurz mit ihnen über die derzeit angesagten Junggesellen Ü60 und bringe dann meine Jacke und Tasche hinter den Tresen. Zu guter Letzt schlinge ich eine schmale Schürze um meine Hüften, in der ich später Block, Stift und Portemonnaie aufbewahren kann. Das Logo des Diners prangt auf der linken unteren Ecke der schwarzen Schürze, unserer einzigen Arbeitskleidung. Ansonsten darf jeder, der hier arbeitet, tragen, was er mag. So ist die Atmosphäre im Diner nicht steif, sondern bunt wie unser Leben.

Ich bezweifle allerdings, dass es sich für meine beste Freundin Greta, die genau wie meine Schwestern und ich hier arbeitet, gerade bunt oder angenehm anfühlt, denn sie ärgert sich mit einem besonders unangenehm auftretenden Gast herum, der den urigen Diner ganz offensichtlich mit einem Fünf-Sterne-Restaurant verwechselt hat. Sein Ei ist nicht so wachsweich, wie er es sich vorstellt, der Orangensaft ist zwei Grad zu kalt und der Gipfel seiner lautstarken Empörung ist dem Umstand geschuldet, dass wir kein Evian führen, sondern Greta ihm einfaches Leitungswasser gebracht hat. Er tut gerade so, als würden wir ihn umbringen wollen.

Greta kehrt mit einem verzweifelten Augenrollen hinter den Tresen zurück und nimmt die Portion Hash Browns mit Würstchen, Toast und Butter für den Tisch des Touristen von Hank, unserem Koch, entgegen.

»Wahrscheinlich kreuzigt er mich gleich, weil irgendetwas zu fettig, zu durch oder zu gewöhnlich ist.«

Greta zum Verzweifeln zu bringen, ist schwer, eigentlich sogar fast unmöglich. Der Typ muss ihr schon eine ganze Weile zusetzen. Ich beobachte, wie sie freundlich den Teller auf dem Tisch abstellt und dann eilig den Rückzug antritt. Ich glaube nicht, dass ich an ihrer Stelle so ausgeglichen geblieben wäre, aber deswegen führt Greta auch die Tabelle der Trinkgeldrekorde an und nicht ich.

Mit einem wütenden Blick in ihre Richtung knabbert der Typ an der Ecke seines Hash Browns herum und verzieht dann das Gesicht.

»Kein Wunder, dass der Diner eine Katastrophe ist, wenn hier nur Idioten arbeiten«, brummt er so laut, dass jeder im Diner es hören kann. »Ich sagte, ich möchte meine Hash

Browns gebräunt, nicht verkohlt oder vor Fett triefend.« Er winkt Greta zu sich heran, dabei ist das Kartoffelgericht auf seinem Teller weder zu dunkel noch zu fettig. Das sind superleckere, stinknormale Hash Browns.

»Ich habe immer noch kein vernünftiges Wasser auf dem Tisch«, sagt er kalt, und ich überlege, ob ich eingreifen soll oder ob Greta allein klarkommt. Sie regelt solche Dinge normalerweise lieber allein, aber dieser Gast ist ein besonders unangenehmes Exemplar. Hank nimmt mir die Entscheidung vorerst ab, indem er mir das Essen für Mollys Tisch durch die Durchreiche schiebt.

Greta atmet tief durch. »Es tut mir leid, wir führen kein stilles Wasser in Flaschen, aber das Leitungswasser hier am See hat durch das Gebirgswasser eine ausgesprochen gute Qualität, das versichere ich Ihnen.«

»Es ist mir ehrlich gesagt scheißegal, was Sie mir versichern. Sie scheinen nicht gerade kompetent zu sein. Ihr Laden ist eine reine Katastrophe, was mit Sicherheit auch an der Hippieart liegt, mit der Sie hier agieren, anstatt auf die Wünsche Ihrer Kunden einzugehen.« Er zeigt auf Gretas Kleidung und ihren Babybauch, der sich deutlich darunter wölbt. So langsam werde ich ernsthaft sauer.

»Es tut mir sehr leid, aber wir haben nun einmal kein Evian. Vielleicht kann ich Ihnen anstelle eines Wassers ein anderes Getränk anbieten?«

»Vielleicht kann ich Ihnen ein anderes Getränk anbieten«, äfft der Gast Greta nach. »Wenn ich Ihren plörrigen Kaffee wollte, hätte ich das gesagt.«

»Hey, Kumpel, das geht auch freundlicher. Kein Grund, so ausfallend zu werden. Sie hat gesagt, sie hat kein Evian, also wirst du dich damit abfinden müssen, heute mal normales

Wasser zu trinken«, mischt sich ein anderer Gast ein, der in einer der Sitznischen in der Nähe sitzt. Direkt unter Bob dem Elch. Er ist groß, gutaussehend. Eine Spur zu gutaussehend, und er lächelt so entspannt, als würde er sich gerade nicht in ein Streitgespräch einmischen, sondern nett mit dem Störenfried über das Wetter plaudern. In seiner tiefen Stimme schwingt eine natürliche Autorität mit, und er hat eine einnehmende Lässigkeit, mit der er sein blondes, halblanges Haar durchfurcht, während er sich bereits wieder in ein Buch vertieft, das neben ihm auf dem Tisch liegt. Die Beschimpfungen des anderen lässt er komplett an sich abprallen.

Ich starre den Typen eine Spur zu lange an, bevor mich die immer lauter werdende Stimme des Meckerers in die Wirklichkeit zurückholt.

»Ich bin nicht Ihr Kumpel, und ich muss mich mit nichts abfinden. Ich will den Manager dieses Restaurants sprechen. Jetzt!«, fordert er Greta auf.

Den Manager kann er haben und zwar sofort. Ich stoße mich vom Tresen ab.

»Irgendwo in diesem Scheißladen muss es doch jemanden geben, der weiß, wie man richtig mit Kunden umgeht«, echauffiert der Idiot sich weiter.

Ich stoppe direkt vor dem Tisch des Gastes und strecke ihm meine Hand entgegen. »Elizabeth Carson, ich bin die Managerin. Sie wollten mich sprechen.«

»Das erklärt ja wohl alles«, bringt der Typ mit einem höhnischen Lachen hervor. »Eine Frau als Managerin. Kein Wunder, dass hier nichts funktioniert.« Er knallt seine Serviette auf den Teller. »Das, was Sie als Essen bezeichnen, ist bestenfalls Fraß, und Ihre Kellnerin eine Zumutung.«

»Mit dem Essen und dem Service ist alles in Ordnung«, sage ich mit Nachdruck und einem Blick auf unsere Stammgäste, die zustimmend murmeln. »Aber Geschmäcker sind verschieden«, füge ich betont ruhig hinzu, obwohl ich den Mann am liebsten mit einem Fußtritt vor die Tür befördern würde. »Ich respektiere, dass es Ihnen nicht schmeckt, und bringe Ihnen gern gleich die Rechnung, wenn Sie lieber woanders essen möchten.«

»Als würde ich für so etwas zahlen.« Der Kerl schiebt angewidert den Teller von sich weg. »Und von Service am Kunden haben Sie wohl noch nie etwas gehört. Wenn man Frauen, und so jungen noch dazu, ein Geschäft überlässt, muss das ja so enden.«

Ich hole ruhig das Ledermäppchen mit der Rechnung und lege es neben seinen Teller. »Am Ende ist hier nur eins, und zwar ihr Besuch in unserem Restaurant. Es steht Ihnen selbstverständlich frei, auf ein Trinkgeld zu verzichten. Aber ich möchte Sie bitten, die unangemessene Beschimpfung unserer Angestellten zu unterlassen«, sage ich bestimmt. Den Blick halte ich starr auf den Typen gerichtet, der offensichtlich Probleme damit hat, von einer Frau in seine Schranken gewiesen zu werden.

Sekundenlang sieht er mich fassungslos an, bevor er seine Sachen zusammenrafft, ein paar Dollarnoten auf den Tisch knallt und wutentbrannt aus dem Restaurant läuft.

»Ich werde Sie schlecht bewerten. Ich sorge dafür, dass niemand mehr in dieses beschissene Restaurant kommt, das verspreche ich Ihnen«, wütet er weiter und versucht die Tür zuzuknallen, aber der Puffer verhindert das. Laut fluchend überquert er die Straße.

Greta legt ihren Kopf an meine Schulter und seufzt vernehmlich. »Der hatte lange, also sehr lange keinen guten Sex mehr«, murmelt sie leise lachend, und ich stimme mit ein. Ich liebe Greta genau für diese präzisen, trockenen Zusammenfassungen, die den Kern so gut wie immer treffen und mit denen es ihr gelingt, solche unschönen Situationen abzuhaken und ihre gute Laune wieder hervorzuholen.

Gemeinsam kehren wir hinter den Tresen zurück, während Molly und ihre Freundinnen uns Beifall klatschen, in den fast alle Gäste einstimmen.

Mein Blick irrt zurück zu dem gutaussehenden Typen unter Bob, der jedoch keine Miene verzieht und für den Ausgang des Streits offenbar null Aufmerksamkeit übrig hat.

»Hi, Schwesterherz«, begrüßt mich Hazel, die bis eben in der Küche gewesen sein muss. Vielleicht ist sie auch nur dem Streit aus dem Weg gegangen. Hazel kann schlecht mit Konfrontationen oder so offen gezeigter Abneigung umgehen, wie der, die der Gast bis eben in unserem Diner versprüht hat.

Sie gibt mir einen Kuss auf die Wange. »Was macht Peter?«, erkundigt sie sich nach dem Ausgang des gestrigen Dramas und mustert mich verständnisvoll. Hazel nimmt natürlich an, dass meine Welt in Scherben liegt, weil Amber mit dem Vorschlaghammer in meine angehende Beziehung mit Peter geschlagen hat, aber ich zucke nur mit den Schultern.

»Er montiert wahrscheinlich Radmuttern.« Ich lächle sie an, obwohl mir klar ist, dass ich nach Ambers Aktion vermutlich allein alt und runzlig werde. Außer Peter gibt es in Cooper Springs niemanden, der sich auf mich und das Chaos in meinem Leben einlassen würde, und auch niemanden, der meinem Männerideal auch nur annähernd nahekommt.

Auf Tagesbesucher und durchreisende Touristen, wie das Exemplar in der Nische unter Bob dem Elch, lasse ich mich nie ein. Das ist eine meiner wichtigsten Regeln. Verstöße dagegen bedeuten gebrochene Herzen oder, wie im Falle von Greta, eine ungeplante Schwangerschaft, während der One-Night-Stand schon wieder bei seiner Familie in Santa Barbara weilt.

»Es ist in Ordnung, Haze. Peter war nicht der Richtige.«

Hazel nickt und tätschelt mir die Schulter.

»So, jetzt aber mal zu den wirklich wichtigen Dingen«, raunt uns Greta, die gerade mit einem leeren Tablett zurückkehrt, mit einem Zwinkern zu. »Habt ihr den Typ dahinten schon mal genauer angesehen? Als hätten sie ihn direkt aus der *Men's Health* hierher gebeamt. Und er sitzt unter Bob!«

Unwillkürlich sehe ich erneut zu der Sitznische hinüber, während ein leises, unbestimmtes Prickeln durch meinen Körper flimmert.

Bob ist unser Ganzjahresmistelzweig. Wer immer sich darunter verirrt, muss damit rechnen, geküsst zu werden. In einer völlig verrückten Aktion hat Fiona diese Tradition eingeführt.

Fi ist unkonventionell, wild, anders – und außerdem ist sie weg. Wie immer versetzt mir ihre Abwesenheit einen Stich, der dumpf ausstrahlt und die Sehnsucht nach meiner Schwester begleitet, wann immer ich es zulasse, darüber nachzudenken. Derzeit ist sie in einem kleinen Ort in Südfrankreich und kocht in einem Restaurant direkt an der Küste.

Ich schließe die Augen und versuche, nicht an Fi zu denken, nicht an den Grund, warum sie gegangen ist und nicht vor hat wiederzukommen, obwohl sie den Lake Tahoe und unser Zuhause genauso sehr liebt wie ich.

Greta und Hazel diskutieren bereits angeregt darüber, wer von ihnen den Typen küssen darf. Mit einem Blick auf mich winkt Greta ab. »Du traust dich eh nicht. Bleiben nur noch wir zwei«, wendet sie sich wieder an Hazel, und die Diskussion entflammt erneut.

Greta liegt mit ihrer Einschätzung gar nicht so falsch. Normalerweise beteilige ich mich nicht an den Bob-Eskapaden. Eine von uns muss schließlich einen klaren Kopf bewahren. Aber je länger ich den Typen anstarre, desto deutlicher merke ich, dass heute kein normaler Tag ist.

Ich straffe meine Schultern. Heute habe ich die Ablenkung wohl am meisten verdient. Nicht nur, dass Peter und ich Geschichte sind, meine kleine Schwester zu einer pubertären Katastrophe mutiert und ich Ärger mit dieser blöden Immobilienfirma habe. Als erste Amtshandlung am Morgen einen Gast aus dem Diner schmeißen zu müssen, hat meinen bisherigen Tag nicht gerade verbessert. Ich werde Greta beweisen, dass ich sehr wohl über meinen Schatten springen kann. Am meisten will ich wohl mir selbst beweisen, dass ich mehr bin als nur die Summe meiner Probleme und die langweiligste und pflichtbewussteste Carson-Schwester.

Ich durchquere den gut gefüllten Gastraum und steure auf den Typen unter Bob dem Elch zu. Hinter mir höre ich Greta halb amüsiert, halb entrüstet mit Hazel darüber diskutieren, ob es rechtens ist, dass ich den heißen Typen für mich beanspruche, wo meine Schicht doch offiziell erst in dreißig Minuten beginnt.

Ich blende meine Schwester und Greta aus. Der Fremde löst seinen Blick von seinem Buch und sieht mich direkt an. Ich mag es, dass er nicht ausweicht. Seine tiefdunklen Augen, mit denen er mich von oben bis unten mustert, erwecken den Anschein, als würde er mich kennen, als wüsste er genug über mich, um seine Mundwinkel zu einem unwiderstehlichen Grinsen anzuheben, das meinen Magen auf eine Achterbahnfahrt schickt. Obwohl ich nichts sage und ihm das komisch vorkommen muss, sieht er mich unverwandt an, und ich bin mir sicher, dass der Typ noch mehr Ärger bedeuten könnte als Gretas Bob-Knutsch-Hottie, dem sie ihre stetig wachsende Babykugel zu verdanken hat.

Was ist bloß in mich gefahren? Ich sollte einfach gehen und die Sache mit dem Kuss sein lassen, aber ich bin mir ziemlich sicher, dass ein Kuss von diesem Typen all die lästigen Gedanken an abgeschraubte Radmuttern und Immobilienfirmen eliminieren würde, die stetig durch meinen Kopf kreisen, und gerade ist mir sehr nach vergessen. »Danke für vorhin«, bringe ich schließlich hervor.

Er winkt ab. »Wenn ich mich nicht irre, hast du den Kerl ganz allein vor die Tür gesetzt.« Er lacht und mustert mich mit einem amüsierten Blick, bevor er sich wieder seinem Buch zuwendet.

Ich gebe mir einen Ruck und deute auf Bob den Elch. »Das ist unser Maskottchen.«

Meine Worte bringen ihn sekundenlang aus seinem ansonsten unerschütterlich scheinenden Gleichgewicht.

»Wie bitte?«, fragt er irritiert, und ich mag den tiefen, dunklen Klang seiner Stimme. Ich stoppe meine Gedanken, bevor ich mir allzu bildlich vorstellen kann, wie es wäre, wenn er mit dieser Stimme ganz andere Sachen sagen würde.

Ich zeige auf den Elchkopf, der mal wieder abgestaubt werden müsste. »Bob, unser Maskottchen. Es heißt, es würde Glück bringen, wenn man denjenigen, der darunter sitzt, küsst.«

Sofort spüre ich, wie die Röte in meinen Wangen pulsiert, und ich frage mich, wann ich zuletzt wegen eines Typen rot angelaufen bin. Das ist doch idiotisch. Er ist nur ein Tourist.

»Ach, wirklich?«, fragt er und verzieht das Gesicht zu einem schiefen Grinsen. Wahrscheinlich glaubt er mir nicht.

Ich nicke. Bevor die Situation noch peinlicher werden kann, gebe ich mir einen Ruck und beuge mich zu ihm hinunter. Normalerweise geben selbst Greta und Grace niemandem mehr als eine flüchtige Andeutung eines Kusses, aber gerade, als ich mich lösen will, zieht mich Mister Perfect an sich und vertieft den Kuss. Seine Lippen sind sanft und seine Bartstoppeln kitzeln meine Haut. Er saugt ein winziges Stück meiner Lippe ein, bevor er mich wieder loslässt.

Ich atme zischend ein und weiche zurück. Weil er mich aus dem Konzept bringt. Weil ich ihn wieder küssen will. Weil das vermutlich das Letzte ist, was ich tun sollte. Und weil Greta und Hazel lachen und pfeifen, als hätte ich gerade einen Lapdance hingelegt.

»Entschuldige«, stammle ich und drehe mich dann auf dem Absatz um. Ich renne an meiner Schwester und Greta vorbei, lasse Hank links liegen und flüchte durch die Hintertür nach draußen. Bevor die Tür sich hinter mir schließt, höre ich Hank leise fluchen, dass so was eben dabei rauskommt, wenn man sich einen Witz daraus macht, wildfremde Menschen zu küssen. »Alle durch den Wind, die Mädels«, höre ich ihn noch brummen, aber mit dem Zuschlagen der Tür erstirbt seine Stimme.

Draußen erwartet mich das typische Bild eines Hinterhofs. Er ist vollgestellt mit gestapelten Kisten und zerdrückter Pappe, aber im hinteren Teil beherbergt er auch Gretas

Version von Urlaub. Ein gestreifter Strandkorb, eine winzige Wanne voller Wasser, um die Füße zu kühlen, und eine Plastikpalme.

Ich atme tief durch und strecke das Gesicht Richtung Sonne. Die Wärme kitzelt die Sommersprossen auf meiner Nase, und eine leichte Böe verwirbelt meine Haare, während ich mich frage, was zum Henker mit mir los ist.

Als ich mich etwas beruhigt habe, kehre ich in den Diner zurück. Ich will nicht hinsehen, aber ich muss. Es ist, als würde mich der Typ magnetisch anziehen. Aber als ich es wage, endlich hinzusehen, ist die Nische leer. Er ist gegangen.

Der nächste Tag verläuft ruhig. Keine Kotzbrocken, keine zu gut aussehenden Typen, die alles durcheinanderbringen. Wir haben die ganze Zeit gut zu tun, ohne dass es stressig wäre. Zwischendurch schaffe ich es sogar, mich auf eine Kaffeelänge zu Gavin zu setzen, einem ehemaligen Schulkameraden, der vor einiger Zeit an den Lake Tahoe zurückgekehrt ist, um die Dachdeckerei seines Vaters zu übernehmen.

Gegen Mittag wird es voller, und Grace und ich haben alle Hände voll zu tun, um die Gäste zeitnah zu bedienen.

Ich bin gerade dabei, mit der Kasse um einen Storno zu kämpfen, als ein neuer Gast den Diner betritt. Die kleinen Glöckchen über der Tür bimmeln, übertönen aber kaum das Stimmengewirr im Gastraum. Aus den Augenwinkeln sehe ich, wie sich der Neuankömmling durch den Raum bewegt, und die Art, wie er sich kurz darauf in die Nische unter Bob schiebt, schickt ein Prickeln durch meinen Körper.

Langsam drehe ich mich um, und es ist tatsächlich der

gutaussehende Typ von gestern. Er sieht gelassen zu mir herüber, und ein unergründliches Lächeln umspielt dabei seine Lippen. Ich ordne eilig meine Haare, überlege, wann ich zuletzt in den Spiegel gesehen habe, wie zerzaust ich wohl aussehe, und unterdrücke gerade noch den höchstpeinlichen Impuls, mich hinter den Tresen zu ducken.

»Kann ich an die Kasse?«, fragt Grace, zupft den Bon ab und reicht ihn mir herüber. Zum Glück war sie gestern nicht hier, als ich den Typen geküsst habe. Sie hätte meine Flucht sofort richtig einsortiert und mich vermutlich bis ans Ende meiner Tage damit aufgezogen, dass ich mich nachhaltig von einem Typen durcheinanderbringen lasse, den ich lediglich traditionshalber geküsst habe. Dabei habe ich auf keinen Fall vor, mich von irgendwem durcheinanderbringen zu lassen oder diesem Kuss mehr Bedeutung zuzugestehen, als er verdient.

»Ja, bin fertig«, bringe ich hervor und räume den Platz vor der Kasse. Den Storno stopfe ich in das Portemonnaie, ohne ihn zu überprüfen.

»Tisch acht ist neu gekommen«, sagt Grace und wackelt mit den Augenbrauen. »Ungewöhnlich heiß, selbst für einen Touri. Möchtest du, oder soll ich? Er sitzt unter Bob«, fügt sie hinzu.

Grace ist derzeit nicht für Bob-Küsse zu haben, weil sie mit einem Sportler aus dem Incline Village geht. Er trainiert für eine Kanu-Meisterschaft und ist ziemlich selbstverliebt, wenn man Grace' Ausführungen glauben darf. Kennengelernt haben wir ihn, trotz der Tatsache, dass die Beziehung schon seit drei Monaten läuft, noch immer nicht. Ich bin nicht sicher, ob das von Grace oder dem Paddler, wie Greta ihn nennt, ausgeht.

»Der war gestern schon hier«, erwidere ich und vermeide es, den Typen anzusehen.

»Und?« Grace sieht mich herausfordernd an.

»Keine Ahnung«, sage ich. Und das ist nicht gelogen, auch wenn ich weiß, dass Grace wissen will, ob jemand ihn geküsst hat. Ich habe wirklich keine Ahnung, was in mich gefahren ist, dass ich mich zu so einem Schwachsinn habe hinreißen lassen oder warum ich noch immer an diesen Moment denken muss.

»Also gut, ich gehe«, sagt Grace und schüttelt belustigt den Kopf. Vermutlich, weil sie es von mir nicht kennt, dass ich so neben der Spur bin. Sie geht in Richtung Tisch acht, und ich versuche desinteressiert zu sein, aber es gelingt mir nicht.

Während ich frischen Kaffee aufsetze, ertappe ich mich dabei, wie ich zu den beiden hinüberschiele. Genau in dem Moment, in dem Mister Perfect über irgendetwas lacht, das Grace sagt. Sie stimmt in sein dunkles Lachen ein, während er zu mir herübersieht, anstatt sich Grace zuzuwenden. Sein Blick ist durchdringend, dunkel und heiß.

Bevor mich dieser Blick vollständig aus dem Konzept bringen kann, wende ich mich hastig ab und zwinge mich dazu, zu arbeiten. Ich bediene die übrigen Kunden, bespreche mit Hank die fürs Wochenende benötigten Waren und gebe die Bestellung an den Großmarkt durch. Ich bin normalerweise sehr gut darin, mich auf das Wesentliche zu konzentrieren. Ansonsten würden meine Schwestern und ich wohl regelmäßig im Chaos versinken, aber der Typ schafft es tatsächlich, diese Fähigkeit allein mit seiner Anwesenheit auszuhebeln.

Sobald ich mich nicht darauf konzentriere, ihn zu ignorieren, wandert mein Blick wie von selbst zu seiner hoch aufragenden Gestalt, den schlichten, aber sicherlich teuren Klamotten, den feinen Bartstoppeln, die sein Grinsen so einnehmend und lässig machen. Er versucht gar nicht zu verbergen, dass er mich beobachtet, dass er meinetwegen hier ist und sein Buch heute lediglich als Tarnung fungiert.

Ich bin verdammt froh, als es am frühen Nachmittag ruhiger wird und ich endlich meine Pause machen kann. Normalerweise setze ich mich gern für einen Plausch mit Gästen oder meinen Schwestern in den Gastraum und esse eine Kleinigkeit, aber heute schlüpfe ich entgegen meiner sonstigen Gewohnheiten in den Hinterhof.

Ich bleibe auf der Veranda stehen und atme tief durch. Die Luft riecht nach frisch gemähtem Gras, den Pinien, die Cooper Springs umgeben, und nach dem nahen See.

»Hi!«

Um ein Haar wäre ich von der untersten Stufe der Verandatreppe gefallen, durch deren Beton sich Unkraut zwängt. Mein Abenteuer von gestern steht vor mir und sieht mich eindringlich an. Er ist von der Straße aus zwischen den Gebäuden hindurchgekommen und sieht nicht so aus, als würde er sich Gedanken darüber machen, ob er das Recht hat, hier zu sein. Dabei ist der Hinterhof Privatgrund.

Er ist größer als ich und hat beeindruckend breite Schultern. Am liebsten würde ich ihn berühren, was natürlich vollkommen abwegig ist. Er muss sowieso schon denken, dass ich nicht alle beieinander habe. Ich schließe die Augen und öffne sie sofort wieder, als mir klar wird, dass er mich vermutlich mit jeder Minute merkwürdiger findet.

»Cole Parker«, stellt er sich vor, und ich finde sogar seinen verfluchten Namen sexy.

»Liz Carson«, bringe ich etwas umständlich heraus und sehe, wie er nickt.

»Ich weiß«, sagt er.

Unsicher sehe ich mich um, denn Cole sagt kein Wort mehr und ich kann Stille generell schlecht aushalten. Und noch weniger, wenn ein Typ wie er sie allein mit mir in einem Hinterhof verbreitet.

»Kann ich dir irgendwie helfen?«, frage ich, einfach nur, um überhaupt etwas zu sagen und das aberwitzig pulsierende Vakuum zwischen uns zu füllen.

»Ich denke schon. Mir hat gestern ein Elch den Kopf verdreht, und das ist mir ehrlich gesagt noch nie passiert.« Er legt den Kopf schief, als würde er in seinem Gedächtnis graben, um sicher zu sein, und schüttelt ihn dann, ohne eine Miene zu verziehen. »Wirklich noch nie. Ich brauche also vermutlich dringend Hilfe.«

Er ist schlagfertig und witzig. Das gefällt mir. Vielleicht sogar noch eine Spur mehr als sein Lächeln und seine dunklen Augen, die mich auf eine aufreizende Art fixieren.

»Der Elch also, ja?«, frage ich und meine Stimme wackelt ein wenig. »Da müssen wir wirklich dringend etwas tun. Das kann sehr ernst werden.« Ich kann nicht glauben, dass ich mich wirklich auf dieses Spiel einlasse.

Er nickt, nimmt eine meiner Locken zwischen seine Finger und lässt sie dann wieder fallen. Ich sollte verschwinden und anfangen zu arbeiten, anstatt mich von einem wildfremden Typen so berühren zu lassen. Das Problem ist, ich mag es. Ich mag seine Stimme, sein Lachen und seinen Humor. Und ich bin derzeit in der Stimmung, genau wie meine kleine Schwester, alle Regeln über Bord zu werfen und ausnahmsweise einmal zu machen, was ich will.

Ich hebe den Kopf und sehe Cole direkt an. Die meisten Menschen halten so einen intensiven Blickkontakt nicht aus. Sie gucken weg oder tun etwas, um ihre Unsicherheit zu überspielen. Cole aber bleibt ganz ruhig stehen und erwidert meinen Blick, bevor er mit einem großen Schritt die Distanz zwischen uns überwindet und mich so küsst, wie er es schon einmal getan hat. Allerdings ist der letzte Rest Zurückhaltung, der mich gestern gerettet hat, verflogen.

Seine Lippen pressen sich hart auf meine. Normalerweise sollte es mich erschrecken, aber das Gegenteil ist der Fall.

Ich sollte aufhören und sehen, dass ich verschwinde, aber stattdessen erwidere ich Coles schwere, heiße Küsse. Ich vergrabe meine Hände in seinem Haar. Das Blond sieht verwaschen aus und so, als hätte die Sonne es gebleicht. Vielleicht kommt er tatsächlich von der Küste? Seine Arme umfassen mich und er streicht mit einer quälend langsamen Bewegung meinen Rücken hinunter. Verlangen ballt sich in meinem Unterleib zusammen, und sein Atem stolpert in demselben unsteten Rhythmus wie meiner.

Bevor ich noch einen klaren Gedanken fassen kann, hält Cole mit einem Mal inne und sieht über meine Schulter hinter mich.

Ich brauche einige Augenblicke, bis ich aus dem Wirbel von Gefühlen auftauche. Erst dann schaue ich mich um und erkenne augenblicklich, warum Cole seine Hände von mir gelöst hat. Amber.

Meine jüngste Schwester steht an der Bruchkante zwischen Helligkeit und Dunkelheit, die den Diner und den Hinterhof voneinander trennen, und starrt mich vollkommen versteinert an. Ihre schräge Frisur reflektiert das Sonnenlicht. Sie trägt wie immer zerfetzte Klamotten. Ein modisches Statement und Ausdruck ihrer Seele, nicht aber die Folge eines Autounfalls, wie man annehmen könnte. Das Bild wird von zwei Zentnern schwarzer Schminke abgerundet. Sie sagt nichts, und das, obwohl sie sonst nie auf den Mund gefallen ist.

»Amber«, spreche ich sie an, nicht sicher, was ich sonst sagen soll.

Meine Stimme reißt Amber aus ihrer Erstarrung. »Sag mal, geht's noch? Das ist echt widerlich«, presst sie hervor, und ihr Blick schreit mir absolutes Unverständnis entgegen.

Ich fahre mir reflexartig mit der Hand über die Lippen. Was ist hier gerade passiert? Ich erkenne mich kaum wieder. Gerade eben noch hat mich ein Wildfremder um den Verstand geküsst. Mich, die ich mich sonst nie auf so etwas einlassen würde. Schon gar nicht mit einem Touristen. Und trotzdem kann ich mich nicht dazu aufraffen, mich schuldig zu fühlen. Stattdessen würde ich lieber seine Hand berühren, die nur Zentimeter neben meiner baumelt, aber ich fürchte, dass Amber dann einen ihrer gefürchteten Tobsuchtsanfälle bekommt, und auch wenn ich mittlerweile ziemlich gut damit klarkomme, will ich Cole dem nicht aussetzen, und vermutlich wäre es sowieso fehl am Platz, ihn auf diese Art und Weise zu berühren. Mit Sicherheit war das hier nichts, von dem Cole wollte, dass es in Händchenhalten mündet.

»Amber, ich …«

»Ich wollte mich eigentlich nur wegen gestern entschuldigen, aber weißt du was? Fick dich!« Amber lacht ein tonloses Lachen. »Ich meine, bist ja schon dabei.« Sie schüttelt den Kopf, dreht sich auf dem Absatz um und läuft mit ausholenden, wütenden Schritten den Weg zurück, den sie gekommen ist.

Ich will ihr nicht folgen, aber ich weiß, dass ich muss. Ich bin seit dem Tod unserer Eltern Ambers Fels in der Brandung, auch wenn ich manchmal das Gefühl habe, eher ein zu klein geratener Kiesel zu sein. In jedem Fall bin ich verantwortlich für sie, und die Stimmung hat sowieso einen gewaltigen Amber-Riss bekommen, der es unmöglich macht, fortzuführen, was mich eben mitgerissen hat. Ich sehe Cole an, der sich zu mir umgedreht hat, und hoffe, dass er versteht.

Er zuckt die Schultern, lächelt mich an und deutet Amber hinterher. Bedauern steht in seinen Augen, was mich verdammt nochmal nicht so diebisch freuen sollte. Ich sollte Cole stattdessen schnellstmöglich vergessen, denn mehr als diesen kurzen, atemlosen Moment, den Amber beendet hat, wird es zwischen uns nicht geben. Er ist nur ein Gast in Cooper Springs. Er wird wieder gehen, und ich habe weiß Gott andere Dinge zu tun, als mich einem Typen an den Hals zu schmeißen und alle meine Prinzipien über Bord zu werfen.

Ich berühre kurz seinen Arm, unschlüssig, was ich noch sagen soll. Wie ich ausdrücken könnte, dass ich wünschte, es wäre anders gelaufen, ohne mich kitschig und unrealistisch anzuhören. Also drehe ich mich einfach um und verschwinde wortlos im gleißenden Licht des Hinterhofs.

Amber ist nicht nach Hause gekommen.

Ich sitze auf dem Steg, der vom Strand der Halfmoon Bay in den Lake Tahoe führt und die kleine, versteckte Bucht mit unserem Haus verbindet. Meine Beine baumeln dicht über der Wasseroberfläche. Durch mein leichtes Sommerkleid spüre ich die raue Struktur der Holzplanken.

Eigentlich hätte Amber schon längst wieder da sein sollen, denn es ist bereits nach zehn Uhr und morgen ist Schule. Wenn sie überhaupt noch kommt, werde ich sie zurechtweisen müssen, und ich hasse es, das zu tun.

Ich nehme einen großen Schluck Rotwein aus dem Glas, das den Platz auf dem Steg mit mir teilt, und schließe die Augen. Das Seewasser gluckst leise gegen die Pfeiler des Stegs, ansonsten ist es still. So still, wie es nur in der Halfmoon Bay sein kann.

Ich liebe den Frieden an diesem Ort, in dem die Erinnerungen an meine Eltern Platz haben. Niemals werde ich die Möglichkeit, ihnen nahe zu sein, verkaufen.

Meine Hände verkrampfen sich um das Schreiben von Harris & Sons, das ich heute Morgen zwischen die Bücher gestopft habe und das mir seitdem keine Ruhe gelassen hat.

Der Ton der Immobilienfirma wird rauer. Laut Greta ein Indiz dafür, dass sie keinerlei Möglichkeiten haben, ihren Willen durchzusetzen, uns aus unserem Zuhause zu vertreiben, um an dieser Stelle ein Luxusresort zu bauen. Für einen Moment haben mich die Begegnung mit Cole und die Tatsache, dass Amber uns erwischt hat, davon abgelenkt, dass ich trotzdem nicht glaube, dass die Immobilienhaie aufgeben werden. Das Schriftstück hat mich zurück in die Wirklichkeit geholt.

Ich strecke meinen Zeh aus, tauche ihn in das kühle Wasser des Sees und rapple mich dann auf. Ich blase die Kerzen aus, die ich vorhin neben der Eingangstür angezündet habe, und räume sie im Dunkel der Nacht in die kleine, runde Hütte, die mein Dad damals für meine Mom auf dem Steg errichtet hat. Ein Rückzugsort für sie, denn er wusste, wie schwer wir fünf Kinder es Mom manchmal gemacht haben. Hier konnte sie sich ausruhen und malen. Sie hat nie eines ihrer Bilder verkauft, aber Dad hat ihr Hobby trotzdem nie belächelt. Er wusste, dass sie diesen Ausgleich brauchte. Jetzt hängen einige ihrer Arbeiten an den Wänden.

In der Mitte des Raums liegen wild verstreut Decken und Kissen, in die ich mich kuscheln kann, wenn ich lese. Jake Hunter, mein bester Freund, hat sie mir mitgebracht, als ich kurz nach dem Tod meiner Eltern nur noch in dem Häuschen auf dem Steg gelegen habe. Er hat sie wortlos auf dem Boden drapiert und war einfach da, hat mit mir getrauert. Wir brauchten keine Worte, nur einander.

Jake ist mehr oder weniger mit uns zusammen in Pinewood Meadows aufgewachsen. Er war ständig hier, hat jede freie Minute genutzt, um seinem Dad, Sam, und der düsteren Atmosphäre zu Hause zu entkommen und ein wenig Carson-Fröhlichkeit zu tanken. Er hat meine Eltern geliebt, als wären sie seine eigenen gewesen. Ihr Tod hat ihn getroffen. Nicht so sehr wie Fi, Hazel, Grace, Amber und mich, aber stark genug, um ihn aus der Bahn zu werfen. Er ist Fi sehr ähnlich. Wahrscheinlich einer der Gründe, warum er wie sie fortgegangen ist.

Ich weiß, dass er immer ein wenig verknallt in sie war, und ich weiß, dass er gehofft hat, es würde doch einmal mehr aus den beiden werden, obwohl Fi nie mehr in ihm gesehen hat als einen Bruder. Dann starben erst Mom und Dad, kurz darauf ging Fiona weg, weil sie die Wucht der Erinnerungen, die in Pinewood Meadows und dem Diner liegen, nicht ertrug.

Von da an eskalierte der ständige Streit zwischen Jake und

seinem Dad immer mehr. Auch wenn sie, was die Hunter-Werft anging, sehr erfolgreich zusammenarbeiteten, kamen sie menschlich kaum miteinander aus. Jake ist ein überaus talentierter Bootsbauer und Sam ein verdammt harter Geschäftsmann, der etwas von den Abläufen des Handwerks versteht. Aber die Zusammenstöße, die nach alledem folgten, hatten es in sich. Vielleicht weil Jake aufgrund seiner Trauer nicht mehr in der Lage war, Dinge zu ignorieren und seinen Dad links liegen zu lassen, wenn er ihn kritisierte. Der letzte Streit endete in Handgreiflichkeiten, die den Sheriff auf den Plan riefen und Jake eine Nacht in einer Zelle bescherten.

Und jetzt ist er weg, am anderen Ende der Welt, und unsere Freundschaft ist auf einige wenige Skype-Telefonate beschränkt. Ich mache mir Sorgen um ihn, und ich habe das dumpfe Gefühl, dass er nicht vorhat, jemals wieder zurückzukehren. Ich schlucke die Tränen hinunter, die mir bei diesem Szenario in die Augen treten.

Ich fahre über die Decken und Kissen und stehe so lange im fahlen Mondlicht, das sich auf dem See bricht, bis mich ein wütendes Heavy-Metal-Stakkato aus meinen Gedanken reißt. Amber.

Die Musik wird lauter und lauter, während ich eilig die Tür schließe und zum Haus hinauflaufe. Sie wird Hazel und Grace aus dem Schlaf reißen. Mit der Lautstärke, die mittlerweile die Wände von Ambers Zimmer erzittern lässt, könnte sie immerhin den kompletten See beschallen. Ich bin mir sicher, dass man die Bässe selbst am Ostufer noch hören kann.

Ich schalte das Licht an, das sich warm in jeden Winkel des Blockhauses ergießt, und pralle fast gegen Grace, die sich mit zusammengekniffenen Augen und zerstrubbelten Haaren wie ein Zombie über die Treppe nach unten bewegt.

»Sie macht die verdammte Tür nicht auf«, stöhnt sie und beginnt in den Küchenschränken nach Limetten und braunem Zucker zu suchen. Caipirinhas sind Graces Antwort auf so ziemlich alles.

Ich nicke, weil das nichts Neues in Ambers Verhaltensrepertoire ist. Wenn sie ihren Unmut kundtut, dann so, dass jeder von uns etwas davon hat.

Hazel ist trotz ihres gesegneten Schlafs ebenfalls aufgewacht und setzt sich auf die oberste Treppenstufe. Sie hält sich die Ohren zu. »Kann man sie nicht einfach zur Adoption freigeben?«, jammert sie.

»Ich fürchte nicht«, erwidere ich düster. »Das Rückgaberecht ist leider schon längst abgelaufen.« Ich springe, immer zwei Stufen auf einmal nehmend, die Treppe hinauf und folge dem Flur bis zu Ambers Zimmer. Nicht nur, weil ich als älteste Schwester die Erziehung von Amber in die Hand genommen habe, sondern vor allem, weil ich schuld an dem Heavy-Metal-Überfall bin, werde ich diesen Lärm abstellen und die Sache wieder geradebiegen müssen.

Als ich gegen die Tür klopfe, erhalte ich keine Reaktion. Wie sollte ich auch. Sie hört mich vermutlich nicht. Ich nehme die Faust und schlage so hart gegen die Massivholztür, dass eine Furnierholzvariante sicher nachgegeben hätte. Wieder nichts.

»Amb, mach bitte auf.« Obwohl ich längst weiß, dass sie abgeschlossen hat, drehe ich am Türknauf. »Amb, mach die verdammte Musik aus!«, brülle ich. »Ich kriege Ohrenkrebs.« Genau genommen ist das nicht mal Musik. Ich bezweifle sogar, dass sie Amber gefällt. Sie mag Country, genau wie ich. Diesen unsäglichen Radau holt sie nur hervor, wenn sie uns ärgern oder für etwas bestrafen will.

Für den Bruchteil einer Sekunde schnellt die Erinnerung an Cole heiß durch meine Eingeweide. Ich schließe die Augen.

»Amber!«, schreie ich noch einmal, aber ich komme nicht gegen die hämmernden Bässe an.

Dad hatte eine Wunderwaffe gegen so ein Verhalten. Ich räume meinen Platz vor ihrer Tür, schnappe mir eine Taschenlampe und tue, was er getan hätte.

»Ich hole die Kerzen«, bemerkt Grace seufzend, als sie mich wie einen Racheengel mit der Taschenlampe Richtung Keller laufen sieht.

Fünf Minuten später ist es still im Haus, und nur der weiche Schein von Kerzen und der Lichtkegel meiner Taschenlampe erhellen das dunkle Erdgeschoss. Wir haben zwar kein Licht mehr, aber Amber kann dank der rausgedrehten Sicherungen auch die Anlage nicht mehr aufdrehen.

Ich lasse meine Schwestern in der Küche allein, wo sie Caipirinhas mixen, und kehre an meinen Platz vor Ambers Zimmertür zurück. Ein leises Scharren und ein dumpfer Plumps sagen mir, dass Amber sich auf der anderen Seite der Tür niedergelassen hat. Näher werde ich vermutlich heute Abend nicht mehr an eine Unterhaltung unter vier Augen kommen, auch wenn uns nach wie vor eine Tür aus Kiefernholz trennt.

»Amby-lamby«, sage ich leise und benutze bewusst Dads Spitznamen für sie. Kleines Schäfchen. Sie hat nie verwunden, dass sie so wenig Zeit mit unseren Eltern hatte. Für mich waren dreiundzwanzig Jahre schon zu wenig, als Mom und Dad vor fünf Jahren starben, wie sollten ihre elf Jahre je ausreichend sein?

»Du hättest mich heute nicht so sehen sollen.« Ich räuspere mich. »Ich hätte mich gar nicht auf ihn einlassen dürfen, aber ich war wütend auf dich wegen Peter und irgendwie allein, und er …«

Ich lege die Hand an die Tür, als könnte ich ihr so durchs Haar fahren, und erspare ihr die nicht jugendfreie Schilderung von dem, was Cole in mir ausgelöst hat. »Er ist nur auf der Durchreise, und ich hatte einen Scheißtag. Ich bin nicht auf der Suche nach einer neuen Beziehung. Versprochen.«

Es geht Amber nicht darum, dass sie Peter hasst oder wirklich geschockt davon wäre, mich und Cole beim Knutschen gesehen zu haben. Sie hat ein Handy mit Internetzugriff und ist sechzehn Jahre alt. Ich bin mir sicher, dass sie so ziemlich alles, was es zum Thema Sex im Netz zu finden gibt, schon einmal gesehen hat. Sie hat einfach Angst, mich zu verlieren, so wie sie schon Mom und Dad, Fi und dann Jake verloren hat. Ich kann sie verstehen, weil ich weiß, wie hilflos man sich fühlt, und dass dieses schwarze Gefühl von Trauer nie ganz verschwindet. Sie würde es nie so deutlich aussprechen, aber ihr Verhalten zeigt, wie tief die Angst sitzt, dass ich mich in jemanden von außerhalb verlieben könnte und die Halfmoon Bay und damit sie verlasse.

Hinter mir dreht sich der Schlüssel im Schloss und Amber öffnet die Tür einen Spaltbreit. Ich schiebe meine Hand durch die Öffnung und taste mich über die Holzdielen, bis sich meine Finger in die meiner kleinen Schwester schieben. Wir sitzen eine ganze Weile so da, die Hände ineinander verschlungen, die Tür noch immer zwischen uns, bis Amber schließlich etwas sagt.

»Er sah aus wie ein Arschloch.« Sie kichert verhalten. »Aber er war wenigstens heiß, nicht so ein Langweiler wie Peter.«

Ich spare mir, sie zurechtzuweisen, und frage stattdessen: »Was war das für eine furchtbare Musik? Du musst mir erlauben, die CD zu verbrennen. Das ist echte Körperverletzung.«

Amber erwidert nichts, aber ich kann spüren, wie sie ihr Handy hervorkramt, und wenig später spielt sie unsere liebste Spotify-Playlist ab. Golden Country. Die warme Stimme von Luke Bryan legt sich zwischen unsere noch immer erhitzten Gemüter. Das ist noch so eine Erkenntnis, die Dad uns hinterlassen hat. Es gibt nichts, was ein guter Countrysong nicht wieder richten könnte. Grace hat diese Erkenntnis um gut gemixte Caipirinhas erweitert.

»Grace macht unten Drinks«, sage ich, weil mir der Geruch nach frisch zerstampften Limetten in die Nase steigt.

Amber äugt durch die Tür und tut so, als wäre sie noch nicht überzeugt. »Kriege ich 'nen echten Caipirinha?«

»Träum weiter«, erwidere ich lächelnd und ziehe die Tür ganz auf und meine Schwester zu mir auf den Flur und in meine Arme.

»Es würde bestimmt helfen, das Bild von dir und diesem Typen aus meinem Gedächtnis zu löschen«, setzt Amber nach, und ich liebe das unbeschwerte Lachen, das zurück in ihrem Gesicht ist und den Zorn aus ihren Augen vertreibt.

»Du kriegst einen hübschen Virgin Caipi, und das obwohl du eigentlich ein paar hinter die Ohren verdient hättest«, bemerke ich trocken und sehe, wie Amber die Schultern zuckt und das Handy mitsamt Luke Bryan in ihre Pyjamahose stopft. Dann läuft sie nach unten, und ich folge ihr.

Wenig später sitzen wir alle auf der Holzterrasse auf der Rückseite des großen Blockhauses und kümmern uns nicht darum, dass es eigentlich mitten in der Nacht ist. Der schwere Geruch nach Pinien und Blumen vermischt sich mit dem nach Saft und Alkohol. Amber zupft an ihrer Gitarre herum, und der Sommerwind weht die leisen Klänge über das Wasser des Lake Tahoe. Grace erzählt eine schräge Story von einem Gast, der heute im Diner war, und lacht sich dabei scheckig. Hazel streicht unserer Schwester durch die Haare und ist wie immer der Ruhepol ihres Zwillings, der Grace daran hindert, vor Lachen von der Teakholzliege zu kullern, auf der die beiden sitzen. Obwohl sie Zwillinge sind, sind Hazel und Grace absolut unterschiedlich und dennoch kommen sie mir wie eine unzerstörbare Einheit vor.

Ich nippe an meinem Caipirinha und muss lächeln. Die letzten Tage liefen alles andere als nach Plan, aber sie enden so perfekt, wie es nur in Pinewood Meadows möglich ist.

# Kapitel 2

Heute Morgen habe ich frei und genieße die Ruhe auf dem Steg. Grace und Hazel sind im Diner, Amber in der Schule und ich nutze die Zeit, um meine Gedanken zu sortieren. Den Brief der Firma Harris & Sons habe ich zurück zu den anderen Schreiben des New Yorker Immobiliengiganten geschoben.

Hazel und Grace wissen, dass es ein Angebot für Pinewood Meadows gibt und dass die Immobilienfirma immer wieder nachhakt, aber sie wissen nicht, wie vehement der Druck ist, und dass ich ernste Sorge habe, unser Zuhause zu verlieren. Ich will ihnen die Belastung ersparen, und ich bin mir auch nicht sicher, ob sie vor Amber dichthalten würden. Und eine weitere Last auf Ambers ohnehin schon angeschlagenem und von der Pubertät zerlöchertem Seelenhaushalt wäre zu viel.

Unterhalb des Stegs schimmern feinpudriger, weißer Sand und kristallklares Gebirgswasser, das den Himmel unnatürlich blau reflektiert. Die Halfmoon Bay liegt abseits der Touristenpfade. Neben unserem Grundstück schlängelt sich zwar ein schmaler, öffentlicher Trampelpfad bis zum Strand, aber es verirrt sich kaum jemand hierher, so dass wir die Bay fast immer für uns allein haben. Nur heute nicht.

Ich schirme die Augen mit dem Handrücken ab, weil eine Person den Steg betritt. Mein Körper weiß vor meinem Verstand, wer da auf mich zukommt. Cole.

Was tut er hier? Ich meine, gestern taucht er in unserem Hinterhof auf und heute erscheint er auf unserem Steg. Amber hätte eine passende Bezeichnung für so ein Verhalten: Stalking. Ich glaube aber grundsätzlich erst einmal an das Gute im Menschen. Cole ist Tourist, er erkundet den See und es passiert immer mal wieder, dass Menschen das Schild übersehen, das unser Privatgrundstück von dem öffentlichen Bereich der Bay abgrenzt.

Cole bleibt unmittelbar vor mir stehen, und wie gestern bohrt sich sein Blick in meinen.

»Hi«, sagt er, und mein Herz setzt einen Schlag aus, weil unser Gespräch gestern mit genau denselben Worten begann und ganz woanders endete. Ich knabbere an meiner Unterlippe, und er sieht mir eine Spur zu fasziniert dabei zu.

»Hi«, sage ich und lasse zu, dass er mir die Hand reicht. Eine unverfängliche Geste, die sich ganz anders anfühlt. »Was machst du hier? Ich meine, ich habe Hazel und Grace so oft gesagt, sie sollen niemandem aus dem Diner unsere Adresse geben.«

Mir ist bewusst, wie abweisend sich das anhören muss, und ich zucke entschuldigend mit den Schultern. »Tut mir leid, ich will nicht unhöflich sein, aber sie hätten dir die Adresse einfach nicht geben dürfen.«

Er grinst, und ich kann nicht ergründen, was in ihm vorgeht.

Ein leises Prickeln mischt sich mit Argwohn. Immerhin kenne ich ihn gar nicht. Er könnte ein Dieb sein, doch ein Stalker oder noch Schlimmeres.

»Du willst mich hoffentlich nicht ausrauben?«, rutscht es mir heraus, und ich würde am liebsten im Erdboden versinken, weil meine Frage wirklich dämlich ist.

»Räuber küssen ihr Opfer in der Regel nicht am Tag zuvor«, stellt er klar, und ich mag es, wie ein Lächeln an seinen Mundwinkeln zupft. »Ich bin eigentlich hier, um die kleine Schwester der San Francisco Halfmoon Bay anzusehen …« Er deutet auf die Bucht und die glitzernde Wasseroberfläche. »… und wo ich schon mal hier bin, dachte ich, ich könnte mich gleich für gestern entschuldigen.«

Damit habe ich nicht gerechnet. Ich weiß nicht, warum. Vielleicht hatte ich gehofft, er wäre wegen unseres Kusses hier, aber nicht, weil er sich dafür entschuldigen will.

Aber anstatt sich weiter die Bucht anzusehen, reicht er mir erneut die Hand. Diese Berührung ist nicht halb so unschuldig wie bei der Begrüßung. Er dreht das Gebilde unserer Hände ein wenig und gibt mich erst frei, als ich einige Schritte zurücktrete und Abstand zwischen uns bringe.

»Deine Schwester hätte das nicht sehen sollen«, beendet er seine Entschuldigung.

»Warum bist du in Cooper Springs?«, frage ich, obwohl die eigentliche Frage wäre, warum er hier auf meinem Steg steht.

Cole verschränkt die Arme. »Uhm.« Er löst die Abwehrhaltung wieder auf, indem er die Arme fallen lässt und mich angrinst. »Ich mache Urlaub, denke ich.«

»Denkst du? In der Regel weiß man, ob man Urlaub macht oder nicht.« Ein leises Lachen stiehlt sich auf meine Lippen.

»Ich mache Urlaub«, sagt er etwas fester, fast so als müsste er sich selbst überzeugen. »Ich bin nur nicht besonders gut im Nichtstun, wie sich herausstellt.«

»Ein Workaholic?«, frage ich.

Er nickt. »Ich verbeiße mich ziemlich in der Arbeit. Das

ist, was der Job verlangt, aber irgendwann braucht wohl jeder mal eine Auszeit.«

»Was machst du genau?«

Cole zuckt mit den Schultern. »Familienbetrieb. Ich bin Projektmanager. Nicht besonders spannend, aber zeitraubend.«

»Und wo kommst du her?«, setze ich mein Verhör fort.

»San Francisco«, erwidert er und geht mit einem spielerischen Lächeln zum Gegenangriff über, indem er feststellt: »Du bist ziemlich neugierig!«

»Ich weiß nur gerne etwas über Menschen, die auf meinem Steg auftauchen«, kontere ich und streiche mir die Haare hinters Ohr. Es gefällt mir nicht, dass ich das Gefühl habe, er könnte in mir lesen wie in einem offenen Buch, oder vielleicht gefällt es mir auch eine Spur zu gut.

»In welchem Hotel wohnst du?«, frage ich weiter, um ihm klarzumachen, dass er mich nicht einschüchtert, nur weil sich die Sonne in seinen blonden Haaren bricht und jede Sekunde in seiner Nähe den Wunsch größer werden lässt, ihn wieder zu küssen.

»Im Molly's. Mein Bruder hat es gebucht«, sagt er und verzieht das Gesicht.

Das Molly's ist ein wenig in die Jahre gekommen und schreit einem Spießigkeit und großmütterlichen Charme entgegen, egal wo man hinschaut. Die Gardinen und Stoffe der Zimmer stammen aus dem letzten Jahrhundert und sehen auch so aus. Ich hätte nie gedacht, dass Cole in einem solchen Hotel absteigt, wo das Hyatt Regency nur einige Meilen weiter nördlich liegt. Ein Fünf-Sterne-Traum aus Holz, Chrom und Eleganz, der viel besser zu ihm passt.

»Mein Bruder hat einen eigenartigen Humor.« Er verzieht

das Gesicht. »Wenn es darum geht, mir eins auszuwischen, kann er ein echter Spaßvogel sein.«

»Es gefällt dir nicht?«, frage ich neckend, weil mir bewusst ist, dass die rückenfeindlichen Betten einen an den Rand der Belastbarkeit bringen können, wenn es nicht Mollys liebenswerte, aber anstrengend mütterliche Art tut.

»Ich habe mich am Anfang etwas vor den vielen Blumen gefürchtet, aber jetzt konzentriert sich meine Angst auf die siruptriefenden Waffeln, die mir Molly jeden Morgen aufzwingt.« Er sieht wirklich bemitleidenswert aus. »Mein Personal Trainer würde mich umbringen, wenn er erfährt, dass ich mich ausschließlich von solchen Kalorienperversitäten ernähre, seitdem ich hier bin, aber ich muss zugeben, dass sie ...«, er verdreht die Augen. »... himmlisch schmecken. Fast so gut wie ...« Er beendet den Satz nicht, aber das Braun seiner Augen wird dunkel und die Art, wie er seine Kiefer aufeinanderpresst, zeigt, in welche Richtung seine Gedanken gehen.

»Wo ist deine Schwester?«, fragt er und kommt mir so nahe, dass mir sein Geruch in die Nase steigt. Frisch, männlich und nach Wind und Sonne, dabei hat er gerade gesagt, dass er ein Workaholic ist und damit wenig Zeit in der Natur verbringen dürfte.

»Wieso?«, flüstere ich und meine Stimmbänder vibrieren.

»Weil ich sie nicht noch mal verstören will.«

Er zieht mich an sich und küsst mich. Erst sanft, wie um mir die Möglichkeit zu geben, Einspruch zu erheben, aber ich tue das Gegenteil. Ich stelle mich auf die Zehenspitzen und umschlinge seinen Nacken. Meine Zunge dringt in seinen Mund ein und fordert mehr. Seine Lippen bewegen sich an meinen und bringen auch den letzten Rest meiner

Selbstbeherrschung zum Einstürzen. Schon bevor wir uns geküsst haben, habe ich keinen Gedanken mehr daran verschwendet, einem Touristen auf der Suche nach Spaß aus dem Weg zu gehen, oder Cole fortzuschicken und mich auf meine Probleme zu konzentrieren. Ich will das hier.

Cole streicht meine Haare nach hinten, seine Hände umrahmen mein Gesicht und geben mir ein angenehmes Gefühl des Ausgeliefertseins, während mir sein schwerer Atem beweist, dass dieses Gefühl auf Gegenseitigkeit beruht.

Ich suche den Saum seines Shirts, nur um mich darunter zu stehlen und seine Haut und die darunter spielenden Muskeln zu berühren. Er fühlt sich gut an. Wie er auf meine Berührungen reagiert, fühlt sich gut an.

Seine Küsse werden intensiver und seine Hände folgen dem heißen Ziehen, das meinen Körper durchläuft und sich in meinem Unterleib sammelt. Er lässt sie unter mein Shirt wandern, streicht meine Wirbelsäule entlang und berührt ganz leicht meinen Po. Ich stöhne, weil ich wünschte, er würde mehr tun. Ich presse meinen Körper an seinen und spüre, wie Cole erzittert. Er umfasst meinen Hintern und erhöht so die Reibung, die mein Körper an seinem erzeugt. Der leichte Stoff meines Rocks zerknittert unter seinen Händen.

Cole stöhnt brüchig an meinen Lippen. Er berührt meine Brust und ich wünschte, uns würde kein lästiger Stoff mehr trennen. Immer wieder streicht er über meine Brüste, deren harte Spitzen sich deutlich durch den Stoff abzeichnen. Ich will mehr von Cole als das hier. Ich will ihn, auch wenn es gegen jede Regel verstößt, die ich mir je selbst auferlegt habe.

Ich berühre seinen Gürtel und ziehe ihn daran noch ein

Stück näher. Aber plötzlich taucht Cole mit einem verhangenen Blick aus dem Strudel der Erregung auf, in den uns unsere Küsse gestoßen haben. Er sieht erst mich an, dann meine Hände, die seinen Gürtel umschließen.

Das Verlangen, das eben noch in seinen Augen geleuchtet hat, erstirbt, ersetzt durch etwas, das ich nicht lesen kann, und er legt seine Hand auf meine. Es ist eine endgültige Geste.

»Es tut mir leid«, murmelt er und geht ein paar Schritte auf Abstand. Sein Atem hat sich noch nicht wieder beruhigt, und er fährt sich durch die Haare, so dass ein wildes Durcheinander aus sonnengebleichtem Blond zurückbleibt.

Ich sage gar nichts, selbst dann nicht, als Cole sich mit einem weiteren »Es tut mir leid« umdreht und über den Steg aus meinem Sichtfeld verschwindet. Dabei hätte ich viel zu sagen. Einiges davon wäre für Cole bestimmt und würde um die Frage kreisen, warum zum Henker er mich so küsst, nur um mich im nächsten Moment von sich zu stoßen. Hauptsächlich würde ich aber mir selbst gern in den Hintern treten, weil ich noch nie so auf einen Typen reagiert habe und mein Leben absolut keinen Platz für diese Art von Schwäche hat.

Er sitzt im Diner, als ich zur Spätschicht komme. Hazel ist heute bei einer Freundin in Tahoe City und ich arbeite mit Greta zusammen. Grace hat alleine die Frühschicht übernommen, die an einem Montag meistens verhältnismäßig ruhig ist. Im Kühlschrank stehen die frisch gebackenen Pies, die wir mit selbst zubereitetem Eis servieren. Mein Lieblingskuchen ist Pecan Double Choc, aber ich bin sicher, dass das nicht in Coles Ernährungsplan passt. Genauso wenig wie der Rest unserer Karte, was die Frage aufwirft, warum er hier ist.

»Was tut er hier?«, frage ich Greta wie beiläufig, aber sie durchschaut meine geheuchelte Überraschung.

»Auf dich warten«, erwidert sie und bringt mich dazu, sie anzusehen. Sie deutet auf den Tisch am Fenster, an dem er sitzt. »Hält sich seit zwei Stunden an einem Becher Kaffee fest und hat schon dreimal nach dir gefragt. Du scheinst einen verdammt umwerfenden Bob-Kuss drauf zu haben.« Sie hebt zweideutig die Augenbrauen und lacht.

Ich ziehe sie mit einem letzten Blick auf Cole in die Damentoilette und vergewissere mich, dass die Kabinen leer sind, bevor ich drei Finger aufs Herz lege.

Greta tut augenblicklich dasselbe. Ein Schwur, das Folgende niemanden unter keinen Umständen zu erzählen, der uns seit unserer Kindheit begleitet.

»Ich habe ihn noch mal geküsst«, bringe ich hervor und erwarte, dass Greta in etwas abgemilderter Version wie Amber reagiert, aber stattdessen quietscht sie leise, presst sich die Hand auf den Mund und hüpft ein wenig auf und ab. Dann löst sie die Hand wieder.

»Wann? Und wie war es? Und wieso erzählst du mir das erst jetzt?«

Ich muss grinsen, weil es guttut, dass jemand genauso aus dem Häuschen ist wie ich. »Gestern im Hinterhof. Ich weiß nicht, wäre Amby nicht aufgetaucht, …« Ich führe den Satz nicht zu Ende, aber das Glitzern in Gretas Augen zeigt, dass sie auch ohne Worte versteht.

»Deswegen war sie so sauer.«

Jeder weiß, dass Amber keinen Mann in meiner Nähe

duldet. »Und dann ist er heute Morgen auch noch in der Halfmoon Bay aufgetaucht.«

»O mein Gott.« Greta lehnt sich an den Händetrockner und tut so, als würde sie die Vorstellung umhauen. »Hat er dich um den Verstand gevögelt?«

»Ich vögle nicht«, erinnere ich sie, obwohl es vielleicht genau dazu gekommen wäre, wenn Cole keinen Rückzieher gemacht hätte. Ich hätte es wohl nicht extra sagen müssen. Jeder, allen voran Greta, weiß, dass ich die pflichtbewussteste der Carson-Schwestern bin, diejenige, die sich immer an die Regeln hält und für den Diner und ihre Schwestern lebt. »Er ist gekommen, um sich zu entschuldigen, weil Amber uns so nicht hätte sehen dürfen.«

»Das ist so …« Greta rudert mit den Armen, als würde ihr keine passende Umschreibung einfallen. Schließlich legt sie sich auf »widerlich anständig« fest.

Ich verheimliche Greta nie etwas und werde wegen Cole nicht damit anfangen, obwohl es mir ein wenig unangenehm ist, ihr zu beichten, dass er mich dazu gebracht hat, mich für meine Verhältnisse vollkommen unüblich zu verhalten.

»Und dann haben wir wie wild herumgeknutscht«, schiebe ich hinterher.

»Schon besser«, seufzt Greta und sieht mich erwartungsvoll an. Als ich nicht reagiere, stupst sie mich an. »Jetzt erzähl schon weiter«, fordert sie mich auf, und mit einem Blick auf ihren kugelrunden Bauch fügt sie hinzu: »Das ist so nah, wie ich Sex in den nächsten achtzehn Jahren kommen werde.« Greta weiß, dass das nicht stimmt, aber sie übertreibt gern.

»Es ist nichts passiert. Es war heiß und unglaublich, aber

dann hat er sich umgedreht und ist gegangen, als wäre ihm plötzlich eingefallen, dass er Wichtigeres zu tun hat. Ich werde nicht schlau aus ihm. Muss ich vielleicht auch nicht. Ich meine, er verzieht sich bald wieder nach San Francisco, warum also sollte ich versuchen, ihn zu verstehen?«

»Weil er umwerfend küsst und du an Vaginal-Demenz erkranken wirst, wenn du weiter so enthaltsam lebst?«

»Er hat mich stehenlassen«, erinnere ich sie.

Greta überlegt eine Weile und ihre Unterlippe ist enttäuscht vorgeschoben, bevor sich ihre Gesichtszüge erhellen. »Das ist so romantisch«, seufzt sie.

»Romantisch?« Ich verstehe gerade nur Bahnhof. »Was ist daran bitte romantisch?«

»Liz, du musst verflucht nochmal so denken wie ein Mann.«

Ich dachte, das hätte ich. Ich wollte Cole, er wollte mich. Es ging nur um Sex, weil mein Leben keinen Platz für mehr lässt. Das ist normalerweise das, was Männer sehr begrüßen. Cole nicht, der ist lieber abgehauen. Ich lege meine Stirn in Falten und sehe Greta fragend an.

»Er wurde von seinen Gefühlen für dich übermannt und musste damit erst einmal klarkommen. Ist doch eindeutig.« Sie guckt mich verzückt an. »Und jetzt sitzt er im Diner und wartet auf dich, um dir seine Liebe zu gestehen.«

Ein Anflug von Panik überkommt mich, weil ich nicht wüsste, wie ich auf so eine Offenbarung von Cole reagieren würde, aber dann wird mir klar, dass das nicht die Realität ist. Greta hat nur gerade einen ihrer tiefromantischen Anfälle.

»Vermutlich ist er nur hier, um sich zu verabschieden.« Vielleicht entschuldigt er sich auch dafür, gleich zweimal einen Kussüberfall auf mich gestartet zu haben. Mehr wird aber nicht passieren. »Er ist kein großer Freund von Urlaub und reist sicher ab, um sich wieder in seine Arbeit zu stürzen. Ich werde mich verabschieden und damit ist das Thema Cole vom Tisch«, erkläre ich entschlossen.

Ich sehe, dass Greta mehr Hollywood und weniger Realismus erwartet hatte, aber sie versucht nicht, mich aufzuhalten, als ich die Toilette verlasse. Ich schnappe mir die Kaffeekanne von der Wärmeplatte und steuere auf Coles Tisch zu.

»Hi«, sage ich und muss lächeln, weil sich diese Begrüßung langsam zu unserem Ding entwickelt.

Er lächelt zurück. »Hi.« Er schiebt mir seinen Becher hinüber, damit ich ihm Kaffee nachschenken kann, aber anstatt danach zu verschwinden, rutsche ich mitsamt der halbvollen Kanne ihm gegenüber auf die Bank.

»Du willst dich verabschieden?«

Eine steile Falte zerteilt seine Stirn. »Eigentlich nicht«, erwidert er. »Es sei denn, du willst, dass ich gehe.«

»Was tust du dann hier?«, frage ich leise, weil ich keine Lust habe, dass die Stammgäste mitbekommen, dass wir uns kennen. Ich versuche unverbindlich auszusehen, so als würde ich einem Touristen die Sehenswürdigkeiten von Cooper Springs erklären.

»Ich habe auf dich gewartet.« Cole bemüht sich keineswegs leise zu sprechen. »Ich wollte mit dir reden.«

»Worüber?«, flüstere ich weiter und versuche ihm durch einen Blick klarzumachen, dass die anderen Gäste unser Gespräch nicht mitbekommen sollten. Ich will nicht, dass wir morgen das Gesprächsthema Nummer eins in Cooper Springs sind.

Sein Daumen streift mein Knie unter dem Tisch und um

ein Haar hätte ich die Glaskanne fallen lassen. Eine Minischockwelle breitet sich über meine Haut aus.

»Darüber«, sagt er dieses Mal leise, und die Dunkelheit in seiner Stimme macht mich wehrlos.

»Ich habe um zehn Schluss«, bringe ich krächzend hervor. »Greta und Hank gehen schon früher. Komm dann wieder.«

Vermutlich ist das die dümmste Idee überhaupt, aber ich nehme trotzdem keines meiner Worte zurück. Stattdessen stehe ich auf und bringe die Kaffeekanne zurück hinter den Tresen. Als ich mich umdrehe, ist Cole gegangen.

Cole ist pünktlich. Um Punkt zehn Uhr klopft er an die Tür des Diners und mein Herz macht einen Salto, dabei habe ich mir in der Zwischenzeit fest vorgenommen, ihm zu sagen, dass sein Hin und Her schleudertraumaverdächtig ist und dass ich für so etwas wirklich keinen Kopf habe.

Das Problem ist, dass sich mein festes Vorhaben, ihn nicht wiedersehen zu wollen, in Luft auflöst, als Cole seine Stirn gegen das Glas der Tür legt und mich ansieht, während ich aufschließe. Ich öffne ihm nicht, sondern lasse ihn die Tür allein aufdrücken. In der Zeit bringe ich den Tresen zwischen uns.

Es ist sicher keine schlechte Idee, wenn uns die schwere Massivholzplatte voneinander trennt.

Cole rutscht auf einen der Barhocker und nickt, als ich die Kaffeekanne hebe, in der noch ein Rest Kaffee herumschwappt.

»Gern«, sagt er und zieht den Becher zu sich heran, sobald ich ihn gefüllt habe. Das schwere Röstaroma steigt zwischen uns auf, und ich warte, dass er den Anfang macht, dabei wäre es besser, wenn ich mit dem Gespräch beginnen und direkt klarmachen würde, dass es das Beste wäre, wenn er den Rest seines Urlaubs woanders verbringen würde.

Mit den Fingern klopft Cole einen Takt auf die Tischplatte. Es ist das erste Mal, dass er unsicher wirkt. »Der Diner gehört dir und deinen Schwestern?«, fragt er schließlich und sieht sich um, als würde er die vielen liebevoll ausgesuchten Details das erste Mal wahrnehmen.

»Wir haben es von meinen Eltern geerbt.« Ich streiche mir die Haare aus dem Gesicht. »Stecken jede Menge Erinnerungen in dem Laden.« Warum erzähle ich ihm so etwas? Er ist jemand, für den Cooper Springs nicht mehr als ein Urlaubsort ist, eine Zwischenstation in seinem hektischen Alltag. Für ihn wird der Diner, Cooper Springs oder Pinewood Meadows niemals bedeuten, was er für mich tut. Er wird niemals meine bunte, fröhlich chaotische Kindheit in den Kerben der Tische sehen. Er wird nicht das Lachen meiner Eltern zwischen den Holzbohlen von Pinewood Meadows hören oder die zahllosen Caipirinha-Schwestern-Nächte zwischen den Sandkörnern der Halfmoon Bay fühlen.

»Es gefällt mir.« Cole sieht mich an, und ich kann das Lächeln, das er hinter dem Kaffeebecher verbirgt, in seinen Augen sehen.

»Du wolltest reden«, erinnere ich ihn und strecke kämpferisch das Kinn vor. »Weißt du, vielleicht sollte ich anfangen.« Ich halte mich an der Kaffeekanne fest.

Cole ist einverstanden, auf jeden Fall widerspricht er nicht. Er sieht mich nur an, und ich bin mir nicht sicher, ob ich herausbringen werde, was ich zu sagen habe, wenn er mich so ansieht. Ich wende den Blick ab.

»Ich kümmere mich um den Laden, und das allein wäre schon Arbeit genug, aber ich habe auch noch ein Haus voller Schwestern, die ich liebe. Wirklich, ich liebe sie, aber sie rauben mir auch oft den letzten Nerv.« Meine Stimme klingt zärtlich, und ich räuspere mich. »Meine kleine Schwester …«

»Amber«, wirft Cole ein, und ich nicke.

Ich bin überrascht, dass er sich an ihren Namen erinnert. »Amber, ja.« Ich lege den Spüllappen beiseite und zwinge mich dazu, Cole anzusehen. »Sie sieht aus wie eine zweifelhafte Version von Mad Max, aber die Wahrheit ist, dass sie im Innern eher wie Bambi ist. Sie ist verletzt und allein, und ich muss für sie da sein.« Warum sage ich nicht einfach, was ich sagen sollte?

»Liz«, unterbricht Cole mich.

»Hmm.« Die Art, wie er meinen Namen ausspricht, lässt mein Herz klopfen.

»Du schmeißt den Laden gemeinsam mit deinen Schwestern, und du bist jederzeit für Amber da. Ich verstehe, warum sie sich ausgerechnet auf dich verlässt, obwohl du nicht ihre einzige Schwester bist. Du liebst deine Arbeit und stehst auf einsame Häuser, in denen sich andere Frauen fürchten würden, und auf Küsse unter einem verstorbenen Elch. Es zeigt, dass du etwas ganz Besonderes bist. Nicht nur für sie. Ich verstehe, dass du viel um die Ohren hast mit all dem, aber …«

So wie er das sagt, hört es sich an, als hätte ich eine Vollmeise. Trotzdem nicke ich widerwillig.

»… aber du hast mich geküsst.« Er zeigt auf Bob, dessen Augen leer in den Raum blicken. »Zweimal. Ich glaube nicht, dass es fair ist, mir jetzt zu sagen, dass du zu beschäftigt bist, um mich wiederzusehen.« Er grinst schief und eine Spur zu siegessicher.

Wer hier wen geküsst hat, ist wohl Interpretationssache. »Du hast mich heute Morgen auf dem Steg stehenlassen«, erinnere ich ihn. »Ich dachte, du würdest ähnlich denken und es für keine gute Idee halten, wenn wir uns wiedersehen.« Ich atme tief durch. »Du bist großartig, ich meine …« Ich zeige auf seinen Killerbody, weil ich auf keinen Fall wie ein schwärmender Teenager klingen will. »Du bist interessant. Vermutlich interessanter als alles, was die letzten zehn Jahre durch Cooper Springs gekommen ist«, gebe ich zu. »Aber du wirst nicht bleiben. Ich kann mich nicht auf jemanden einlassen, der in einer Woche wieder weg ist und der keine Ahnung hat, was er eigentlich will.«

»Und wenn ich noch bleiben würde und genau wüsste, was ich will?«

Ich kann nicht glauben, dass er das wirklich in Erwägung zieht. »Du bist ein Workaholic. Das würdest du nicht lange durchhalten«, sage ich leise.

»Vielleicht schon.« Cole stellt seinen Kaffee ab und berührt meinen Unterarm, und ich brauche entscheidende Sekunden zu lang, um mich ihm zu entziehen.

»Ich …« Ich kann in seiner Nähe nicht wirklich klar denken. »Ich kann das nicht. Das Letzte, was Amber jetzt gebrauchen kann, ist, dass ich eine Affäre anschleppe.«

Er verengt seine Augen zu Schlitzen, als wäre ihm das Wort Affäre zuwider, aber was sonst sollte das zwischen uns sein? Selbst wenn er seinen Aufenthalt verlängert, wird er niemals bleiben. Cole passt so wenig in unsere Kleinstadt wie ein Bison in die Wüste.

»Es heißt Affäre, weil man sie geheim hält«, murmelt

Cole, und der Kampfgeist, der in seinem Blick steht, lässt mein Herz prickeln. Er kämpft um mich, obwohl er mich vor nicht einmal zehn Stunden hätte haben können und mich stattdessen lieber bebend auf einem Steg stehenlassen hat.

Ich will ihn küssen, nachgeben, aber mein Verstand schwenkt ein neongrelles Warnschild. Ich bin nicht der Typ für belanglosen Sex und neige dazu, alles zu verkomplizieren, indem ich mein Herz mit in den Topf werfe, und Coles wechselhaftes Verhalten wird das Übrige tun, um mein Leben durcheinanderzubringen.

»Ich bin nicht besonders gut darin, Geheimnisse für mich zu behalten«, weiche ich aus, obwohl mein Entschluss, das Ganze an dieser Stelle zu beenden, bereits gefährlich unter Coles Blick wankt. »Wir sollten uns nicht mehr sehen.«

Er schiebt den Becher von sich und rutscht von seinem Hocker. Ich weiß nicht, ob ihn meine Abfuhr irritiert oder ob es ihn wirklich trifft, auf jeden Fall streckt er sich steif.

»Du bist dir sicher?«, vergewissert er sich, und ich bringe ein Nicken zustande, obwohl alles in mir schreit, ihn nicht gehen zu lassen.

»Okay. Vermutlich hast du recht.« Er lässt die Arme gegen seine Oberschenkel fallen und stößt die Luft aus. Er dreht sich um und zeigt Richtung Tür. Sein Blick ist fragend. Vielleicht hofft er, ich würde ihn doch noch bitten zu bleiben. Aber ich bleibe stumm, und Cole hebt seine Hand.

Er berührt beinahe die Haarsträhne, die vor meinen Augen tanzt und das Bild von ihm unscharf macht. Aber nur beinahe. Bevor er sie mir hinter das Ohr streichen kann, lässt er seine Hand wieder fallen.

Ich senke den Blick und spüre, wie Cole sich entfernt,

höre, wie sich die Tür öffnet und sich kurz darauf wieder schließt. Erst jetzt wird mir bewusst, dass ich seit einer gefühlten Ewigkeit nicht mehr geatmet habe, und ich sauge gierig Luft in meine Lunge.

Mein Hirn fühlt sich taub an. In meinem Kopf kreist der einsame, dumme Gedanke, dass ich vielleicht etwas ganz Besonderes verloren haben könnte. Ich lache tonlos auf und schüttle den Kopf. Die Hormone steigen mir zu Kopf. Cole ist heiß. Die Chemie zwischen uns stimmt, aber bei jedem Gedanken, der weitergeht als die rein körperliche Anziehung zwischen uns, geht meine Liebesroman-Phantasie mit mir durch. Ich habe weiß Gott andere Dinge zu tun, als mich in Tagträumen von Cole und mir in einem Greta-Disney-Happy-End zu verlieren.

Ich straffe die Schultern und beginne die Tische einzudecken. Es ist gut, dass ich ihn weggeschickt habe, auch wenn es sich noch nicht so anfühlt. So habe ich die Möglichkeit, mich mit den weitaus wichtigeren Katastrophen meines Lebens zu beschäftigen.

# Kapitel 3

Ich warte vor Gavins Dachdeckereibetrieb. Er hat mich gebeten, dass wir das Gespräch auf der Straße vor dem Betrieb und in seiner Pause führen. Eine unverbindliche Plauderei unter Freunden, die nicht verraten wird, dass er mir zugesagt hat, das marode Dach von Pinewood Meadows unter der Hand zu reparieren. Gavin legt viel Wert darauf, dass in dem Familienbetrieb, den er vor drei Jahren von seinem Dad übernommen hat, alles mit rechten Dingen zugeht. Dass er für mich eine Ausnahme macht, ist ein großes Zugeständnis für ihn. Aber bis jetzt ist er noch nicht dazu gekommen, und so langsam droht das Wetter umzuschlagen. Uns bleibt nicht mehr viel Zeit.

»Hallo, Liz«, sagt er und schließt mich in seine Arme.

»Hi, Gav«, erwidere ich und drücke ihn kurz an mich, bevor ich ihm einen Kaffee reiche.

Seine Laune verheißt nichts Gutes. Er sieht mich nicht an, schlürft stumm seinen Kaffee und schüttelt mehrmals den Kopf, als würde er nach den passenden Worten suchen, um mir eine Absage zu erteilen.

»Gav, mein Dach ist kaputt, und du hast versprochen, es zu reparieren«, erinnere ich ihn an seine ursprüngliche Zusage. »Ich stecke echt in der Klemme.«

Er schnalzt mit der Zunge, und ich sehe ihm an, wie unangenehm ihm das Ganze ist. »Liz, ich habe mir den Schaden angesehen. Die Reparatur wird deutlich mehr Zeit erfordern, als ich zunächst angenommen habe. Ich bin so gut wie ausgebucht, das habe ich dir schon gesagt, als wir das erste Mal darüber gesprochen haben. Die regulären Aufträge haben Priorität. Ich kann so eine große Reparatur nicht mal eben so dazwischenschieben, wenn es nicht über die Bücher laufen soll.«

Ich nicke und schüttle dann vehement den Kopf. »Ich mache mir echt Sorgen, dass das Dach dem nächsten Regen nicht standhalten wird. Bitte, du musst da doch irgendetwas machen können.«

Gavin stellt seinen Kaffee auf den Fenstersims neben sich. Im Inneren des Betriebs wird die Arbeit wieder aufgenommen. Ich höre das penetrante Geräusch einer Kreissäge. »Ich stehe zu meinem Wort, das weißt du, aber ich kann nicht versprechen, dass ich es in den nächsten Wochen schaffe. Ich tue mein Bestes, ehrlich, aber ich wollte euch nicht weiter im Ungewissen darüber lassen, dass es noch dauern wird, bis ich dazu komme. Ich muss jetzt weiterarbeiten, wenn ich ein bisschen was wegschaffen will.«

Ich nicke resigniert und lasse zu, dass Gavin mich zum Abschied noch einmal in seine Arme zieht.

Über seine Schulter sehe ich, wie Cole die Stufen des Molly's hinunter läuft, den Arm voller Dinge, die er auf der Kühlerhaube seines Pick-ups ablädt, um den Schlüssel aus seiner Hosentasche zu ziehen.

Ich habe Cole eine Abfuhr erteilt. Das ist jetzt sechs Tage her, und er hat meinen Wunsch, ihn nicht mehr zu sehen, akzeptiert. Die Sache ist erledigt. Das heißt, sie wäre erledigt, wenn er nicht regelmäßig im Diner auftauchen oder ich ihn wie zufällig auf dem Markt in Cooper Springs sichten würde. Neulich habe ich ihn sogar in Sand Harbour getroffen, wo er mitten zwischen quietschenden Kindern und übermannshohen Schwimmtieren auf einem der Findlinge im Wasser saß. Ich war dort, um mit Grace zu quatschen und die Sonne zu genießen. Es vereinfacht die Sache nicht gerade, ihn aus dem Kopf zu bekommen, wenn ich ihm ständig und überall über den Weg laufe. Sogar hier vor Gavins Dachdeckerei. Andererseits wüsste ich auch nicht, was ich dagegen einwenden sollte, dass er Cooper Springs und den Lake Tahoe erkundet. Dafür ist er hier, und ich würde mich lächerlich machen, wenn ich ihn darauf ansprechen und er mir erklären würde, dass unsere Treffen reiner Zufall sind. Wenn ich ehrlich bin, habe ich Angst davor, was passiert, wenn er nicht abstreitet, meine Nähe zu suchen.

Ich verstecke mich hinter Gavins stämmiger Figur, aber ich kann nicht aufhören, Cole anzusehen. Plötzlich hebt er den Kopf, und seine Bewegungen frieren ein, als er Gavin und mich sieht.

Ich kann selbst auf die Entfernung sehen, wie seine Kiefer mahlen. Seine Augen verengen sich, während er seine Sachen ins Innere des Wagens feuert. Ruckartig reißt er seinen Blick von mir und Gavin los und prallt um ein Haar mit Molly zusammen, die ihm diensteifrig nachgerannt ist.

»Mr Parker«, ruft sie atemlos. »Sie haben ihre Waffeln vergessen. Sie müssen doch etwas essen, wenn sie den ganzen Tag unterwegs sind.« Sie schüttelt eine Plastikbox, in der vermutlich rund ein Dutzend sirupgetränkte Waffeln herumrutschen.

Cole nimmt die Box entgegen, wirft sie auf den Rücksitz und lässt Molly nach einem knappen »Danke« kurzerhand stehen, um sich hinter das Lenkrad zu schieben.

Ich löse mich von Gavin und sehe ihm hinterher, wie er in der Werkstatt verschwindet und hoffentlich den Stapel Aufträge abarbeitet, der ihn davon abhält, unser Dach zu reparieren.

Als ich mich wieder umdrehe, ist Coles Wagen vom Parkplatz verschwunden. Ich sehe gerade noch, wie er in Richtung Dollar Point abbiegt. Dann stehe ich allein auf dem Gehsteig und frage mich, was mich mehr getroffen hat: Gavins Aussage, dass er in nächster Zeit nicht dazu kommen wird, unser Dach zu reparieren, oder Coles Blick.

Grace sitzt auf der Veranda und wirbelt mit einem abgewetzten Kohlestift auf einem von Hazels Zeichenblöcken herum. Sie sieht nur kurz auf, und ein Lächeln huscht über ihr Gesicht.

»Was?«, brumme ich ihr entgegen. Es ist erst acht Uhr morgens und ich habe verdammt schlecht geschlafen. Zugegeben, ich schlafe seit Tagen schlecht. Ziemlich genau, seitdem ich Cole weggeschickt habe.

Ich versuche, dem keine Bedeutung beizumessen, und schiebe mein nächtliches Hin- und Hergewälze auf die Sorge um Pinewood Meadows. Außerdem bin ich generell ein Morgenmuffel, egal wie gut oder schlecht die Nacht verlaufen ist. Normalerweise lassen mich meine Schwestern in Ruhe, weil sie wissen, dass es keinen Sinn hat, vor zehn Uhr etwas mit mir anfangen zu wollen. Aber Grace legt Stift und Block beiseite, ignoriert meine Laune und gießt frischen Orangensaft in ein Glas, das sie mir zuschiebt.

»Also, was läuft da zwischen Romeo und dir?« Die Art,

wie sie das fragt, zeigt, dass sie sich bereits eingehend mit dem unwiderstehlichen Fremden beschäftigt hat, der in Cooper Springs für Gesprächsstoff sorgt.

Wahrscheinlich haben sie und Greta bereits einen Schlachtplan entworfen, um mein Liebesleben anzukurbeln. So vehement Amber gegen einen Mann in meinem Leben ist, so dringend versuchen Grace, Hazel und Greta, mich zu verkuppeln.

Ich verdrehe verzweifelt die Augen. Sie wird nicht aufgeben, bis ich ihr jede noch so kleine Kleinigkeit von Cole erzählt habe. Dabei haben wir seit dem Abend im Diner nicht mehr miteinander gesprochen, und dafür, dass er mir nicht mehr aus dem Kopf geht, weiß ich erschreckend wenig über ihn.

Noch immer sieht Grace mich erwartungsvoll an und tippt mit dem Bleistift auf die Holzplatte des Tischs. Aber eigentlich gibt es gar nichts zu erzählen.

»Er ist kein Romeo«, seufze ich und vertreibe das Prickeln aus meiner Blutbahn, das Cole dort nicht erzeugen sollte.

»Er benimmt sich aber wie einer.« Meine Schwester grinst mich an. »Gestern hat er sich ganz süß erkundigt, wo du bist, weil Hazel deine Schicht übernommen hat.«

Ich starre sie an. So viel dazu, dass er Abstand wahrt. »Woher weiß er, wann meine Schichten sind?«

Sie zuckt die Achseln. »Er hat mich Anfang der Woche gefragt.«

»Und du hast es ihm gesagt?«, entgegne ich entrüstet. Ich kann nicht fassen, dass meine Schwester genauso illoyal ist wie mein Herz, das sich nach Cole sehnt, seitdem er mich zuletzt berührt hat.

»Sollte ich nicht?« Grace nimmt meine Hand und malt

ein tiefschwarzes Herz mit ihrem Kohlestift auf meinen Handrücken.

»Nein«, entgegne ich aufgebracht und entziehe mich ihr. »Wir kennen ihn gar nicht.« Ich rubble an dem Kohleherz herum und versuche es schließlich mit Spucke. Es lässt sich nicht entfernen, nur meine Haut fühlt sich warm und gereizt an. Wie sinnbildlich.

»Er wollte auch wissen, wer der Typ war, mit dem du vorgestern auf dem Gehweg gesprochen hast. War ihm wohl etwas zu vertraut, wie du Gavin dazu bekommen wolltest, unser Dach zu reparieren.«

»Du hast ihm doch wohl nichts von den Problemen mit unserem Dach erzählt?«, frage ich seufzend nach, weil mir bereits klar ist, dass Grace mit Sicherheit nicht ihre Klappe halten konnte.

»Na ja, ich musste ihm ja wohl sagen, wer Gavin ist und dass keine Gefahr für das junge Glück von ihm ausgeht.«

Ich werfe ihr einen bitterbösen Blick zu, den Grace gekonnt ignoriert. Sie hat ihm also verraten, dass unser Hausdach marode ist und dass ich einen Freund anbetteln muss, um es reparieren zu lassen. Es ist mir unangenehm und geht Cole überhaupt nichts an. Ich stöhne und fahre mir über die Augen.

»Warum sprichst du nicht noch mal mit ihm? Ich finde es echt süß, dass er nicht aufgibt.«

Es beeindruckt mich ebenfalls, das muss ich zugeben, und es gefällt mir, dass Cole dabei die Grenze akzeptiert, die ich gezogen habe, ohne mir die Möglichkeit zu geben, ihn aus meinem Kopf zu verbannen. Ich spüre, wie ein Lächeln über mein Gesicht wandert, und das, obwohl es noch immer vor zehn ist. »Weil es keinen Sinn hat«, sage ich trotzdem.

Grace grinst wissend und reicht mir das Blatt Papier, auf dem sie gezeichnet hat, bevor ich zu ihr auf die Veranda gekommen bin.

Aus schwarzen Linien bestehend hebt sich ein Männerkörper vom Weiß des Blatts ab. Einer, der es locker mit Adonis aufnehmen könnte, und die Frisur, das schiefe Grinsen und die markanten Gesichtszüge lassen keinen Zweifel zu, wen Grace da auf Papier gebannt hat. Auch wenn sie nicht so gut wie Hazel ist, die es schafft, die Seele der Menschen einzufangen, die sie porträtiert, erzeugt das Bild von Cole ein unbestimmtes Kribbeln in meinem Magen.

»Schenk ich dir, verfrühtes Geburtstagsgeschenk«, frotzelt sie und drückt mir die Zeichnung in die Hand. »Nur damit du was in der Hand hast, bis du deinen Schweinehund endlich überwindest.«

»Danke«, erwidere ich zerknirscht. Ich bin verdammt schlecht darin zu verbergen, wie es um mich steht, sobald Cole ins Spiel kommt, wenn sogar Grace klar ist, wie es um mich bestellt ist, obwohl sie die Welt sonst nur durch die Linse ihrer Kamera sieht.

Ich habe allerdings keine Zeit mehr, mir darüber Gedanken zu machen, was ich mit Cole oder der Zeichnung von ihm anstellen soll, weil Hazel und Amber durch die Küche auf die Veranda lärmen. Sie diskutieren lautstark darüber, ob es als durchführbare Diät zählt, sich ausschließlich von Eiswürfeln und Pfirsich-Lipgloss zu ernähren. Amber schmeißt sich in den Stuhl mir gegenüber und schnappt sich einen Bagel. Nur Amber ist in der Lage, sich über eine anstehende Nulldiät, die sie nicht nötig hat, zu streiten und dabei fünf Zentimeter Frischkäse auf ihrem Sesambagel zu verteilen. Ich grinse und nippe an meinem Orangensaft.

Der Geruch von Rosen, kalifornischen Kornlilien und indianischen Astern schwebt über der Veranda. Das Holz gibt die Morgenwärme ab, die schon früh und drückend über dem See liegt. Es wird bald gewittern, und Gavin wird es sicher nicht schaffen, das Dach bis dahin zu reparieren. Ich habe zwei linke Hände und würde mir vermutlich schon beim Erklimmen des Dachs den Hals brechen, sonst hätte ich es längst provisorisch geflickt. Für solche Dinge war immer Fiona zuständig. Aber Fi ist nicht hier, und ich muss mir dringend etwas einfallen lassen.

Vorerst beschließe ich, mich von dem fröhlichen Geplapper meiner Schwestern einlullen zu lassen und es Amber gleichzutun. Ein Bagel mit Frischkäse vertreibt hoffentlich meine Sorgen und vielleicht sogar die düsteren Gewitterwolken, die sich über dem Südende des Sees auftürmen.

# Kapitel 4

Ich laufe dreimal die Woche. Immer. Selbst dann, wenn sich wie jetzt das Wetter drastisch verschlechtert. Die gestrige Gewitterfront ist an uns vorbeigezogen, aber ich bin nicht sicher, ob wir heute genauso viel Glück haben werden.

Ich beachte die Wolken lieber nicht, die sich bereits über dem See auftürmen, obwohl sie sich mit aller Kraft in mein Gesichtsfeld zu schieben versuchen. Die Luft ist schwül und drückend. Trotzdem treibe ich meinen Körper an und kämpfe mich um die Spitze des Dollar Point am Westufer des Sees. Das ist eine der schönsten Laufstrecken, die der See zu bieten hat und die nicht gleichzeitig erfordert, dass man die Fähigkeit einer Berggemse besitzt. Mein Atem geht pumpend, aber regelmäßig, als ich an Tempo zulege und die letzten zweihundert Meter des ersten Streckenabschnitts im Sprint zurücklege. Am Scheitelpunkt mache ich immer etwas Pause und genieße die Ruhe, bevor ich zurücklaufe und schließlich mit dem Wagen in mein geliebtes Chaos in Pinewood Meadows zurückkehre.

Ich stoppe bereits, bevor ich die Bank erreiche, die sonst mein Pausenpunkt ist, und mein Herz schlägt eine Spur schneller. Auf der Bank sitzt schon jemand, und dieser Jemand ist kein anderer als Cole. Ich fahre mir durch die verschwitzten Haare und nehme einen Schluck aus meiner Flasche, die ich an einem Gürtel um meine Hüften trage.

Cole hat mich längst bemerkt, sagt aber nichts. Er sieht mich einfach nur an, und ich überlege ernsthaft umzudrehen und zurückzulaufen, aber dann entscheide ich mich dagegen. Das hier ist meine Pausenbank, und die werde ich nicht aufgeben, nur weil er sie ebenfalls als sein Laufziel auserkoren hat. Oder wollte er mich etwa abpassen?

Ich erinnere mich an das gestrige Gespräch mit Grace. Wenn er meine Schwestern wegen der Schichten im Lakeshore Diner ausquetscht, ist es vermutlich eher unwahrscheinlich, dass Coles Erscheinen auf meiner Laufstrecke ein Zufall ist. Ich habe noch nicht entschieden, ob ich es gut oder schlecht finde, setze mich aber neben ihn.

Er trägt ebenfalls Laufsachen, und sein Shirt ist am Kragen leicht durchgeschwitzt. Ich versuche nicht darauf zu reagieren, dass vermutlich niemand so sexy aussieht, wenn er trainiert, wie Cole es tut.

»Das ist meine Pausenbank«, erkläre ich knapp, und meine Hände krampfen sich um das wettergegerbte Holz der Sitzfläche.

Er sieht sich um und zuckt dann mit den Schultern. Dabei huscht ein unwiderstehliches Grinsen über seine Lippen. »War mir nicht bewusst. Sieht aus, als wäre es eine öffentliche Bank.«

»Es ist meine Bank«, stelle ich noch einmal klar. »Ich habe lange nach der perfekten Laufstrecke gesucht und nach der perfekten Pausenbank …« Ich schüttle den Kopf, weil mir klar ist, dass es nicht um die Bank geht. »Du warst im Diner und hast meine Schwester wegen meiner Schichten ausgefragt«, platzt es aus mir heraus.

Cole nickt und stützt seine Hände auf den Knien auf. »Zu

nah?«, fragt er zerknirscht und nimmt mir damit den Wind aus den Segeln.

»Ein wenig.« Ich weiß nicht, was ich erwartet hatte. Auf jeden Fall nicht, dass Cole reumütig sein würde.

»Ich könnte behaupten, ich hätte sie nur gefragt, damit wir nicht aufeinandertreffen«, sagt er und sieht mich von unten her an. Ich mag das Funkeln in seinen Augen und die Art, wie sich Spott darin mit Selbstbewusstsein und Ernsthaftigkeit mischt.

»Würde das denn stimmen?«

Er zuckt die Schultern und überlässt es mir, darauf eine Antwort zu finden. Ich weiß nicht, was ich damit anfangen soll. Das Einzige, was ich weiß, ist, dass er mich auf so ziemlich allen Ebenen irritiert und dass ich gehen sollte, bevor er das bemerkt.

Ich stehe auf und will zurücklaufen, aber Cole erhebt sich ebenfalls mit einer geschmeidigen Bewegung.

»Darf ich dich begleiten? Wir haben dieselbe Richtung.«

Ich sollte ihm sagen, dass er mich in Ruhe lassen soll, dass ich immer allein laufe und das nicht ändern will, auch nicht für ihn, aber stattdessen nicke ich und falle in einen leichten Trott. Cole hält locker Schritt, und eine Weile laufen wir schweigend nebeneinanderher. Es fühlt sich vertraut und irritierend gut an.

»Ich wusste nicht, dass du läufst«, sagt er, und ich bin nicht sicher, ob es mir gefällt, dass das Tempo es ihm ermöglicht, ohne große Probleme Konversation zu betreiben.

»Wusstest du nicht?« Ich glaube ihm kein Wort. Er wusste, dass ich heute Abend hier sein würde, und hat mich abgepasst. Oder ich entwickle allmählich eine ausgereifte Neurose, was Cole betrifft.

»Ich war am Dollar Point, weil deine Schwester mir geraten hat, hier laufen zu gehen.« Er zuckt mit den Schultern. »Ich wusste wirklich nicht, dass das auch deine Strecke ist.«

Grace ist also hierfür verantwortlich. Sie wollte wissen, wann ich mit Cole sprechen würde, und das ist wohl ihre Art, etwas nachzuhelfen. Ich schüttle den Kopf und muss lachen. »Du läufst also auch.«

»Nicht so oft wie ich es gern würde.«

»Weil du ein Workaholic bist.«

Cole nickt. »Meistens ist es die Arbeit, manchmal andere Dinge, aber ich versuche so oft es irgend möglich ist rauszugehen. Es ist der einfachste Weg, um den Stress loszuwerden.«

»Ich mag es auch, so den Kopf freizubekommen, und es ist die beste Methode, auf legalem Weg high zu werden«, bestätige ich nachdenklich und lächle ihn vorsichtig an, als mir bewusst wird, dass ich meine Gedanken laut ausgesprochen habe. Was mir das Laufen bringt, teile ich sonst mit niemandem. Es gehört nur mir und jetzt ihm.

Cole reckt das Gesicht Richtung Himmel und lacht.

»Was hältst du davon, noch ein bisschen higher zu werden?«, fragt er, als er mich wieder ansieht, und ehe ich mich versehe, zieht er das Tempo an.

Anstatt ihn einfach ziehen zu lassen, steigere ich die Frequenz meiner eigenen Schritte, bis ich ihn eingeholt habe.

Wir laufen nicht mehr, sondern sprinten über den unebenen Boden. Unsere Beine finden denselben Rhythmus, unsere Blicke finden einander, immer wieder, während sich tatsächlich ein unwiderstehliches Hochgefühl in mein Hirn stiehlt.

Atemlos erreichen wir den Parkplatz, wo um diese Uhrzeit nur noch sein und mein Wagen stehen. Lachend stoppen wir und ich halte mich an Coles Unterarm fest, weil ich das Gefühl habe, meine Beine würden weiterlaufen, obwohl ich still an seiner Seite stehe.

Cole ringt nach Atem und hält sich ebenfalls an mir fest. Erst ist es nur seine Hand, die auf meiner Schulter liegt und meine Hand auf seinem Arm, aber dann sind wir einander plötzlich so nah, dass mein Atem stockt.

Ich verstehe nicht, wieso ich meine Arme um seine Taille schlinge, nur dass ich Coles Nähe mag, dass ich weit mehr in seiner Nähe fühle als die rein körperliche Anziehung, die uns im Diner bei unserem ersten Kuss verbunden hat.

Wir sind auf derselben Wolke, die durch das Rennen in unseren Köpfen schwebt. Mein Atem pumpt, und ich lache, halb aus Unsicherheit, halb aus Übermut, als ich zu ihm aufsehe und Coles todernstem Blick begegne.

Er berührt meinen Arm, zieht mich etwas näher und ich werde ebenfalls schlagartig ruhig.

Ich erwidere seinen Blick, der sich in meinen bohrt. Obwohl ich ihn gebeten habe, Abstand zu halten, wünschte ich, er würde das letzte bisschen Distanz überwinden und mich küssen. Ich verstehe nicht, wieso ich nicht standhaft bleiben kann, wenn es um ihn geht. Unsere Lippen sind nur noch Zentimeter voneinander entfernt.

Coles Geruch vernebelt meine Sinne, seine Muskeln unter meinen Händen tun es. Ich nähere mich ihm, bis meine Lippen seine streifen und mich der Mut verlässt, weil er zu meinem Erstaunen nicht darauf reagiert.

Cole verharrt einen winzigen Augenblick zwischen küssen und Rückzug, bevor er sich aufrichtet. Seine Lippen sind fest aufeinandergepresst und er schüttelt stumm den Kopf.

Ich kann die Kraft spüren, die er dafür aufbringt, sich von mir zurückzuziehen.

»Du willst das hier nicht, Liz«, knurrt er. »Und du hast recht, es ist eine beschissene Idee, das mit uns zweien. Das sollten wir beide akzeptieren.« Damit wendet er sich um, geht steif zu seinem Pick-up hinüber und schiebt sich hinter das Lenkrad. Noch bevor er die Wagentür zugeschlagen hat, heult der Motor auf, und er beschleunigt das Auto so hart, dass Kies aufspritzt.

Ich stehe allein auf dem Parkplatz und kann nicht glauben, dass er mich einfach so stehenlässt. Der Schweiß auf meiner Haut lässt mich in der Abendbrise frösteln. Ich sollte schleunigst nach Hause fahren und nie wieder an Cole denken. Cole, der uns für eine beschissene Idee hält. Ich bin enttäuscht, auch wenn er im Grunde nur meine Worte wiederholt hat.

Ich steige in den Wagen und schlucke die Tränen hinunter, die sich ihren Weg in meine Augen gebahnt haben, weil ich mich gedemütigt fühle, abgewiesen, wie eine Idiotin, und weil ich noch mehr als damals im Diner das Gefühl habe, etwas verloren zu haben.

Er hat recht. Es ist eine beschissene Idee, etwas mit ihm anzufangen, und doch wünschte ich, es wäre anders.

Das Gewitter bricht am späten Abend los und taucht den Lake Tahoe in ein apokalyptisches Grau, das schließlich im bläulichen Schwarz des Himmels untergeht.

Hazel und Grace sind im Diner. Sie haben angerufen, um mir zu sagen, dass sie dort warten werden, bis der Regen nachlässt, bevor sie sich mit dem altersschwachen Buick meiner Eltern auf die ausgewaschene Schotterstraße nach Pinewood Meadows aufmachen. Und Amber hockt in ihrem Zimmer und kümmert sich kein Stück darum, dass unser Erdgeschoss gerade absäuft.

Das alte Dach hat den Wassermassen natürlich nicht standgehalten. Ich wusste, dass es schwierig werden würde, aber mir war nicht klar, dass ein einziges Gewitter dafür sorgen könnte, dass wir die Sintflut in unserem Wohnzimmer nachspielen können. Die Eimer, die ich notdürftig unter das Leck gestellt habe, müssen ständig gewechselt werden, und ich habe bereits zig Handtücher auf den Boden geschmissen, um das Parkett vor dem Wasser zu schützen, das nicht die Eimer trifft.

Nachdem ich hundert Mal nach Amber gebrüllt habe, habe ich aufgegeben und spare meine Kräfte lieber für meinen Kampf gegen die Flut. Ich nehme nicht an, dass meine kleine Schwester sich noch hinunter bequemen wird, um mir zu helfen.

Mit dem Unterarm streiche ich mir die feuchten Haare aus der Stirn und setze zu einer neuen Runde Leer-den-Eimer-aus an. Ich werde jedoch mitten in der Bewegung von einem entsetzlichen Krachen unterbrochen. Die Intensität lässt das ganze Haus erzittern. Ich kann nicht deuten, woher der Lärm kommt. War es nur der Donner oder ist etwa eine der Pinien auf unser Dach gekracht?

Ich lasse den Eimer scheppernd auf den Boden fallen und überlege, ob so eine Katastrophe einen Nervenzusammenbruch legitimiert. Ich mache mir nicht die Mühe, mir eine Regenjacke über das kurze Sommerkleid zu ziehen. Ich bin sowieso schon vollkommen durchnässt und am Ende. Vor allem, was mein quasi nicht existentes finanzielles Polster angeht, das niemals für eine großflächige Dachreparatur reichen wird, sollte noch mehr kaputtgegangen sein.

Ich schlüpfe in Hazels rotgepunktete Gartenclogs, die mir auch einen Ausflug in die Regenhölle verzeihen, und wappne mich für das Unwetter, das draußen niedergeht.

Obwohl ich mir notdürftig die Arme über den Kopf halte, bin ich bereits vollkommen durchnässt, als ich von der vorderen Veranda auf den Schotterweg stolpere, der von stromschnellenartigen Rinnsalen durchzogen ist, und unter die große Pinie flüchte, die unser Grundstück nördlich gegen den öffentlichen Weg abgrenzt.

Zumindest die steht noch und kann somit nicht für den Lärm verantwortlich sein. Auf den Anblick, der sich mir bietet, bin ich allerdings absolut nicht vorbereitet, auch wenn ich mit allem möglichen gerechnet habe. Damit nicht.

Mitten auf dem Dach hockt Cole. Der Cole, der mich erst vor rund zwei Stunden auf einem Parkplatz hat stehenlassen, weil wir eine schlechte Idee sind. Sein Shirt hängt triefnass von seinen Schultern, während er eine Plane notdürftig an den alten Dachschindeln befestigt. Er sieht kurz auf, als er meine Bewegung am Rande seines Blickfelds wahrnimmt, widmet sich dann aber wieder seinem Kampf mit der wild umherflatternden Plane.

Ob Cole generell ein Retter in der Not ist, kann ich nicht beurteilen. Fest steht hingegen, dass ich niemand bin, der gut darin ist, sich retten zu lassen. Ich kann schlecht damit umgehen, in jemandes Schuld zu stehen. Noch mehr, wenn dieser jemand meine Gefühlswelt in Schutt und Asche legt.

Trotzdem lasse ich den grellen Funken Freude zu, dass Cole nur meinetwegen mitten in einem Gewitter auf einem

Dach hockt, was nebenbei bemerkt so hoch oben in den Bergen keine besonders gute Idee ist.

»Was tust du da?«, brülle ich durch die Wand aus Regen.

Cole hebt eine Hand, die mir bedeutet zu warten, und springt wenige Hammerschläge später vom tiefen Teil des Dachs auf den Boden. Er rennt zu mir unter den Baum, obwohl dieser kaum Schutz vor der Nässe bietet, und wischt sich die tropfenden Haarsträhnen aus der Stirn.

Allein diese Bewegung ist so verdammt sexy, dass mein Hirn den Dienst quittiert und mir einfach nicht einfallen will, warum ich jemals der Meinung war, ihn abzuweisen wäre sinnvoll.

Er sieht mich an und lächelt schief. »Grace hat mir erzählt, euer Dach wäre kaputt, und da dachte ich, ihr würdet bei dem Mistwetter sicher absaufen«, erklärt er seine Rettungsaktion.

Ich nicke, weil er damit verdammt nah an der Wahrheit liegt und weil mir die passenden Worte ausgegangen sind. Die haben sich irgendwo zwischen seinem intensiven Blick, seiner feuchten Haut und seinem sich unter dem nassen Shirt deutlich abzeichnenden Sixpack verabschiedet.

»Wenn du die Hilfe nicht annehmen willst …«, beginnt er und kommt mir dabei ganz nah. »Ich wollte keine Grenze übertreten.«

Ich spüre den Stamm der Pinie in meinem Rücken und Coles Atem auf meinem Gesicht. Als würde mein Herz nicht ständig Grenzen übertreten, wenn es um ihn geht.

»Das wäre vermutlich das Vernünftigste, was du tun kannst«, raunt er mir zu, und seine Lippen sind nur noch Zentimeter von meinen entfernt. Unser Atem kondensiert in der Luft zwischen uns. Cole macht noch einen Schritt auf mich zu, und die Bewegung ist die perfekte Mischung aus Selbstvertrauen und Zurückhaltung.

Ich müsste nur die Hand heben oder nein sagen, und er würde verschwinden. Das hat er bewiesen. Meine Fingerspitzen berühren den durchnässten Saum seines Shirts.

Cole legt seine Hand an meine Wange und sieht mir tief in die Augen.

Seit Jahren hat sich nichts so gut angefühlt wie dieser Blick, der mir zeigt, dass er mich will und aufgegeben hat, dagegen anzukämpfen. Obwohl das hektische Klopfen meines Herzens eine Warnung sein sollte, bringt es mich dazu, zu nicken.

Diese winzige Bewegung reicht Cole als Bestätigung aus, dass ich das hier genauso will wie er. Er drängt mich sanft gegen den Stamm der Pinie. Sein Brustkorb hebt und senkt sich an meinem Körper und dann presst er seine Lippen rau auf meine. Die Kälte seiner Lippen mischt sich mit der Hitze seines Atems.

Ich schlinge meine Arme um seinen Nacken und erwidere das hungrige Spiel seiner Zunge. Coles Hände gleiten über meine Seiten die Hüften hinunter bis hin zu meinem Hintern. Der Stoff meines Kleides klebt an meinem Körper, und Cole schiebt ihn ein wenig über meine Schenkel nach oben. Dabei saugt er an meiner Unterlippe und stöhnt brüchig.

Ich streiche ihm die nassen Haare aus dem Gesicht, ziehe ihn wieder an mich und küsse ihn mit einer Wildheit, die mich selbst überrascht. Das Blut rauscht in meinen Ohren, und ich bekomme nur halb mit, wie Cole mich hochhebt und zwischen meine Schenkel gleitet. Ich kann seine Härte fühlen, dort wo nasser, kühler Stoff gegen meine pulsierende Mitte stößt.

Er löst sich von meinen Lippen und wandert saugend, knabbernd und küssend über meinen Hals südwärts. Ich spüre das Spiel seiner Muskeln unter dem Shirt, wie sich seine Rückenmuskeln wölben, weil er Mühe hat, sich zurückzuhalten.

»Amber«, stoße ich keuchend hervor, und Cole versteht sofort, auch wenn er meinem Blick nicht folgt, der zu dem erleuchteten Fenster im ersten Stock irrt.

Er setzt mich ab, ergreift meine Hand und zieht mich hinter sich her tiefer in den bewaldeten Hain hinein, der an einer schroffen, etwa drei Meter hohen Felskante endet. Außer Atem bleibt Cole stehen und dreht mich wie bei einem Tanz zu sich heran und wieder von sich weg, so dass ich direkt vor der rauen Felswand stehe, die von Moos bedeckt ist. Er lässt mich los, und ich lehne mich an die Wand. Regentropfen zerplatzen auf meiner Haut, als Cole langsam näherkommt. Er lässt sich Zeit, betrachtet mich, wie ich völlig durchnässt vor ihm stehe. Der helle Stoff meines Kleides ist fast durchsichtig, und sein Blick gleitet über meine Brüste.

Ich weiß nicht, ob es die Kälte ist, die mich erzittern lässt, oder ob es die Tatsache ist, dass jede meiner Zellen bis zum Zerreißen gespannt ist, auf jeden Fall strecke ich die Hand nach Cole aus und bekomme den Ausschnitt seines Shirts zu fassen. Wie eine Ertrinkende ziehe ich ihn daran näher. Ich will Cole berühren. Ich will, dass er mich berührt und Dinge tut, die seit unserem ersten Treffen durch meine Gedanken geistern.

Mitten im Gewitter und in der Dämmerung, mit Moos in meinem Rücken, dem dampfenden Waldboden unter uns, will ich, dass er mich küsst, obwohl das bedeutet, dass er aufhören wird, mich so anzusehen, wie er es gerade tut.

Hungrig und voller Verlangen. Mein Atem beschleunigt sich, als er es endlich tut. Seine Zunge spielt mit meiner, während sich meine Hand unter den Bund seiner Hose schiebt. Ich umfasse seinen Hintern und es ist mir egal, dass seine Hose dadurch nur noch halb auf den Hüften hängt.

Coles Atem prallt in immer intensiveren Küssen gegen meinen. Er gibt dem Drängen meiner Hand an seinem Hintern nach und presst seine Härte gegen meine Mitte. Das Wechselspiel aus kaltem, feuchten Stoff und heißen Berührungen lässt mich aufkeuchen, und auch Coles Bewegungen werden ungeduldiger.

»Ich habe wirklich versucht, mich von dir fernzuhalten, Liz Carson, aber ich fürchte, ich bin nicht besonders gut darin«, flüstert er heiser an meinen Lippen, und sein Blick brennt sich in meinen.

»Vielleicht bin ich auch nicht so gut darin, dich nicht sehen zu wollen, wie ich es gern wäre«, gebe ich zu und fange seine Lippe, als sie meinen Mund passiert.

Er umfasst mein Gesicht mit beiden Händen und macht die vielen, kleinen Küsse, die ich ihm entlocke, zu einem langen, schmerzhaft innigen Kuss, bevor er sich von mir löst, um sein vom Regen durchnässtes Portemonnaie aus der Gesäßtasche zu zerren. Er holt ein Kondom daraus hervor und reißt es mit den Zähnen auf, öffnet seine Hose und streift es sich über, ohne seinen Blick von mir zu wenden.

Wie zuvor an der Pinie schlinge ich meine Beine um Coles Hüften, spüre seine Härte über meine empfindlichste Stelle gleiten, bis er schließlich quälend langsam in mich eindringt.

Bebend verharrt Cole einen Augenblick tief in mir und küsst mich erst sanft, dann fester. Seine Lippen und seine

Bewegungen in mir steigern ihre Intensität, bis er mich mit schnellen Bewegungen nimmt. Da ist keine Zurückhaltung mehr, nur noch Lust, die hart und wild ist, wie der Donner, der den Himmel über dem Lake Tahoe zerreisst.

Ich beiße Cole in die Schulter, genieße die rohe Leidenschaft, die er mit jedem seiner Stöße durch meinen Körper schickt. Coles Hand fährt durch meine Haare, streicht sie mir aus dem Gesicht. Ich lege meinen Kopf in den Nacken, während sein abgehackter Atem gegen meine Kehle prallt. Ich spüre, wie sich die Lust in meinem Körper zu einem Tsunami auftürmt, der krachend über mir zusammenschlägt, als Cole mit einem tiefen animalischen Stöhnen in mir kommt. Ich schreie leise auf und klammere mich an ihm fest, genieße, wie er noch immer hart in mich stößt und die Restbeben meiner Lust verbrennt.

Selbst als wir beide erschöpft und in einer festen Umarmung dastehen und versuchen, wieder zu Atem zu kommen, bewegt er sich noch sanft in mir, bevor er schließlich aus mir gleitet und sich fast schon verlegen über den Nacken fährt. Dann wirft er mir dieses einzigartige, schiefe Lächeln zu und kommt meinem Gesicht ganz nahe.

»Sieht so aus, als hätten wir beide versagt?«, flüstert Cole atemlos in mein Ohr, und seine Lippen, sein heißer Atem und die tiefe dunkle Stimme jagen eine Gänsehaut über meinen Körper.

»Vielleicht könnten wir noch häufiger zusammen versagen?«, frage ich, sehe ihn aber nicht an, weil ich selbst nicht weiß, was ich da gerade vorschlage. Eine Affäre mit Cole ist Selbstmord. Ich bin ihm ja jetzt schon hilflos ausgeliefert, und mir ist absolut klar, dass er das Potential hat, mich zu verglühen.

»Du meinst, ich könnte das erste Geheimnis sein, das du bewahren kannst?«, fragt er zwischen zwei langen Küssen und ich verstehe nicht, wieso ich nicht genug bekommen kann von dem Geschmack seiner Lippen oder dem Prickeln, das diese bei jeder Berührung erzeugen.

Ich weiß nicht, was ich darauf erwidern soll. Ich bin große Schwester, Managerin eines Diners, jemand, der damit kämpft, die laufenden Rechnungen zu bezahlen und der den Lake Tahoe über alles liebt. Ich habe noch nie ein Geheimnis gehabt und erst recht kein solches, aber es reizt mich, für Cole eine Ausnahme zu machen.

Weil ich keine Worte finde, die mir nicht albern vorkämen, küsse ich Cole, löse stumm die Schnürung an den Schultern meines Kleides und genieße seinen Blick, der hungrig auf mir liegt.

Er kommt näher, aber anstatt mich zu küssen, hält er mich sanft davon ab, das Kleid an meinem Körper hinabzuschieben.

»Ich will dich, wirklich, aber du holst dir den Tod, wenn wir weiter im Regen rumstehen«, sagt er ruhig. »Das ist einfach keine gute Idee«, fügt er hinzu und sieht an mir vorbei auf den Waldboden, und die plötzliche Distanz, die von ihm ausstrahlt, lässt mich frösteln. Ich habe Sorge, dass er mit seinen Worten uns meint und nicht nur die Tatsache, dass wir vollkommen durchnässt sind. Seine Gesichtszüge sind angespannt und ich kann seine Gedanken kreisen sehen. Ich fürchte fast, Cole könnte sich wie damals auf dem Steg zurückziehen, mich abweisen und ein Gefühlschaos zurücklassen, das die Wasserhölle in unserem Wohnzimmer bei weitem übertreffen würde.

Aber stattdessen gibt er sich einen Ruck, nimmt meine

Hand und ist plötzlich wieder da. Sein Blick zeigt, dass er im Hier und Jetzt ist, bei mir. Ich wünschte, ich wüsste, wohin er in solchen Momenten verschwindet, was ihn beschäftigt.

Ich folge ihm zurück zum Waldrand. Seine Hand liegt kühl in meiner. Er hat recht, es ist schweinekalt, auch wenn der Regen langsam schwächer wird und die Gewitterfront den Himmel über dem See wieder freigibt. Unter der Pinie am Weg küsst Cole mich noch einmal, sanft und zärtlich, und ich kann das Ende dieses Abends in seinem Kuss schmecken. Er will nicht, dass ich noch länger in meinen nassen Sachen stecke, und das ist vermutlich vernünftig und ehrenhaft, aber ich hätte lieber, dass er sich höchst unehrenhaft verhält.

Ich lege meine Finger an seine Lippen. »Warte hier! Ich habe eine Idee, okay?«, flüstere ich.

»Was hast du vor?« Das amüsierte Blitzen in seinen Augen lässt ihn unglaublich jung aussehen. Jung, ausgelassen, vielleicht sogar glücklich.

»Das wirst du schon sehen. Urlaub steht dir übrigens sehr gut«, sage ich und streiche ihm eine Haarsträhne aus der Stirn.

Cole sagt nichts, aber sein Blick zeigt, dass er nicht denkt, sein Gemütszustand wäre auf seinen Urlaub zurückzuführen.

Ich schlüpfe durch die Tür in unser Haus und haste die Treppe in den ersten Stock hinauf. Dort schnappe ich mir meinen dicken Kapuzenpullover von der University of California und eine alte Jogginghose, dazu noch einen rosafarbenen Fleecepulli, eine trockene Shorts und eine kleine, lilafarbene Box von meinem Nachtschrank. Das stopfe ich alles in einen Stoffbeutel und klopfe wenig später an Ambers

Tür. Ich gucke auf die Uhr, die im Flur über der Badezimmertür hängt, weil es notwendig ist, die Zeiten am Morgen akribisch einzuteilen, sonst würden Amber und Grace sich totschlagen, um mehr Zeit im Bad zu ergattern. Es ist halb neun. Amber schläft noch nicht, und tatsächlich nähern sich Sekunden später schlurfende Schritte. Ich wippe ungeduldig auf den Zehenspitzen auf und ab, bis sich endlich die Tür öffnet.

Eigentlich hatte ich nur vor, ihr mitzuteilen, dass ich runter ins Steghaus gehe, aber als Amber vor mir steht, habe ich das dringende Bedürfnis, sie zu schütteln, weil sie vorhin nicht auf mein Rufen reagiert hat. Ich runzle die Stirn. »Ich habe vorhin zig Mal nach dir geschrien«, stelle ich mit einem Blick auf die über das ganze Bett verstreuten Notenblätter fest.

»Hatte die Kopfhörer drin«, erklärt Amber lapidar. »Gab es was Wichtiges?« Sie sieht meinen Wet-T-Shirt-Look an und zieht eine Augenbraue nach oben. »Trägt man das jetzt so?«

Am liebsten würde ich sie tatsächlich schütteln, aber Cole wartet, und ich habe Sorge, dass er verschwinden könnte, wenn ich zu lange brauche. »Könnte sein, dass du der Arche Noah begegnest, wenn du zum Kühlschrank willst, aber sonst ist alles in Butter«, erwidere ich zuckersüß, aber Amber nutzt die Tatsache aus, dass sie immun gegen jede Form von Sarkasmus ist.

Ich schnalze mit der Zunge. »Na, ist jetzt auch egal. Ich wollte nur Bescheid sagen, dass ich noch auf den Steg lesen gehe, und wehe, du schaltest wieder diese schreckliche Musik an«, ermahne ich sie.

»Seit wann meldest du dich ab, wenn du lesen gehst?«

Amber mustert mich irritiert. »Du bist merkwürdig heute Abend. Ist echt alles in Ordnung?«

»Ja«, erwidere ich eilig und bedecke die Lippen, die sich nach Coles Küssen geschwollen anfühlen und noch immer heiße Stromstöße in meinen Schoß senden. »Ich dachte nur, du könntest Angst bekommen, wegen des Gewitters.«

Amber beugt sich vor und deutet aus ihrem Giebelfenster. »Du meinst das, was schon längst vorbei ist?« Sie schüttelt noch mal den Kopf, zeigt mir grinsend einen Vogel und klappt die Tür zu.

Für einen Moment stehe ich unschlüssig vor ihrem Zimmer, bevor ich realisiere, dass ich Cole und mir Zeit erschwindelt habe. Ich renne die Treppe hinunter und erreiche wenig später die Pinie vor dem Haus, unter der Cole noch immer steht.

Er sieht mir unverwandt entgegen und wirkt, als könne ihm die Kälte des Unwetters nichts anhaben, dabei ist es wirklich kalt.

»Entschuldige«, sage ich leise, stelle mich auf die Zehenspitzen und küsse ihn. Er öffnet seine Lippen und empfängt mich, seine Zunge stößt gegen meine und verbindet sich mit ihr zu einem zärtlichen Spiel, das mir den Atem raubt.

»Worauf genau habe ich denn gewartet?«, fragt er schließlich.

Ich antworte ihm nicht, sondern nehme seine Hand und ziehe ihn hinter mir her zum Steg. Das Mondlicht bricht durch die Wolken, die über den Himmel jagen, als ich die Tür der Hütte aufschließe. Ich ziehe ihn in das Innere des Raums und lasse ihn dann allein im Halbdunkeln stehen. Auf der Suche nach Streichhölzern stoße ich mir den Kopf an einem der Regalböden an und fluche leise.

Ich kann Cole hinter mir lachen hören, und ich mag die Empfindung, die dieses Geräusch in meinen Eingeweiden verursacht. Endlich erwische ich die Streichhölzer und zünde die Kerzen auf dem Fenstersims an.

Es ist anders als eben, Cole im Inneren der Hütte gegenüberzustehen. Hier ist es angenehm warm. Die Holzwände haben die Hitze des Tages gespeichert. Ich lasse den Beutel mit der trockenen Kleidung neben der Tür auf den Boden fallen und Anspannung schnürt mir die Kehle zu, als ich mich zu Cole umdrehe.

Wenn wir jetzt weitermachen, werde ich mich immer weiter in meinen Gefühlen verstricken. Trotzdem stürze ich mich in einen Kuss, der Cole dazu bringt, mich gegen die Wand neben der Tür zu drängen. Zwei Bücher rutschen durch den Aufprall vom Regal und fallen zu Boden, aber keiner von uns schenkt dem Beachtung.

Ich schiebe Cole rückwärts, bis seine Füße die Decken am Boden berühren. Er lässt sich darauf sinken und sieht enttäuscht aus, als ich ihm nicht folge. Ich stehe wenige Schritte entfernt und horche auf Kopf, Herz und Lust, die in meinem Innern miteinander streiten.

Dad hat immer gesagt, ich solle auf mein Herz hören, das würde in den seltensten Fällen in einer Katastrophe enden. Das habe ich schon eine ganze Weile nicht mehr getan, weil es schwer ist, das Herz zu verstehen, wenn der Alltag mit all seinen Widrigkeiten über einen hinwegbrüllt.

Es wird nicht in einer Katastrophe enden, wiederhole ich Dads Worte in meinem Kopf, hole tief Luft und schiebe den feuchten Stoff meines Kleids an meinem Körper hinab. Das Kerzenlicht kitzelt meinen Rücken, und Cole atmet tief ein, als ich nur noch in Unterwäsche vor ihm stehe. Er betrachtet mich hungrig, als ich meinen BH öffne. Ich lasse ihn hinter mich auf den Boden fallen und streife mir dann meinen Slip ab.

Coles Blick streichelt meinen Körper, lässt eine Welle der Erregung über mich schwappen und gibt mir das Gefühl, wunderschön zu sein. Meine Hand streift das Bücherregal neben mir. Der ganze Raum ist voller Bücher. In Regalen, gestapelt auf dem Fußboden, auf dem kleinen Tisch, der unter dem einzigen Fenster steht, das einen friedvollen Blick über die Halfmoon Bay erlaubt. Bunte Aquarelle von Mom brechen die Wucht der Regale auf.

Mein Brustkorb hebt und senkt sich scharf, als Cole sich aufrichtet und seine Hand nach mir ausstreckt. Ich überwinde die Distanz zwischen uns und schließe die Augen, als Cole seine Hand um meine Taille legt und mich zu sich hinunterzieht, so dass ich zwischen seinen Beinen knie. Ich streife ihm das nasse Shirt vom Oberkörper. Es kostet mich ein wenig mehr Anstrengung als üblich, weil die feuchte Baumwolle an Coles Haut klebt. Langsam zeichne ich die Linien seiner Muskeln nach und spüre, wie Cole beginnt dasselbe zu tun.

Seine Hand schließt sich um meine Brust. Er reibt sanft über meine Nippel, nur um dann zärtlich dem Bogen meines Brustkorbs zu folgen, meiner Taille, der Leiste. Dann streicht er senkrecht wieder nach oben und widmet sich erneut meinen Brüsten. Dabei sieht er mir tief in die Augen. Ich öffne seine Hose und Cole hilft mir, auch dieses nasse Kleidungsstück auszuziehen und mitsamt seiner Boxershorts hinter uns auf den Boden zu schleudern. Für einen Moment halte ich inne, und auch Cole verharrt schwer atmend, nackt und gefangen im Kerzenschein. Dann schlingt er seinen Arm um mich und dreht mich in einer kräftigen Bewegung unter seinen Körper. Er ist über mir und ich schnappe nach Luft, weil ich wünschte, er würde sich in diesem Augenblick vergessen und mich noch einmal nehmen.

Stattdessen küsst er sich an meinem Hals, der Brust, über meinen Bauch hinab bis zu meiner Scham. Seine Finger umkreisen meine Brüste, als seine Zunge beginnt meine sensibelsten Stellen zu liebkosen.

Die Laute, die über meine Lippen stolpern, machen ihn an. Ich kann spüren, wie er hart wird und wie sehr er sich zusammennimmt, um uns Zeit zu lassen. Ich vergrabe meine Hände vor Lust in seinen Haaren, als er mich immer weiter Richtung Höhepunkt treibt. Er hört nicht auf, mich zu küssen, zu reizen und meine Lust zu schmecken. Ich halte es kaum noch aus. Tosendes Verlangen glüht in meinem Unterleib und droht aufzubrechen. Keuchend winde ich mich unter Cole heraus und er lässt zu, dass ich die Kontrolle übernehme. Ich drücke ihn auf die Decken, streife seine Härte mit meinen Brüsten und küsse mich an seinem Körper nach oben, bis sich meine Schenkel rechts und links von seiner Hüfte befinden. Meine Hand folgt seiner Leiste bis zu seiner Härte. Ich umschließe ihn, bewege mich aber nicht, verschaffe ihm keine Erlösung, während ich seine Brust küsse, das Schlüsselbein, seinen Nacken und dann seinen Mund. Erst als er mir ungeduldig sein Becken entgegenwölbt, bewege ich ganz langsam meine Hand an seiner Härte auf und ab.

Cole beißt sich auf die Lippen und stöhnt unterdrückt. Seine Muskeln spannen sich an, und er stößt einige Male in meine Hand. Ich löse mich von ihm, konzentriere mich auf unseren Kuss, lasse ihn wilder werden, während ich mich über Cole schiebe. Meine Mitte reibt heiß über seinen Schwanz, und Coles Hände graben sich fest in das Fleisch meines Hinterns, als er die Bewegung meiner Hitze an seiner Härte intensiviert.

»Kondom?«, bringt er keuchend hervor, weil seine Fähigkeit zu sprechen genau wie meine stark eingebüßt hat.

Ich nicke und taste nach der kleinen Box, die ich aus dem Haus mitgebracht habe. Ich finde sie unter einem Stapel Kissen, öffne sie und ziehe ein Kondom heraus. Hastig reiße ich die Packung auf und rolle das Kondom über Coles zuckenden Schwanz. Er schließt die Augen und legt den Kopf in den Nacken. Ich schiebe mich wieder über ihn und genieße es, ihn mit meinen Berührungen wahnsinnig zu machen.

Ich spüre seine Hitze, die mich reibt, wie Cole sich aufrichtet und seine Lippen um meine Nippel schließt. Seine Zunge sendet Stromstöße von meinen Brüsten zwischen meine Beine, und ich stöhne unterdrückt, presse meine Scham noch fester gegen seine Härte.

Cole löst seine Lippen von meinen Brüsten und lässt sich zurück auf das Chaos aus Decken und Kissen sinken. Seine Hände gleiten über meine Schultern, an der Wirbelsäule hinab, bis sie meinen Po erreichen. Er umfasst ihn und hebt mich etwas an, so dass seine Spitze in mich eindringt. Dann verharrt er quälende Sekunden, bevor er tiefer in mich gleitet.

Ich schließe die Augen. Es gibt nur Cole, seine Arme, die meine Taille umfassen, seinen Atem, der mein Gesicht streift, und unsere Körper, die sich miteinander verbinden. Ich grabe meine Zähne in die Unterlippe und gönne unseren Körpern Ruhe, tief und schmerzlich süß vereint.

Cole schaut mir in die Augen. Er sieht irritiert aus, als würde er sich selbst nicht wiedererkennen, und beginnt sich zu bewegen, um den intimen Moment zu durchbrechen, aber ich lasse es nicht zu.

Ich zwinge ihn, mich anzusehen, stillzuhalten und zuzulassen, was hier gerade passiert. Wenn ich springe, will ich es mit ihm zusammen tun, und Cole versteht. Er springt mit mir, sieht mich an, anstatt mich zu nehmen. Ich stütze mich auf seiner Brust auf und spüre, wie sein Herz unter meinen Händen hämmert.

Cole atmet zischend ein und ich erlöse ihn, mich, uns, indem ich beginne, ihn zu reiten. Cole küsst das Geflecht unserer Hände, den Arm, mit dem ich mich auf seinem Brustkorb abstütze, meine Brüste, als ich mich noch enger an ihn presse, damit er noch tiefer in mir ist. Mein Körper spannt sich an, reizt ihn. Ich bewege mich schnell auf seiner Härte, verlangsame das Tempo, als er kurz davor ist zu kommen und sich bereits die Muskeln in seinem Unterleib zusammenziehen, nur um meinen Rhythmus kurz darauf wieder zu steigern.

Cole löst seine Hände, umfasst mein Gesicht und zieht mich zu sich heran. »Du bringst mich um den Verstand, Elizabeth Carson«, flüstert er mir heiser ins Ohr, und zum allerersten Mal mag ich meinen vollständigen Namen. Aus seinem Mund hört er sich verrucht und wild an, nicht langweilig und altmodisch.

Cole schlingt seine Arme um meinen Rücken, fixiert meinen Körper an seinem, so dass ich keine Chance mehr habe, unseren Rhythmus zu bestimmen. Bewegungslos, atemlos verharre ich, als er beginnt, in mich zu stoßen. Vielleicht gibt ihm das das trügerische Gefühl, nicht die Kontrolle zu verlieren, ein Gefühl, das ich schon seit geraumer Zeit hinter mir gelassen habe.

Pures Verlangen durchläuft meinen Körper bei jedem seiner Stöße. Ich stöhne, mein Oberkörper wölbt sich Cole entgegen. Ich stehe an der Klippe und als Cole mich tief und atemlos küsst, falle ich in einen Orgasmus, der mich und mein Herz fortreißt. Meine Finger krallen sich in Coles Rückenmuskeln. Unser Atem prallt erhitzt auf die Haut des anderen, mein Mund sucht immer wieder seinen, als er tief in mir kommt und mitten in die Explosion aus grellen Farben in mir trifft.

Ich bin dabei, süchtig nach Coles Körper und seinem perfekten Gesicht zu werden, dabei sollte ich längst zurück im Haus sein. Es ist bereits nach elf, und auch wenn Amber so gut wie nie hier runterkommt, weil ich ihr unmissverständlich klargemacht habe, dass es einen Grund hat, wenn ich mich hierher zurückziehe, gilt das noch lange nicht für Hazel und Grace, die mittlerweile vom Diner zurück sein müssten. Ich bin nicht besonders scharf darauf, ihnen erklären zu müssen, was ich hier tue. Sie wären im Gegensatz zu Amber nicht verstört, würden aber jede Einzelheit aus mir herausquetschen und wenn sie dazu FBI-Verhörtaktiken anwenden müssten. Dabei verstehe ich selbst nicht, wohin die Sache zwischen Cole und mir läuft. Ich weiß nur, dass ich sie noch mit niemandem teilen will.

»Woran denkst du?«, fragt Cole, und seine tiefe Stimme setzt sich als Vibrieren in meinem Körper fort. Er liegt nackt unter einer Patchworkdecke, die seine Leiste nur halb bedeckt. Ich werde ihm wohl kaum erzählen, dass ich keine Ahnung habe, was ich hier zum Teufel tue, und dass ich bezweifle, dass es irgendwo hinführt. Cole wird zurück nach San Francisco gehen, und ich werde den See niemals verlassen. Ich liebe mein Leben hier mit meinen Schwestern, egal wie chaotisch es oft ist, den Diner und den atemberaubenden Wechsel von schroffen Felsen, feinpudrigen Sandstränden, Wäldern und türkisblauem See. Und vor allem werde ich ihm nicht stecken, dass ich seinem Killerbody verfallen bin, und mich damit angreifbar machen.

»Du zweifelst wieder«, bemerkt er lächelnd und streicht über die Falte, die sich zwischen meinen Augenbrauen bildet, wann immer ich Dinge nicht greifen kann.

»Du nicht?«, kontere ich.

»Ich bevorzuge es, im Augenblick zu leben«, weicht er aus. »Und dieser hier ist ziemlich perfekt. Zweifel sind da kontraproduktiv.« Er küsst mich und seine Lippen streifen ruhelos über meine. Seine Bartstoppeln kratzen elektrisierend über meine Haut und löschen jegliche Zweifel aus. Ich bin sicher, dass sie wiederkommen, aber für den Moment genieße ich, dass die Leidenschaft, die erneut zwischen uns aufflammt, keinen Platz dafür lässt.

Cole rückt an mich heran und eliminiert die Distanz zwischen uns, indem er mich am Schenkel auf die Seite dreht und sich von hinten eng an mich presst. Sein Brustkorb hebt und senkt sich an meinem Rücken und unsere Atemzüge finden wie von selbst denselben Rhythmus. Seine Lippen streifen meinen Hals, seine Hände türmen meine Haare einseitig auf, und er küsst sich den Haaransatz entlang, meinen Nacken hinab und am Hals wieder hinauf bis zu meinem Ohr. Ich spüre, wie er hart wird, und genieße das Prickeln, das sich meine Wirbelsäule hinabstiehlt, als ich seine Härte an meinem Po spüre. Nur kurz lehnt Cole sich zum Regal hinüber und löst sich dafür von mir. Das leise Reißen von Plastik sagt mir, dass er die Kondome gefunden hat. Ich lächle zufrieden, als er die nächtliche Kühle, die sich zwischen uns gelegt hat, wieder verdrängt und ich seine Haut an meiner spüre.

Seine Hände folgen meiner Körperlinie und finden meine Brüste. Er reizt mich nicht, fordert keine ungezügelte Lust, sondern streicht unverrückbar und zärtlich über meine Haut, die Brustwarzen, das schmale Tal zwischen meinen Brüsten.

Die Lust, die jetzt in meinem Inneren erwacht, ist prickelnd, warm und weich, wie eine Decke, in die man sich zufrieden kuscheln möchte, um für immer dort zu bleiben. Cole legt sein Gesicht an meinen Nacken. Sein Atem streichelt meine Schulter, als er mich langsam von hinten nimmt. Ich schließe die Augen. Meine Lippen sind leicht geöffnet und streifen Coles Handrücken. Als ich glaube, die unglaublich intensive Nähe zu ihm nicht mehr auszuhalten, beiße ich ihm leicht in den Handballen und sauge an seinem Daumen.

Cole versteht. Er verstärkt seine Stöße, nimmt mich, aber seine Bewegungen sind noch immer quälend langsam und so intensiv, dass ich glaube zu zerbersten. Seine Hand streicht meinen Hintern entlang über den Oberschenkel, bis er meine Kniekehle erreicht, wo er leichten Druck ausübt.

Ich winkle das Bein an und spüre wie Cole tiefer in mich eindringt, wie seine Härte mich ausfüllt. Ich dränge mich ihm entgegen, höre, wie das tiefe Knurren aus seiner Kehle durch Küsse unterbrochen wird, die er atemlos auf meinem Nacken platziert. Der Höhepunkt, der sich in mir zusammenbraut, ist wie ein warmer Sommerregen. Er sensibilisiert jede meiner Zellen für Coles Berührungen, durchrieselt meinen gesamten Körper, als er ebenfalls kommt. Wir verharren beide bewegungslos und spüren der Lust nach, die zuckend durch unsere Körper pulsiert.

Cole gibt meinen Schenkel frei und sucht meine Hände. Seine Arme umgeben mich und er verflicht seine Finger mit meinen, küsst meine Schläfe, mein Gesicht, meine Schulter.

Noch immer ist er in mir, unsere Körper sind eng aneinandergepresst und ich erlaube mir, diesen Augenblick noch etwas zu genießen, das Gefühl absoluter Nähe und Vertrautheit, bevor ich wirklich zurück ins Haus zu meinen Schwestern muss.

# Kapitel 5

»Fuck«, entfährt es mir, noch bevor ich die Augen ganz geöffnet habe. Sonnenstrahlen, die sich durch das Fenster des Steghäuschens stehlen, haben mich geweckt. Aus dem Moment von gestern Abend ist eine ganze Nacht geworden, die ich nackt und aneinandergekuschelt mit Cole verbracht habe.

Erstens weiß ich nicht, ob wir schon an dem Punkt sind oder jemals sein werden, an dem wir in Löffelchenstellung einschlafen und die Nacht miteinander verbringen sollten. Vor allem aber habe ich das Risiko billigend in Kauf genommen, dass meine Schwestern uns so finden, und verdammt, Amber muss in die Schule.

Ich habe bewusst nie eine Uhr im Steghaus aufgehängt, aber der Stand der Sonne sagt mir, dass es schon echt spät sein muss. Ich drehe Coles Handgelenk zu mir und stöhne auf. Amber hat verschlafen. Ich habe verschlafen. Ich lasse Coles Arm fallen, wodurch er geweckt wird und einen Augenblick orientierungslos um sich guckt. Ich springe von dem Deckenhaufen hoch und schlüpfe in meine Unterwäsche, bevor die Situation uns dazu zwingt, eine passende Guten-Morgen-Begrüßung zu finden. Fluchend suche ich unter den Millionen Kissen, die wir gestern beiseite gewühlt haben, nach dem Beutel mit den trockenen Klamotten.

»Normalerweise ist das mein Part«, bemerkt Cole und

deutet lachend auf meinen Versuch, mich in aller Eile anzuziehen, nur um dann zu verschwinden.

»Nicht lustig«, bemerke ich. Ich will nicht hören, dass er regelmäßig Frauen flachlegt und sich dann wieder aus ihrem Leben stiehlt. Da kommt sie wieder durch, die Booknerd-Happy-End-Prinzessin. Warum muss ich immer gleich annehmen, dass es die ganz große Liebe ist, nur weil unsere Körper ganz wunderbar zusammenpassen?

Cole richtet sich auf und reibt sich die Müdigkeit aus dem Gesicht. »War ein doofer Witz«, gibt er dann zu und steht ebenfalls auf. Ohne Scham bewegt er sich nackt, wie er ist, durch den Raum auf mich zu. Sein Oberkörper wird von den breiten Schultern zur Leiste hin schmaler und mündet in einem muskulösen und superheißen V. Greta sagt immer, das sei der Pfeil, der einem den Weg zum Wesentlichen weist. Coles Wesentliches ist verdammt ansehnlich und richtet sich halb auf, als mein Blick wie hypnotisiert daran hängenbleibt.

»Amber …«, stammle ich. »Sie hat den Bus verpasst. Ich muss sie aus dem Bett schmeißen und das kann eine echte Herausforderung werden. Ich muss sie in die Schule fahren.« Das wird einen weiteren Eintrag in Ambers Schulakte geben, weil sie diesen Monat bereits das fünfte Mal zu spät ist. Und nicht nur das, der Direktor hat angekündigt, dass er das Jugendamt unterrichten werde, wenn sie wieder zu spät kommt. Sie hat sich neben den vielen Fehlzeiten einfach zu viel erlaubt, um noch auf ein Entgegenkommen seinerseits zu hoffen. Ich stöhne auf und fluche lautlos auf alle Direktoren dieser Welt und auf mich, weil ich mein Vergnügen über das Wohl meiner kleinen Schwester gestellt habe.

Dabei ist mir nichts wichtiger als Amber, Hazel, Grace und mein Leben hier in Pinewood Meadows. Und kein Typ der

Welt sollte das aushebeln können, auch nicht Cole. Ich ignoriere, was seine Nähe mit mir anstellt, lege die Hände auf seinen brettharten Bauch und schiebe ihn von mir. Es geht jetzt nicht um ihn oder mich. Es wird Zeit, dass ich meinen Verstand wieder einschalte und mich an meine Pflichten erinnere.

»Das ist mein Ernst. Das hier hätte nie passieren dürfen«, knalle ich ihm leicht panisch an den Kopf.

Endlich habe ich den Beutel unter dem hinteren Bücherregal und einer der zig Decken entdeckt. Ich schlüpfe in den Fleecepullover, der jetzt in der Morgensonne viel zu warm ist, und streife die kurzen Shorts über.

»Welcher Teil davon hätte nie passieren dürfen?«, fragt Cole und distanziert sich von mir, soweit das in dem kleinen Steghaus möglich ist. Wortlos zieht er sich die noch immer feuchten Sachen über.

»Ich habe dir was Trockenes mitgebracht«, sage ich leise, aber er winkt ab.

»Schon gut.« Er klatscht in die Hände. »Du solltest deiner Verantwortung nachkommen. Du hast recht.«

Womit? Dass die Sache zwischen uns nicht hätte passieren sollen? Ich habe es zwar ausgesprochen, aber die Art, wie mein Herz aussetzt, zeigt mir, dass ich wünschte, er hätte mir widersprochen. »Cole, ich …«, setze ich an, weiß aber nicht, was ich sagen soll, und breche ab.

»Schon gut, Liz.« Er schüttelt den Kopf. »Ich verstehe das. Wirklich. Es gibt Dinge, die sind wichtiger.« Er klingt verständnisvoll und gleichzeitig so, als würde er diese Dinge ernsthaft hassen und mich gleich mit dazu, weil ich ihnen Raum gebe. Cole ist bereits an der Tür, aber ich halte ihn zurück.

»Cole?«

Er hält inne, und ich wünschte, ich könnte etwas sagen, das nicht noch mehr kaputtmacht.

Stattdessen höre ich mich fragen: »Kannst du noch etwas hier warten? Nur so lange, bis Amber und ich losfahren?« Ich deute zum Haus hinauf, wo sich meine Schwestern befinden. Das Risiko, dass sie Cole sehen könnten, ist einfach zu groß.

Cole starrt mich ungläubig an. »Ich bin dein schmutziges Geheimnis, hätte ich fast vergessen«, sagt er kühl, und ich spüre, wie sehr es ihn wurmt, dass ich nicht bereit bin, ihm mehr zu geben. Ich habe das Gefühl, ihm beweisen zu müssen, dass es durchaus Teile der gestrigen Nacht gab, die ich keinesfalls bereue, und dass mir die Idee gefällt, ihn trotz all der Widrigkeiten wiederzusehen. Ich lege ihm meine Hand in den Nacken und ziehe ihn an mich.

»Tut mir leid«, murmle ich. »Ich wünschte, ich müsste nicht los.« Ich wünschte, wir hätten mehr Zeit. Ich wünschte, Cole würde nicht zurück nach San Francisco gehen, und mein Leben wäre nur halb so chaotisch und kompliziert. Dann würde ich ihn jetzt küssen.

Aber stattdessen schiebt Cole mich sanft zurück in die Realität, die mit meinen Wunschträumen nichts zu tun hat. Ich sehe, dass es ihm schwerfällt, sich von mir zu lösen. Trotzdem sagt er mit einer fast schon schmerzhaft unverbindlichen Stimme: »Wir sehen uns.« Dann öffnet er mir die Tür und sieht mich nicht an, als ich an ihm vorbei nach draußen schlüpfe.

Ich lenke den altersschwachen Buick rasant um den Beerentraubenbusch, der unsere Einfahrt säumt. Rasant ist vermutlich übertrieben, nur mein Puls rast. Der Buick hingegen reagiert äußerst gemächlich auf den Umstand, dass ich das Gaspedal voll durchtrete.

Hazel und Grace hatten Amber immerhin schon aus dem Bett befördert und ihr einen Becher Kaffee eingeflößt, als ich am Haus eintraf, wofür ich ihnen sehr dankbar bin. Ich hatte nicht gedacht, dass sie überhaupt schon wach wären, nachdem sie gestern erst spät aus dem Diner zurück waren und das Restaurant heute Morgen, wie jeden Mittwochvormittag, geschlossen ist. Normalerweise hätten sie heute ausgeschlafen. Dass sie meinen Amber-Morgendienst übernommen haben, bereitet mir ein schlechtes Gewissen.

»Wieso kannst du nicht einfach mal selbst darauf achten, den verdammten Bus zu kriegen?«, zische ich Amber zu und schlage auf das Lenkrad des Buick, als würde der alte Wagen dadurch schneller fahren.

»Weil ich nicht in die Schule will. Du willst, dass ich da hingehe«, antwortet Amber schnippisch und sieht demonstrativ aus dem Fenster.

»Ich will das?« Ich lache ironisch. »Ich? Wie wäre es mit dem Staat Kalifornien?«

»Dem Staat Kalifornien bin ich egal, und das weißt du. Du könntest behaupten, du würdest mich zu Hause unterrichten, und schon hätten wir unsere Ruhe.« Jetzt sieht Amber mich an, und sie meint das wirklich ernst. Ich sehe einen blassen Hoffnungsschimmer in ihren Augen, dass ich es mir überlegen könnte.

»Als würdest du auch nur irgendetwas, was ich dir beibringen könnte, nicht in Frage stellen. Dafür gibt es Schulen, damit sich Familienmitglieder nicht wegen der Photosynthese gegenseitig umbringen.«

»Ich habe nicht gesagt, dass du mich wirklich unterrichten sollst.« Amber zieht die Schuhe auf den Sitz, und ich verzichte darauf, sie deswegen zu ermahnen. Der Sitz ist sowieso wie der Rest des Wagens zerschlissen.

»Du brauchst einen Abschluss«, versuche ich es mit einem triftigen Argument.

»Wozu brauche ich denn einen Abschluss? Du warst Jahrgangsbeste, hast studiert und arbeitest jetzt im Diner. Dafür hättest du das alles nicht gebraucht.«

»Ohne mein Studium würde ich den ganzen Papierkram des Diners gar nicht bewältigen können«, widerspreche ich. »Ich wäre vollkommen aufgeschmissen. Außerdem willst du später vielleicht etwas anderes machen.«

Aber Amber wischt meinen Einwand einfach beiseite. »Du bist doch glücklich mit dem Diner. Warum sollte ich etwas anderes tun wollen? Ich will mit dir und den anderen zusammenwohnen und im Diner arbeiten.« Sie seufzt. »Wobei ich immer noch für eine kleine Bühne mit Livemusik bin. Das würde den Laden echt aufpeppen.« Und Ambers Traum davon, Musik zu machen, mit dem Wunsch, das Familienerbe fortzusetzen, verbinden.

»Es kann viel passieren, und ich sage ja auch nicht, dass du nicht im Diner arbeiten sollst, aber wenn du dir jetzt alles verbaust, hast du später keine Alternativen.«

Amber schiebt sich einen Grashalm zwischen die Lippen, den sie vorher zwischen den Fingern gedreht hat. »Du meinst, falls wir den Diner verkaufen müssen?« Ihre Gesichtszüge versteinern und ihr blass geschminktes Gesicht verliert noch etwas an Farbe.

Ich nicke leicht. »Oder falls du später etwas anderes tun möchtest, als Sam, den alten Brummbär zu bedienen.«

»Ich mag Sam«, sagt Amber leise.

Es stimmt, Amber und Sam haben sich schon immer gut verstanden, was Amber vermutlich zur einzigen Person am Lake Tahoe macht, mit der Sam Hunter nicht regelmäßig Streit anfängt.

»Und wir werden den Diner nicht verkaufen, was Schule zur reinen Zeitverschwendung macht«, schleudert sie mir trotzig entgegen.

»Dann tu es für mich«, sage ich und lasse den Buick auf den vereinsamten Schulhof rollen. Die Stunde hat längst begonnen und ohne lärmende Schüler sieht der Innenhof der Cooper Springs Highschool aus wie ein postapokalyptischer Platz. »Du weißt, dass ich sonst Ärger mit Principal Miller bekomme und dass mich das in eine seelische Krise stürzt, weil ich früher sein auserkorener Liebling war.«

Amber verdreht die Augen und öffnet die Tür. »Du bist echt immer noch so eine Streberin, Lizzi.« Damit dreht sie sich um und verschwindet wenig später im Schulgebäude.

Ich lehne den Kopf ans Lenkrad, sauge den tiefen, erdigen Ledergeruch ein und muss lächeln. Ist es verrückt, stolz auf Amber zu sein, weil sie so sehr für ihren Weg einsteht, wie ich es selbst heute noch nicht kann? Amber ist so tough wie Fiona und so sensibel wie Hazel. Sie hat die künstlerische Ader von Mom und den Wortwitz von Dad geerbt. Sie ist besonders, auch wenn es sie ständig in Schwierigkeiten bringt und ihr nicht klar ist, wie einzigartig sie wirklich ist.

# Kapitel 6

Mittwochvormittag ist der Diner mein Revier. Nachdem ich Amber zur Schule gebracht hatte, bin ich nach Hause gefahren, habe ausgiebig geduscht, mich rasch umgezogen und jetzt nutze ich die Zeit, in der der Diner noch geschlossen ist, um die Buchhaltung zu erledigen. Das meiste, was ich dafür brauche, habe ich durch das BWL-Studium gelernt, das Amber so nonchalant als unnütz bezeichnet hat. Den Rest habe ich mir selbst beigebracht, und ich komme erstaunlich gut damit klar. Ich mag es, wenn die Zahlen auf den Papieren Sinn ergeben, und ich sehe, dass der Diner einen steten kleinen Gewinn abwirft. Noch reicht es nicht, um davon reich zu werden oder auch nur eine offizielle Dachdeckerfirma mit der Reparatur unseres Dachs in Pinewood Meadows zu beauftragen, aber unser Baby macht sich. Die Küche ist gut und bodenständig. Hank ist nicht Fi, aber er zaubert ordentliche Gerichte, und Hazel und Graces Dekorationswut trägt Früchte, genau wie meine Verhandlungen mit den Großhändlern. Die Leute fühlen sich wohl bei uns und kommen gern wieder.

Ich hefte die letzte Rechnung ab und strecke dann meinen Rücken durch, als ich ein leises Klopfen an der Tür des Diners höre. Vielleicht einer der Touristen, die das Schild übersehen haben, dass mittwochvormittags geschlossen ist. Seufzend erhebe ich mich und laufe zur Vordertür, aber es ist kein Tourist, sondern Cole, der mit dem Rücken zu mir an der Scheibe neben der Tür lehnt.

Ich zögere. Es ist riskant, Cole hineinzubitten. Cooper Springs ist eine Kleinstadt, und Gerüchte verbreiten sich hier wie ein Lauffeuer. Wenn ich einen gutaussehenden, fremden Mann in den Diner lasse, obwohl geschlossen ist, und jemand sieht mich dabei, spekuliert morgen ganz Cooper Springs, ob ich eine Affäre habe.

Trotzdem ringe ich mich dazu durch, Cole zu öffnen, der sich von der Scheibe abstößt, als er die Tür aufgehen hört.

»Kann ich kurz reinkommen?«, fragt er, wartet aber meine Antwort nicht ab, sondern schiebt sich an mir vorbei in den Diner und zieht eine dunkle Sonnenbrille von seinen Augen, die er umständlich in seiner Hosentasche vergräbt.

»Kaffee?«, frage ich und suche meinen Händen eine Beschäftigung, indem ich beginne, einen Kaffee aufzusetzen.

Cole hält mich jedoch zurück, indem er meine Hände festhält und mich zu sich umdreht. »Ich will das hier«, sagt er fest. »Zu deinen Konditionen, wenn es nötig ist. Deine Schwestern sollen nichts mitbekommen. Okay, aber das ändert nichts daran, dass ich wahnsinnig nach dir bin. Da ist etwas zwischen uns, und ich werde verflucht nochmal alles tun, damit ich mit dieser Erkenntnis nicht allein bleibe.« Er heftet seinen Blick auf mich und zieht mich hinter sich her zu den Toiletten.

»Was hast du vor?«, frage ich schwach.

»Dir zeigen, dass du mich willst«, sagt er, und seine Stimme ist so bestimmt, dass die raue Dunkelheit darin meinen Puls beschleunigt.

»Ich muss noch die Tische eindecken«, protestiere ich schwach. »Und Hank kommt in einer halben Stunde.« Meine Erregung kämpft mit dem Pflichtbewusstsein, aber es ist ein denkbar unausgeglichener Kampf.

Cole dreht mich an den Schultern herum und schiebt mich in die Damentoiletten. Für die Größe des Diners sind die Toilettenräume fast schon überdimensioniert. Es gibt einen ausladenden Vorraum, von dem die Kabinen abgehen. Große Spiegel hängen über den blitzenden Waschbecken, und die altmodischen Hängelampen verströmen ein sanftes gelbes Licht.

»Cole, wirklich. Das geht nicht«, bringe ich hervor und weiß, dass ich längst verloren bin.

Cole ignoriert meinen Einwand und dreht mich zum Spiegel. »Vertraust du mir?«

Obwohl mir mein Verstand wahrscheinlich einen Schlag auf den Hinterkopf verpassen würde, wenn er könnte, nicke ich.

Coles Blick ist verhangen. Ich will mich zu ihm umdrehen, ihn berühren, seinen Mund auf meinem spüren, aber er hält mich zurück. Sein Arm fixiert meinen Körper vor seinem. Er löst die Schleife, die mein Kleid zweiteilt. Seine Lippen gleiten an meinem Hals entlang und hüllen meine Haut in heißen Atem. Ich stöhne leicht, als seine Zunge seinem Atem folgt und seine Zähne über meine Haut gleiten. Er hält mich, und ich schlinge meinen Arm um seinen Hals, vergrabe meine Hände in seinen Haaren, während er mich weiter reizt. Er sucht meinen Mund, und ich drehe ihm mein Gesicht entgegen. Der Moment, in dem ich in unseren Kuss falle, ist wie eine Explosion, die mit einer enormen Druckwelle durch meinen Körper fegt.

Wir stehen da und küssen uns, atemlos, immer wieder, dicht aneinandergepresst. Ich kann Coles Härte an meinem

Po spüren, aber er lässt nicht zu, dass ich ihn berühre. Er öffnet den Reißverschluss an meinem Rücken und schiebt mein Kleid am Körper hinab.

Ich will protestieren, verstumme aber, als ich sehe, wie er mich im Spiegel betrachtet. Es macht mich an, wie sich sein Blick vor Verlangen verdunkelt, als er meinen Körper mit Küssen bedeckt. Ich trage nur einen schlichten BH und ein einfaches, schwarzes Höschen. Ich habe nicht damit gerechnet, dass der heutige Tag so verlaufen würde, und genau das scheint Cole anzumachen.

»Du bist wunderschön«, murmelt er brüchig an meinem Hals. »Sieh hin!« Er streichelt über meine vom Stoff verhüllten Brüste.

Ich erkenne mich selbst nicht wieder, aber ich schaue zu, wie Coles Hände sanft über meine Spitzen reiben, die sich unter seinen Berührungen aufrichten. Er befreit meine Brüste aus den Schalen des BHs, so dass dieser wie ein Kissen wirkt, und ich beiße mir auf die Unterlippe, als seine Finger meine Nippel umschließen und sie sanft zwirbeln. Er intensiviert das Spiel seiner Hand, während seine andere in mein Höschen vordringt. Ganz sanft streicht er über meine pulsierende Mitte.

Ich bin feucht, und ich kann nichts dagegen tun, dass ich mir vorstelle, wie es wäre, wenn nicht sein Finger in mich eindringen würde, sondern Coles Schwanz, und in seinem Gesicht sehe ich, dass er dasselbe denkt.

Er streift mir den Slip mit einem Ruck herunter, und ich erzittere bei dem Gedanken, ihn in mir zu spüren, aber anstatt mich zu nehmen, beginnt er erneut mich zu reizen.

Mein Atem geht stoßweise, und ich stöhne leise, als er erst einen und dann zwei Finger in mich gleiten lässt. Ich lege meinen Kopf an seine Schulter, schließe die Augen und nehme nur noch den Rhythmus wahr, mit dem seine Finger in mich eindringen. Seine Zunge wandert über meine Kehle und seine Finger gleiten in mich, aus mir hinaus, reiben meine empfindlichste Stelle, nur um wieder in mich zu stoßen. Ich keuche leise, und mein Körper spannt sich an. Ich zwinge mich, Cole anzusehen, als sich die Lust in meinem Unterleib zusammenballt.

»Cole«, flehe ich leise. Ich bin kurz davor zu kommen, und ich will, dass er mich nimmt, bevor die Lust über mir zusammenschlägt, aber er tut mir den Gefallen nicht.

»Sieh hin«, sagt er, und seine Stimme ist heiser. Er presst seine Härte gegen meinen Hintern, und ich reagiere darauf, indem sich die Lust auf meinen Lippen bricht. Ich sehe zu, wie er mich berührt, wie seine Finger sich meinem Rhythmus anpassen. Ich gebe auf, mein Begehren noch länger zu zügeln, ergebe mich dem Spiel seiner Hände, seiner Zunge, die feuchte Muster auf meiner Haut hinterlässt. Ich dränge mich seiner Hand entgegen, so dass seine Finger tiefer in mich gleiten. Mit dem Daumen kreist er über meine Perle, während ich durch schnelle, raue Bewegungen den Rhythmus und die Tiefe bestimme, in der seine Finger in mich stoßen.

Ich sehe nicht nur hin, ich sehe ihn an und unsere Blicke treffen sich, als ich bebend auf seiner Hand komme. Ich presse mich an ihn, meine Hand umschlingt seinen Hintern und drängt ihn näher an mich. Seine Härte passt genau in die sanft geschwungene Linie meines Pos und er bewegt sich sanft an der Furche zwischen meinen Pobacken. Noch immer trennt uns die Shorts, die er trägt. Meine Lust ergießt sich zuckend durch meinen ganzen Körper, flaut langsam ab, bis ich erschöpft, aber still an Cole gelehnt stehen bleibe.

Eine leichte Röte überzieht meine Wangen und meine Augen glänzen. Seine Finger sind noch immer in mir und Cole verharrt eine Weile so, bevor er sich aus mir zurückzieht und sanft meinen Nacken küsst. Aus einem Kuss werden zwei, dann drei, bevor er es schafft, sich von mir loszureißen. Ich will ihm dieselbe Lust verschaffen wie er mir, aber Cole macht einen Schritt zurück und zuckt bedauernd die Schultern.

»Du wolltest es geheim und Hank wird gleich kommen, habe ich recht?«, sagt er zwinkernd und reicht mir meinen Slip. Er sieht mir zu, wie ich widerstrebend den BH richte und den Slip anziehe. »Außerdem sollst du wahnsinnig nach mir werden. Ich für meinen Teil sollte dir wirklich nicht noch mehr verfallen.« Seine Stimme ist dunkel und rau, als er sich noch einen Schritt weiter entfernt. Er wendet sich zur Tür und ein jungenhaftes Grinsen überzieht sein Gesicht. »Wir sehen uns. Ich muss gehen, sonst …«, sagt er und ich kann sehen, wie viel Selbstbeherrschung es ihn kostet, nicht über mich herzufallen.

Er schlüpft durch die Tür, bevor ich noch etwas sagen kann. Dabei fände ich das »sonst« durchaus erregend, aber Cole hat recht.

Hank wird gleich kommen. Für den Moment muss es ausreichen, in Erinnerung zu behalten, wie perfekt unsere Körper zueinander gepasst haben und wie tief und rein das Verlangen in Coles Blick war, als er mich über die Klippe getrieben hat.

Der Diner füllt sich nach und nach. Ich kann noch immer nicht glauben, dass Cole allen Ernstes hierhergekommen ist, um Sex mit mir zu haben. Genau genommen stimmt das nicht mal. Die Einzige, die Sex hatte, bin nämlich ich. Er hat mich nur berührt und zugesehen, wie ich die Kontrolle verloren habe. Seinetwegen, und dann ist er gegangen. Einfach so. Als ich mein Kleid wieder angezogen hatte und ihm in den Gastraum gefolgt bin, hatte er den Diner bereits verlassen und überquerte gerade die Straße. Hochgezogene Schultern, die Hände in den Hosentaschen vergraben und mit eiligen Schritten, wie ein Dieb, der uns den gemeinsamen Moment gestohlen hatte.

Und obwohl das bereits über eine Stunde her ist, bebe ich noch immer und schüttle den Kopf, weil ich schon wieder rot werde und Greta verdammt gut darin ist, in meinen Kopf zu gucken. Und ich bin wirklich nicht erpicht darauf, dass sie Cole darin sieht.

Seufzend gehe ich zu Sam hinüber, der an einem der Fenstertische sitzt und an dem letzten Rest seines Kaffees nippt.

»Hi, Sam«, sage ich, aber Sam brummt nur, anstelle einer Begrüßung.

»Ich wünsche dir auch einen schönen Tag. Darf ich noch mal nachschenken?«

Er schüttelt den Kopf. »Bin nicht wegen des schlechten Kaffees hier.«

Es ist klar, warum er hier ist. Sam gehört die kleine Werft am südlichen Ende von Cooper Springs und der dazugehörige Bootsverleih. Er ist Jakes Vater, auch wenn er es Zeit seines Lebens vermieden hat, sich so zu verhalten. Und auch wenn ich sauer bin, weil er der Hauptgrund ist, warum mein bester Freund sich ans andere Ende der Welt verkrochen hat, tut er mir leid. Sam ist eben Sam. Er kann nicht aus seiner Haut und wird immer ein alter Knurrhahn sein, der einfach nicht nett sein kann. Trotzdem liebt er seinen Sohn auf seine eigene, verdrehte Art und Weise.

»Ich habe nichts von Jake gehört«, gebe ich die Tatsache weiter, dass Jake seit drei Wochen mit einer Nachricht überfällig ist und ich deswegen ernsthaft erwäge durchzudrehen.

»Hm.« Sam zuckt mit den Schultern, legt drei Dollarnoten auf den Tisch, rappelt sich auf und schlurft ohne ein weiteres Wort aus dem Diner.

In dieser mürrisch hingeworfenen Silbe verbirgt sich ein Danke, weil ich Sam immer und ohne nachzufragen auf dem Laufenden halte und die Sorge um seinen Sohn teile.

»Was wollte er?«, fragt Greta, die mit zwei Tellern hinter mir auftaucht, auf dem sich einmal Rührei mit Lachs und einmal Spiegelei mit Bacon befinden. Dazu balanciert Greta zwei Körbchen mit gebutterten Toasts.

»Wissen, wie es Jake geht. Wie immer«, antworte ich.

»Er hat immer noch nicht angerufen?«

Ich schüttle den Kopf und habe ein schlechtes Gewissen, weil ich die letzten Tage kaum an Jake gedacht habe. Vor lauter hinreißendem Sex mit Cole, dem Streit mit Amber und der Sorge wegen des Hauses, habe ich Jake fast vergessen. Dabei kann man Jake gar nicht vergessen. Er ist mein Bruder, mein Seelenverwandter und der größte Idiot auf Gottes weiter Erde, sonst wäre er hier und nicht mit einer Hilfsorganisation in Afrika, wo die Gewalt der Rebellengruppen aus dem Ostkongo immer öfter über die Grenze zu Angola schwappt. Aber das Shelter-Projekt bedeutet ihm alles, und davon wird ihn auch keiner so schnell abbringen können.

»Was ist eigentlich aus dem heißen Bob-Typen geworden?«, fragt Greta, als ich hinter ihr an der Kasse stehe, um die Rechnung für Tisch vier fertig zu machen.

»Welcher heiße Typ?«, stelle ich mich dumm, weil das hier kaum der geeignete Ort ist, um Greta auf den neuesten Stand zu bringen.

»Na den, den du fast im Hinterhof gevögelt hast«, bemerkt Amber, die sich mit einem Satz auf die Theke neben der Kasse schwingt.

Ich beiße mir auf die Lippen. Amber. Ich hatte ganz vergessen, dass sie heute von der Schule in den Diner kommen wollte, um mit mir nach Hause zu fahren und sich so die endlose Fahrt im stickigen Schulbus und den Fußmarsch von der Haltestelle bis zum Haus zu sparen.

»Dezent ist nicht deine Stärke, oder?«, frage ich sie, und meine Stimme trieft vor Sarkasmus.

»Du hast ihn fast gevögelt?« Greta ist jetzt hellwach.

Ich gehe nicht auf ihre Frage ein, sondern bedenke sie mit einem strengen Blick. »Wenn ihr noch lauter herumschreit, könnt ihr auch gleich einen Aushang am schwarzen Brett machen«, brumme ich. Ich bin hochgradig genervt. »Es ist nicht mehr passiert als das, was du eh schon weißt.« Ich laufe rot an, und das liegt nicht daran, dass wir uns über Coles und meine Knutscherei unterhalten, sondern daran, dass ich meine beste Freundin und meine Schwester gerade wegen eines Typen anlüge. »Ich finde das nicht lustig«, füge ich schwach hinzu. Es ist wirklich kein Spaß, dass Cole all meine Überzeugungen aushebelt. Wie schafft er es, dass ich seinetwegen lüge?

Amber lacht tonlos. »Ganz ehrlich. Der Anblick war auch nicht lustig.« Sie wirft sich die glänzenden braunen Haare, die nur ihre rechte Kopfhälfte bedecken, über die Schulter.

Auf der linken Seite hat sie die Haare raspelkurz geschoren. Natürlich ohne meine Einwilligung, und als ich deswegen ausflippte, meinte sie nur lapidar, ob ich nicht wüsste, was ein Undercut wäre.

Ich schüttle den Kopf. »Es braucht trotzdem nicht halb Cooper Springs Bescheid zu wissen«, zische ich den beiden zu.

»Alles klar.« Amber nimmt sich einen Donut und verlässt den Diner. Sie setzt sich auf den Parkplatz in die Sonne und verschlingt das Gebäck, während ich versuche, Gretas prüfendem Blick auszuweichen. Keine Chance.

Sie vergewissert sich, dass alle Gäste versorgt sind, und zerrt mich dann in Richtung der Toiletten. Ein Gespräch über Cole an dem Ort zu führen, wo er mich erst heute Morgen mit den Fingern genommen hat, ertrage ich nicht. Also stoße ich die Tür nach draußen auf und überquere den Hinterhof. Dort lasse ich mich in den Stuhl neben der Plastikpalme fallen und vergrabe das Gesicht in meinen Händen.

»Hattest du jetzt Sex mit ihm?« Greta sieht mich erwartungsvoll an.

»Wir haben nur geknutscht, das weißt du«, streite ich ab. »Zumindest bis vorgestern Abend.«

»Bis vorgestern Abend?« Gretas Stimme hebt sich um drei Oktaven. »Du hattest Sex mit dem heißesten Typen seit MacGyver und wartest zwei volle Tage, bis du mir davon erzählst?«

»Seit wann ist MacGyver sexy?«, frage ich ehrlich schockiert. Gretas Männergeschmack war schon immer eigenartig, aber gerade tun sich Abgründe auf.

»Lenk nicht ab.« Natürlich bleibt Greta am Ball. Wenn es

um Typen geht und um mein viel zu langweiliges Sexleben, ist Greta Feuer und Flamme.

»Ich habe ihm gesagt, dass ich keine Lust auf sein Hin und Her habe und dass ich Amber nicht zumuten kann, dass schon wieder ein anderer Typ in ihrem Leben auftaucht, und Cole hat sich daran gehalten. Zumindest weitestgehend. Du weißt, dass er im Diner nach mir gefragt hat und am Strand aufgetaucht ist, als wir da waren, aber er hat Abstand gewahrt.« Ich schiele zur Küchentür, als könnte mich eine dringende Aufgabe im Diner davor retten auszusprechen, was danach passiert ist.

»Die Gäste sind alle zufrieden, und deine Schwester ist versorgt. Sie hat Zucker, Fett und Sonne, also alles, was man als Teenie benötigt. Das ist die einmalige Gelegenheit, es wiedergutzumachen und mir alles haarklein zu berichten«, erklärt Greta pragmatisch.

»Ich weiß nicht mal, wo ich anfangen soll«, gebe ich zu.

»Er hat sich ferngehalten.« Greta lächelt.

»Und ich habe ihn trotzdem nicht aus dem Kopf bekommen«, gebe ich kleinlaut zu, weil es naiv und bescheuert klingt, jemanden zu vermissen, den man kaum kennt, nur weil man ihn zweimal geküsst hat.

»Das ist tiefromantisch«, seufzt Greta und fasst sich ans Herz.

Ich bin mir nicht sicher, ob es etwas Gutes ist, nach kitschiger Romantik in einer Affäre zu suchen. »Ich habe wirklich gedacht, dass ich ihn einfach vergessen kann und er mit der Zeit aufgeben würde, aber dann ist er beim Gewitter gestern Abend in Pinewood Meadows aufgetaucht, um sich um das Dach zu kümmern, und ich war fertig, weil wir fast abgesoffen wären und Amber einfach Amber war und ich durcheinander und …«

»Und da hast du dich retten lassen«, beendet Greta meinen Satz.

Das ist absolut untypisch für mich, aber ich nicke, weil es genauso war. Cole hat mich gerettet.

»Ich kann irgendwie nicht denken, wenn er in meiner Nähe ist.«

»Jeder hat das Recht darauf, sich ab und an retten zu lassen. Und jetzt erzähl mir, wie es war! Ich warte immer noch auf Einzelheiten.« Greta lacht und findet anscheinend gar nichts Schlimmes daran, dass Cole meine Welt auf den Kopf gestellt hat.

»Wow!«, versuche ich es vorsichtig, und Greta bricht in gackerndes Gelächter aus.

»Sex bis zum Verlust der Muttersprache.« Sie kichert. »Soll es ja geben. O Mann, ich beneide dich.« Dann wird sie ernst und streicht sich die Haare aus dem Gesicht. »Wirst du ihn wiedersehen? Ich meine, ich hoffe, dass du das wirst.«

Ich schüttle den Kopf. »Ich weiß es nicht«, sage ich, obwohl eine schmutzige, heimliche Idee in meinem Kopf aufblitzt, als Greta mich das fragt.

Ich verscheuche den Gedanken und versuche vernünftig zu bleiben. Solange Cole nicht in meiner Nähe ist, klappt das ganz gut. »Ambs ist echt ausgeflippt, und sie hat recht. Ich habe im Moment wirklich andere Sorgen, als mich Hals über Kopf in eine Affäre mit einem Wildfremden zu stürzen.«

Greta nickt und schüttelt dann den Kopf. »Wenn du mich fragst, steckst du seit Jahren zurück. Was ist schon dabei, wenn du dir ein bisschen Spaß gönnst? Du und deine Schwestern, ihr lebt zusammen am schönsten Ort der

Welt. Pinewood Meadows ist wie das *Dragonfly Inn* ohne den schrecklichen Franzosen. Ihr seid die Gilmore Girls in der extended Version, aber du musst mal das Drehbuch umschreiben und was für dich tun.« Greta holt tief Luft. »Fi ist in Europa, kocht, reist herum und kommt einfach nicht wieder. Hazel zeichnet, und du weißt, dass sie keine zwei Sekunden darüber nachdenken würde, sich Jake an den Hals zu schmeißen, sollte er jemals wieder auftauchen und sie erhören, anstatt weiter in Fi verknallt zu sein.«

Hazel hatte schon immer eine Schwäche für Jake, und ich bin unheimlich froh, dass er nur Augen für Fi hatte, denn Jake ist nicht gerade aus Beziehungsmaterial gemacht. Er würde Hazel nur unglücklich machen. An Fi hat er sich die Zähne ausgebissen, und ich glaube, nur deswegen hält seine Fixierung auf sie schon so lange an. Ansonsten sind seine Frauengeschichten höchst wechselhaft.

Greta fährt unbeirrt fort: »Grace fotografiert die Sportler, die sie uns immer als Kunst verkauft, nicht nur, da verwette ich meinen Arsch drauf, und Amber, du weißt, ich liebe sie, aber Amber schnürt dir die Luft zum Atmen ab. Sie benimmt sich wie eine pubertierende Apokalypse, und ich frage mich wirklich, wieso du denkst, du hättest kein Recht auf heißen Sex oder die ewige Liebe.«

»Ewige Liebe?«, frage ich skeptisch. »Ich glaube nicht, dass Cole nach der großen Liebe sucht, und selbst wenn er es täte, dann wohl nicht hier. Er ist aus San Francisco. Er wird wieder gehen, und ich habe echt andere Sorgen, als ausgerechnet bei einem Typen wie ihm auf irgendetwas Tiefgreifendes zu hoffen.«

»Du hast also Angst, dass er dich verletzen könnte?«

»Vielleicht.« Ich schnipse gegen die Plastikpalme und

seufze tief. »Ich weiß nicht. Das kann einfach nichts werden. Da steht zu viel zwischen uns, und ich bin schlecht darin, mein Herz außen vor zu lassen und nur Spaß zu haben.«

»Aber ihn vergessen, solange er dir ständig mit seinem Traumbody auflauert, klappt genauso wenig.«

»Haben wir versucht«, gebe ich zu.

»Und ihr wart nicht erfolgreich. Also, was spricht dagegen, wenn du es einfach ausprobierst, genießt und dir später Sorgen machst?«

Was dagegen spricht? Dass ich Angst habe, mein Herz an ihn zu verlieren. Wenn ich es nicht schon längst verloren habe, irgendwo zwischen Gewittersex und der schweren, trägen Sinnlichkeit im Steghaus, als ich für einen Moment nicht auf mein Herz aufgepasst habe.

Ich seufze und nicke unbestimmt. Wenn es ohnehin schon zu spät ist, spricht vermutlich wirklich nichts dagegen, die Zeit zu genießen, die Cole und mir noch bleibt.

# Kapitel 7

Es ist mitten in der Nacht. Eine seichte Brise bläht die schrecklich geblümten Vorhänge vor den Fenstern auf. Auch wenn es in Coles Hotelzimmer vor Mücken nur so wimmeln muss, hat er das Fenster nicht geschlossen. Vermutlich weil es selbst jetzt und mit dem lauen Wind, der um die Häuser streicht, noch unangenehm warm ist.

Mit einem Satz lande ich auf dem rauen Teppichboden und schleiche hinüber zu seinem Bett. Dabei achte ich auf jede seiner Bewegungen. Im Diner hat er mich überrascht. Jetzt revanchiere ich mich.

Sein Schlaf ist unruhig, und das Laken ist von seinem nur durch eine Boxershorts verhüllten Körper gerutscht. Ich kann nicht fassen, dass ich wirklich hier bin, dass ich mitten in der Nacht in Coles Zimmer eingestiegen bin, aber wenn wir schon spielen, soll es wenigstens ein gleichberechtigtes Spiel sein. Ich setze mich vorsichtig auf die Matratze neben ihn und zögere, aber zu diesem Zeitpunkt ist es längst zu spät, um einen Rückzieher zu machen. Ich berühre Cole sanft, und sein Atem erzittert. Meine Finger suchen sich ihren Weg seinen Körper hinab, streifen ganz behutsam unter den Bund seiner Shorts.

Cole murmelt etwas im Schlaf, und seine Muskeln spannen sich unwillkürlich an. Sein Bewusstsein kratzt bereits an der Schwelle zum Wachsein, aber noch schläft er. Er hält meine Berührungen vermutlich für einen Traum, der ihn hart werden lässt. Es erschreckt mich, dass ich am liebsten in seine Träume kriechen will, um herauszufinden, ob er von mir träumt. Das ist nicht gesund.

Ich küsse mich an seinem Oberkörper hinab und sehe, wie Cole seine Augen aufschlägt. Sekundenlang fällt es ihm schwer, zwischen Traum und Realität zu unterscheiden. Aber dann flackert Lust in seinem Blick auf. Ich wandere tiefer, und ein Stöhnen brandet über Coles Lippen, als ich ihm die Boxershorts ganz abstreife und ihn schließlich mit meinem Mund umschließe.

Ich lächle und schaue zu ihm hoch, während meine Zunge unaufhaltsam seine Härte erkundet. Er keucht leise auf und presst seine Hand in meine Haare, aber auch wenn ich mich danach sehne, von ihm berührt zu werden, drücke ich seinen Arm zurück auf die Matratze.

Ich sage kein Wort, aber ich lege ein diabolisches Lächeln auf, das Cole ganz offensichtlich gefällt. Ein ergebenes Grinsen huscht über sein Gesicht und zerfällt in Lust, als ich ihn tiefer in den Mund nehme. Ich lasse meine Hände über seine Brust streichen, seinen Bauch, bis ich seine Schenkel erreiche und das Zucken von Coles Unterleib zeigt, dass er diese Behandlung nicht lange aushalten wird. Trotzdem lasse ich meine Zunge langsam über seine Spitze gleiten, bevor ich meinen Kopf in einem immer schneller werdenden Rhythmus auf und ab bewege.

Cole vergräbt seine Hand in meinen Haaren und wölbt mir sein Becken entgegen, aber bevor er die Kontrolle übernehmen und den Rhythmus steuern kann, löse ich mich von seiner Härte, nehme seine Hände, die mich aufreizend berühren, und führe sie über seinem Kopf zusammen.

»Das ist nicht fair«, bringt Cole rau hervor und sucht den Weg zurück zu meiner Haut. Auch wenn es sich atemberaubend anfühlt, wie er mich berührt, diese Aktion ist meine Revanche für das, was er gestern mit mir im Diner angestellt hat. Ich werde ihn wahnsinnig machen, und er wird nichts tun, außer mir dabei zuzusehen. Mit einer sanften Bestimmtheit unterbreche ich Coles Berührung und streife mir, ohne ihn aus den Augen zu lassen, mein Shirt über den Kopf, schlinge den dünnen Stoff um Coles Handgelenke und fixiere ihn an den eisernen Streben des Bettgestells.

»Hey, das ist normalerweise mein Part«, sagt er, und seine Stimme schwankt zwischen Protest und Faszination.

Normalerweise ist das sein Part? Na warte, Cole.

Mit einem langsamen Augenaufschlag sehe ich ihn an. »Vertraust du mir?«, wiederhole ich seine Worte aus dem Diner.

Coles leises Lachen, und die Art wie er ergeben die Augen schließt, ist Antwort genug. Ich küsse ihn.

Coles Atem geht stoßweise und ich spüre seinen kräftigen Herzschlag, der die Lust durch seinen Körper treibt, als ich mich quälend langsam über seine Brust, die harten Muskelplatten seines Bauches bis hinab zu seiner Leiste küsse. Er stöhnt brüchig, und in dem Geräusch vereint sich ein schwacher Protest über den ungewohnten Kontrollverlust mit aufbrechender Erregung, der Cole nichts entgegenzusetzen hat.

Ich lasse meine Zunge über seine Leiste gleiten, berühre seine Spitze, entferne mich wieder, nur um ihn dann ganz mit meinen Lippen zu umschließen.

Cole schließt seine Augen, seine Hände schließen sich

kraftvoll um seine Fesseln, und er beißt sich auf die Lippen, um nicht unkontrolliert zu stöhnen.

Er schiebt mir sein Becken entgegen und stößt in meinen Mund. Ich nehme ihn tief in mich auf, komme seinen Stößen entgegen, bevor ich mich abrupt zurückziehe und Cole zappeln lasse. Dabei sehe ich ihn an und lächle, als er mit einem Anflug von Verzweiflung ein Knurren ausstößt. Eine Verzweiflung, die ihm fremd ist und ihn gleichzeitig bis aufs äußerste für meine Berührungen sensibilisiert.

Meine Lippen streifen seine Härte, mein Atem gleitet über seinen Schaft, die Spitze und dann gleitet er durch meine leicht geöffneten Lippen, hinaus und wieder herein. Ich bestimme den Rhythmus, die Intensität und die Pausen, die Cole wahnsinnig machen.

»Liz, ich …« Wie vor dem Spiegel im Diner sieht Cole mich an und ich ihn. »Ich kann nicht …« Er legt den Kopf in den Nacken, als ich trotz seiner Worte nicht aufhöre, ihn zu reizen.

Ich weiß, dass er im Begriff ist zu kommen, und ich finde es süß, dass er versucht rücksichtsvoll zu sein, aber eins weiß ich sicher: Ich werde nicht aufhören. Ich will Cole schmecken, ihn bis an die Grenze treiben und darüber hinaus.

Ich lächle ihn an und lasse dann meine Lippen in einem aufreizend langsamen Spiel über seine Spitze wandern, nehme ihn tief in den Mund und wiederhole das Ganze, bis ich spüre, wie Cole sich unter mir aufbäumt. Er kommt in meinem Mund, und ich reize ihn weiter, sauge die Lust aus ihm heraus, bis er erschöpft zur Ruhe kommt und zischend die Luft ausstößt. Erst dann gebe ich sein noch immer zuckendes Glied frei und schiebe mich an seinem Körper nach oben.

»Immer dann, wenn du es am wenigsten erwartest«, flüstere ich an seinem Ohr und höre mich seltsam verrucht an, während ich mein Shirt löse und ihn befreie.

Cole versenkt augenblicklich seine Hände in meinen Haaren, dreht meinen Kopf zu sich und sieht mich schwer atmend an.

Es scheint ihm zu gefallen, dass ich uns durch meine Aktion zu ebenbürtigen Gegnern gemacht habe.

»Du überrascht mich immer wieder, Liz Carson«, knurrt er dicht an meinen Lippen und zwingt mich dann in einen harten, wilden Kuss, der mein illoyales Herz taumeln lässt. Dabei darf das einfach nicht passieren. Liebe würde alles verkomplizieren.

Cole dreht mich unter sich und küsst mich. Er liebkost meine Brüste, jeden Quadratzoll meines Körpers, erobert immer wieder meinen Mund, bis er erneut hart wird und ein Gummi aus seiner Reisetasche angelt, die unausgepackt neben dem Bett steht.

Ich schlinge meine Beine um Coles Hüften und empfange ihn zitternd, als er in mich eindringt. Ich umklammere seinen Nacken, seinen Körper und werde nicht satt davon, wie jede seiner Bewegungen mein Innerstes erschüttert, wie Cole mich erschüttert. Er ist in mir, und zum ersten Mal verstehe ich den kitschigen Ausspruch des miteinander Verschmelzens wirklich.

Ich verschmelze mit Cole, als er mir mit seinen Bewegungen erstickte Laute entlockt, die meine Lust bündeln und uns beide über die Klippe treiben.

Ich hätte nie gedacht, dass ich mal durch ein Fenster bei einem Typen einsteigen würde, um ihn in seinem Hotelzimmer zu überraschen. Das, was danach passiert ist, hätte ich mir noch viel weniger zugetraut. Aber selbst jetzt, am nächsten Morgen, fühlt es sich gut an. Richtig irgendwie, obwohl es alles andere als richtig ist, die Nächte mit Cole zu verbringen und meine Schwestern deswegen anzulügen. Ich muss dringend los, wenn ich nicht schon wieder in die Verlegenheit kommen will, mich erklären zu müssen. Ich bin verschwunden, als alle schliefen, und habe vor, zurück zu sein, bevor meine Schwestern wach werden. So hell, wie es bereits ist, dürfte mir dafür nicht mehr allzu viel Zeit bleiben.

Vorsichtig schlüpfe ich unter dem Laken hervor und gleite aus dem Bett. Coles Hand streift meine Hüfte und fällt dann auf die Matratze, als ich ihm meinen Körper entziehe. Er sieht gut aus. Selbst jetzt am Morgen, nach einer Nacht, in der wir nicht besonders viel Schlaf bekommen haben, ist sein Gesicht makellos und seine Haare sehen noch zerzauster aus als sonst. Ich sehe ihn an, wie er ruhig und tief schläft. Es berührt mich, ihn so entspannt, fast verletzlich zu sehen, und ich bin mir nicht sicher, ob es ihm gefallen würde, dass ich ihn so betrachte und mein Herz dabei wie wild klopft.

Ein penetranter Klingelton beendet das Schmachten meinerseits und Coles Schlaf. Er rappelt sich mühsam auf, guckt erst orientierungslos im Raum herum, aber als er mich erblickt, lächelt er. Und ich lächle zurück, anstatt cool zu bleiben. Ich angle nach meiner Wäsche, weil es hilft, nicht so verdammt verliebt auszusehen, wenn ich etwas zu tun habe.

Cole steht unterdessen auf und läuft nackt quer durchs Zimmer, um sein Handy aus der Hosentasche zu zerren.

»Ja«, meldet er sich mürrisch, was nahelegt, dass er den Anrufer kennt und nicht erfreut darüber ist, in aller Herrgottsfrühe von ihm geweckt zu werden. »Hmm«, nickt er zustimmend und tritt von hinten an mich heran.

Ich genieße das Kribbeln, das seine Lippen auf meinem Nacken entfachen, aber dann löst er sich von mir, zerfurcht seine Haare mit den Fingern und durchquert das Zimmer. Ich bin ein wenig enttäuscht, aber im Angesicht der Tatsache, dass ich schleunigst nach Hause kommen sollte, ist es besser, dass er sich von mir entfernt, eine Boxershorts aus seiner Reisetasche hervorzupft und sich überstreift.

Ich suche derweil nach meinem Handy, um endlich herauszufinden, wie viel Zeit mir noch bleibt, aber als ich fündig werde, ist der Akku leer. Wie immer im unpassendsten Moment. Ich vergesse einfach ständig, dieses doofe Teil aufzuladen. Ich werfe es in meine Tasche und linse auf Coles Armbanduhr. Ich habe noch maximal eine halbe Stunde, um nach Pinewood Meadows zu kommen. Dann klingelt Hazels Wecker und theoretisch auch Ambers.

Mit dem Wagen wäre es kein Problem, rechtzeitig zurück zu sein, aber ich bin zu Fuß hergelaufen. Irgendwie hatte ich wohl gehofft, dass ein langer Spaziergang an der frischen Luft dafür sorgen würde, dass ich meinen irren Plan, ins Molly's einzusteigen, noch mal überdenke. Ich muss lächeln, als ich an gestern Nacht denke, an Cole und an mich.

»Evan, es ist nicht nötig, habe ich gesagt. Ich mache das schon.« Cole schüttelt den Kopf. »Verdammt nochmal, du bist echt ein Kontrollfreak. Wenn ich sage, ich kümmere mich um die Sache, dann tue ich das auch.«

Cole legt auf und wirft das Handy auf das Bett. Es dreht sich um die eigene Achse und bleibt dann in einer Kuhle der durchgelegenen Matratze liegen. Cole sieht mich nicht an, als ich zu ihm herübergehe, aber er nimmt meine Hand und küsst zärtlich die Innenfläche.

»Ärger?«, frage ich, obwohl ich mir nicht sicher bin, ob es erlaubt ist, bei unserer Art von Beziehung Fragen zu stellen.

»Ärger wäre zu viel gesagt. Mein Bruder ist nur der wahrscheinlich ätzendste Kollege auf dem ganzen Planeten.« Er wiegt den Kopf hin und her und lächelt mich dann an. »Augen auf bei der Wahl des Arbeitsplatzes.« Er zwinkert mir zu und zieht eine Grimasse.

»Ich denke, du hast Urlaub?«

»Es gibt Gründe, warum das nicht gerade meine Paradedisziplin ist. Einer davon ist mit Sicherheit, dass ich mit Evan zusammenarbeite. Wir betreuen gemeinsam ein sehr wichtiges Projekt. Es geht um viel Geld, und Evan versteht nicht, wieso ich noch hier bin, anstatt mir für das Projekt den Arsch aufzureißen. Er ist nicht besonders gut darin, mir Luft zu lassen.« Cole gibt meine Hand frei und grinst mich schief an.

»Du hättest längst zurück sein sollen, oder?«, frage ich, und Cole nickt.

»Aber du bist hier.«

»Ich bin hier.« Er sieht mich an und verschränkt seine Finger mit meinen.

»Wieso?«

Er sieht mir tief in die Augen und lächelt. »Ich habe das Gefühl, der See tut mir gut.« Er schüttelt den Kopf, als könnte er nicht glauben, was er da sagt und noch weniger, was sein Blick hinzufügt: *Du tust mir gut.* »Musst du heute in den Diner?«, fragt er leise, und ich schüttle den Kopf.

»Das ist gut«, sagt Cole und schenkt mir dabei ein Tausend-Watt-Lächeln. »Lass uns den Tag zusammen verbringen. Evan ist in San Francisco.« Er lehnt sich nach hinten, schnappt sich das Handy und schmeißt es mit einem perfekten Drei-Punkte-Wurf in den Abfallbehälter. »Und er wird uns auch nicht mehr stören.«

Ich bin mir nicht sicher, ob das eine gute Idee ist, auch wenn mein Herz begeistert hüpft. Amber wartet, genau wie jede Menge Bürokram. Ich muss mich mit Harris & Sons auseinandersetzen, was schwierig werden dürfte, weil ich mir keinen Anwalt leisten kann und dem Unternehmen, dem letzten Schreiben nach zu urteilen, ein ganzes Dutzend hervorragender Rechtsverdreher zur Verfügung steht. Trotzdem sage ich nicht nein, sondern: »Ich muss erst nach Hause zu Amber. Sie braucht ihre Morgenration Große-Schwester-mit-erhobenem-Zeigefinger und einen Zahnputzbecher mit kaltem Wasser, sonst verpasst sie den Bus.«

»Zieht sie das echt jeden Morgen durch?« Cole scheint das Verhalten meiner Schwester auf eine verdrehte Art zu imponieren.

»Das ist nichts, worauf sie stolz sein sollte«, seufze ich und ziehe mir meine Shorts und das dünne Oversize-Shirt über. »Und du solltest das besser nicht so verdammt lustig finden.« Ich bleibe vor ihm stehen und sehe ihn kritisch an, weil er nicht aufhört zu grinsen.

»Ich mag Menschen, die einen eigenen Kopf haben und Dinge durchziehen«, sagt er und ein Lachen rollt über seine Lippen.

Wenn er wüsste, welche Ausmaße Ambers Sturkopf annehmen kann, würde er sich jetzt Gedanken um seine Radmuttern machen und sich nicht köstlich amüsieren.

»Amber ist echt speziell«, beende ich das Thema. »Ich muss mich beeilen.«

Ich sehe mich noch einmal im Zimmer um, ob ich auch nichts vergessen habe, und mein Blick bleibt an einem Stapel Akten hängen. Er hat nicht übertrieben, als er sagte, er wäre ein Workaholic. Wer nimmt bitte einen ganzen Stapel Akten mit in den Urlaub? Ich versuche einen Blick darauf zu erhaschen, weil Cole mir im Grunde noch immer nicht verraten hat, was er eigentlich tut. Aber bevor ich dazu komme, die Schrift auf den Aktendeckeln zu entziffern, schiebt Cole sich zwischen mich und den Tisch.

Sein Körper versperrt den Blick auf die Papiere. Er sieht mich an, und ein Grinsen spielt um seine Lippen, obwohl er angespannt wirkt. Das Telefonat mit seinem Bruder setzt ihm mehr zu, als er zugibt, da bin ich mir sicher.

Ich vergrabe meine Finger in seinen Haaren und küsse ihn. Weil es sich natürlich anfühlt, genau das zu tun, und weil ich will, dass er seinen Bruder und die Arbeit vergisst. Nur für diesen Moment. Ich mag, wie er vertraut seine Hände an meine Schenkel legt und den Kuss erwidert. Es wäre so einfach, sich in diesem Kuss zu verlieren, aber ich reiße mich los und deute zur Tür. »Ich bin schon verdammt spät dran«, sage ich leise.

Cole hält mich trotzdem zurück. »Ich könnte dich fahren«, bietet er an. »Du schmeißt deine kleine Schwester aus dem Haus und danach unternehmen wir etwas zusammen.«

Das klingt verlockend, aber ich bin mir nicht sicher, ob ihm klar ist, was passiert, wenn Amber uns zusammen erwischt. Greta denkt, es wäre an der Zeit, dass Amber lernt zurückzustecken, und ich stimme ihr zu. Wenn sich in meinem Leben etwas Ernstes mit einem Mann entwickeln würde, müsste Amber sich damit arrangieren, mich mit ihm zu teilen. Egal wie schwer es ihr fällt. Die Frage ist nur, sollte man sie diesem Stress aussetzen, wenn klar ist, dass Cole wieder gehen und die Sache zwischen uns nicht von Dauer sein wird?

Er hat gesagt, er würde länger bleiben, aber länger ist ein dehnbarer Begriff und er bedeutet definitiv, dass unsere gemeinsame Zeit irgendwann enden wird. So sehr wie ihm sein Bruder im Nacken sitzt, vermutlich eher früher als später.

»Ich will nicht, dass Amber von uns erfährt.« Ich sehe ihn fest an, obwohl es mir leid tut, die letzten Stunden zu etwas zu degradieren, das nicht wichtig genug ist, um es meiner Schwester zu sagen.

»Das ist der Sinn eines Geheimnisses«, sagt Cole mit dunkler Stimme. »Ich könnte dich beim Joggen getroffen haben und da du spät dran warst und ich ein Gentleman bin …«, bietet er eine jugendfreie Amber-Erklärung an. »Sie muss nicht mehr wissen.«

»Das könnte gehen«, stimme ich nickend zu. Cole hat instinktiv eine Erklärung gefunden, die Amber tatsächlich schlucken könnte.

»Also dann«, sagt er, nimmt ein frisches Shirt und eine einfarbig dunkle Hose aus dem Hauptfach der Tasche und streift sie sich über. Dann versenkt er die Autoschlüssel in der Hosentasche und tritt so nah an mich heran, dass ich seine Muskeln an meinem Rücken spüren kann. »Aber sei leise. Wenn Molly uns erwischt, weiß bald ganz Cooper Springs Bescheid, und du wirst genötigt, jeden Tag bis an dein Lebensende Berge von Waffeln zu essen.«

»Das könnte zeitlich knapp werden«, bemerke ich mit

einem leisen Lachen. Ich mag das amüsierte Blitzen in Coles Augen, als er vor mir her die schmale Treppe des Bed & Breakfast hinunterklettert. Ich mag es, seine Muskeln unter dem Stoff zu fühlen, als ich mich an ihm abstütze, um die knarzende vierte Stufe zu umgehen, vor der er mich flüsternd warnt, und ich mag, wie er seine Hand in meine schiebt, als wir prustend zu seinem Pick-up laufen wie ein Paar, das auf der Flucht vor Molly und ihren Waffeln ist.

Ich lache tief aus dem Bauch heraus. Das erste Mal seit einer Ewigkeit fühle ich wieder so etwas wie Unbeschwertheit in jeder Zelle meines Körpers.

Das monotone Brummen des Motors ist das einzige Geräusch, das die morgendliche Stille am Lake Tahoe stört. Außer uns ist kaum jemand auf den Straßen Cooper Springs' unterwegs, und als wir das Städtchen Richtung Pinewood Meadows verlassen, sind wir die Einzigen. Die Straße windet sich in leichten Bögen die Felsen hinauf. Pinien und Bodenranker säumen den Straßenrand, und dazwischen blitzt immer wieder das Wasser mit seiner fast schon unnatürlichen Blaufärbung auf. Wir passieren die Eagle Falls am Fuß der Emerald Bay, und Cole lenkt den Wagen sicher über den schmalen Bergkamm am höchsten Punkt des Upper Eagle Point.

Coles Hand liegt auf meinem Schenkel, und ich bin versucht, meine Hand in seine zu schieben, aber ich lasse es. Stattdessen lege ich meinen Kopf an die Lehne des Autositzes und sehe ihm beim Fahren zu. Er sieht nachdenklich aus, aber als er meinen Blick bemerkt, lächelt er.

Der Fahrtwind verwirbelt meine Haare und stört die Sicht, aber ich blicke ihn trotzdem unverwandt an und lasse zu, dass mein Herz genauso taumelt wie der Wagen, der die unbefestigte Straße nach Pinewood Meadows hinabschwankt.

Erst als wir um die letzte Kurve biegen, nimmt Cole seine Hand von meinem Bein und räuspert sich, so dass ich mich ebenfalls gerade hinsetze, um zu sehen, auf was er mich aufmerksam machen will. Oder besser auf wen.

Amber steht in der Auffahrt. Sie sieht aus wie eine Mischung aus Manga und Racheengel. In den letzten fünf Jahren ist Amber nicht rechtzeitig aus dem Bett gekommen, es sei denn, man hat sie mit den härtesten Methoden hinausgeworfen und sie vor die Tür gescheucht, aber heute steht sie knappe fünfzehn Minuten vor Abfahrt des Busses fertig angezogen und putzmunter vor dem Haus. Sie sieht Cole aus zusammengekniffenen Augen an, und ich schwöre, wenn Blicke töten könnten, würde am nächsten Tag in der *Tahoe Gazette* von einem Doppelmord in einem Pick-up berichtet werden.

Ich springe aus dem Wagen, sobald Cole das Fahrzeug auf der Auffahrt zum Stehen bringt.

»Ambs, du bist schon fertig«, stelle ich unnötigerweise fest. »Zum Glück. Ich dachte schon, dass ich dich noch wecken müsste. Ich war laufen, und Cole war so nett mich aufzulesen und zurückzubringen. Ich hatte die Zeit vergessen und wäre niemals rechtzeitig gekommen.« Ich lache, aber es klingt gekünstelt. Ich bin eine verdammt schlechte Lügnerin. War ich schon immer, und Amber ist diejenige, die mich schon immer durchschaut hat.

»Du hast ihn gefickt«, spuckt sie mir vor die Füße, und ich bin nicht sicher, ob ihr Blick angewidert oder verachtend ist. Mir sollte schnellstmöglich etwas einfallen, was sie davon abhält, Cole zu töten und nie wieder mit mir zu sprechen. Aber bevor ich die Situation entschärfen kann, steigt Cole aus dem Wagen.

Amber strafft die Schultern, und mir ist klar, dass die Situation jetzt eskalieren wird. Peter war zumindest so geistesgegenwärtig zu erkennen, wann es besser war, sich unsichtbar zu machen. Cole ist alles andere als das, und das liegt nicht nur an dem ein Meter fünfundachtzig perfekten Männerkörper, den er lässig an den Wagen lehnt, sondern vielmehr an seiner Präsenz.

Amber schnaubt wie ein wütender Stier und kickt einen Stein in Coles Richtung. Er trifft ihn am Schuh und trudelt dann gegen den Vorderreifen des Pick-ups. Meine Schwester hat ernsthafte Aggressionsprobleme, und Cole sieht aus, als würde er ebenfalls welche bekommen, sollte sie seinen Wagen beschädigen.

»Du warst die ganze Nacht bei ihm«, giftet Amber mich an, und mein sowieso schon angeschlagenes Pokerface fällt in sich zusammen. Amber fixiert mich und tritt den nächsten Stein in Coles Richtung. »Du warst bei ihm und erzähl mir nicht, dass ich mich beruhigen soll«, speit sie mir entgegen. »Du hast gesagt, es gibt nur dich und mich, und ein paar Tage später haust du mitten in der Nacht ab. Ich wusste nicht, wo du bist, was passiert ist, ob du wiederkommst und das alles nur wegen ihm.« Ihre Stimme bricht.

»Ambs, es tut mir leid.« Das tut es wirklich, denn echte Emotionen brechen durch Ambers Wut. Sie hat recht, ich hätte Bescheid sagen müssen, wohin ich gehe.

»Hör auf, mich so zu nennen!«, unterbricht Amber mich barsch.

»Du hast gesagt, du würdest ihn nicht wiedersehen. Du

hattest es versprochen.« Ihre Stimme überschlägt sich. »Du hattest versprochen, dass es erstmal überhaupt niemanden mehr geben wird. Sag dem Typen, er soll verschwinden.« Sie nimmt noch einen Stein und zielt dieses Mal direkt auf die Seitentür des Pick-ups, aber Cole fängt den Stein auf, bevor er ernsten Schaden anrichten kann.

Er betrachtet den Stein, wirft ihn abschätzend hoch und fängt ihn wieder, während er auf Amber zugeht.

Ich schließe die Augen. Amber wird Cole vertreiben, genau wie sie es bei Peter getan hat, nur hing an Peter weder mein Kopf noch mein Körper noch mein verdammtes Herz.

Cole bleibt unmittelbar vor Amber stehen und lässt den Stein vor ihren Fuß fallen, fast so, als wolle er sie auffordern, noch einmal auf seinen Wagen zu zielen.

»Ich kann ehrgeizig sein, wenn mir etwas wichtig ist, und deine Schwester gehört zu deinem und meinem Ärger zu den Dingen, die mich verflucht ehrgeizig werden lassen«, sagt er ruhig und blinzelt nicht, als Amber ihn hasserfüllt anfunkelt. »Das habe ich mir nicht ausgesucht, aber es ist nun mal so. Bedeutet, ich werde nirgendwo hingehen.« Er sagt das, als wäre es eine unverrückbare Tatsache. Dabei wissen wir beide, dass er bald zurück nach San Francisco muss. »Und ich bin nicht wie Peter, der sich verkrümelt, weil du ihm die Radmuttern abdrehst.«

Er grinst Amber an, und zu meiner Überraschung zucken auch ihre Mundwinkel. Nur kurz. Dann verdüstert sich ihr Gesicht wieder, aber sie hat Cole angelächelt, obwohl es früh morgens ist, sie sich auf dem Weg zur Schule befindet, was ihre Laune generell durch den Mixer dreht, und Cole gerade zugegeben hat, dass er und ich wirklich etwas miteinander haben.

»Woher weißt du davon?«, fragt sie barsch, aber mit Interesse in der Stimme.

»Die Leute reden.« Er zuckt mit den Schultern. »Ist nicht wichtig, woher ich davon weiß. Wichtig ist allein, dass deine Schwester so verdammt loyal ist, dass sie herkommen wollte, um deinen pubertären Hintern in die Schule zu befördern, anstatt etwas mit mir zu unternehmen, obwohl du in deinem Alter eigentlich allein dafür verantwortlich bist, wenn du mich fragst.« Cole holt tief Luft und macht einen Schritt zurück. »Sie tut wirklich alles für dich. Egal, was sie lieber täte, wo sie gerade lieber wäre, sie ist hier bei dir. Du wirst sie nie wirklich teilen müssen, weil sie sich im Zweifelsfall immer für dich entscheiden würde.« Er tippt Amber gegen die Stirn, die nicht zurückweicht. »Das solltest du mal in deinen Schädel kriegen, und vielleicht solltest du Liz zur Abwechslung mal mit ein bisschen Freundlichkeit begegnen und ihr ein winziges bisschen Spaß gönnen«, fordert er Amber betont ruhig auf.

»Und wieso genau denkst du, es wäre deine Scheißaufgabe, dich da einzumischen?« Amber blitzt ihn herausfordernd an.

»Ambs!« Ich sollte etwas tun, bevor die Situation vollständig aus dem Ruder läuft, aber Cole hebt seine Hand und bedeutet mir, dass er gut allein mit Amber klarkommt.

»Weil ich der Typ bin, der dich kleine Kröte ansonsten in den Schwitzkasten nimmt und deinen Hintern versohlt, genau wie ich es früher bei meinem Bruder getan habe«, entgegnet Cole, und sein Gesichtsausdruck zeigt, dass er es bitter ernst meint. »Das gilt übrigens auch für den Fall, dass du dich an meinem Pick-up vergreifst.«

Amber sieht ihn eine Weile prüfend an und lacht schließlich. Tief aus dem Bauch heraus. Und dann schlägt sie Cole gegen die Brust. Das ist in Ambers Welt so etwas wie ein Ritterschlag, und ich kann nicht glauben, dass Cole es tatsächlich geschafft hat, ihren Widerstand zu knacken, indem er ihr Schläge angedroht hat.

»Dein Bruder ist ein Peter? Mein Beileid.«

»Nicht wirklich. Er hat irgendwann begriffen, dass er älter und stärker ist, und ich habe auf ziemlich schmerzhafte Weise gelernt, dass ich ihm ab da unterlegen war.« Cole grinst.

Amber packt ihren Rucksack, der neben dem Findling an der Einfahrt lehnt und hängt ihn sich über die Schulter. »Wenn du nackt durchs Haus rennst oder anfängst einen auf Vater zu machen, ertränke ich dich im See.«

Cole reagiert mit einem Grinsen auf die Drohung und schnipst Amber gegen die Schulter. Sie schüttelt sich und stapft entschlossen die Straße hinauf in Richtung Haltestelle.

»Ambs«, spreche ich sie an, aber Amber unterbricht meine Worte mit einer Handbewegung.

»Das Arschloch ist okay, aber auf dich bin ich immer noch sauer«, erklärt sie knapp und läuft dann weiter.

Ich nicke und lasse zu, dass Cole mich in den Arm nimmt. Seine Brust wird von einem Lachen geschüttelt, das mich packt.

»Ich mag sie«, sagt er leise.

Und das wirklich Bemerkenswerte ist, dass Amber Cole auch zu mögen scheint.

# Kapitel 8

Cole nimmt meine Hand, und während wir zum Haus gehen, fährt er mit dem Daumen meine Lebenslinie entlang. Ich bin nicht sicher, wie er es anstellt, dass ich allein davon weiche Knie bekomme. Im Haus ist es still. Hazel und Grace schlafen noch. Sie hatten gestern Spätschicht und waren dann noch aus. Vermutlich werden sie nicht vor Mittag aus ihren Betten kriechen.

Ich koche uns Kaffee und sehe die Post durch, die Amber achtlos auf den Esstisch geworfen hat. Schon wieder ein Brief aus New York. Auch wenn Cole meine Probleme nichts angehen, reiße ich den Umschlag auf und starre die Worte an, die mich auffordern, Pinewood Meadows zu verkaufen, und zwar zu ihren Konditionen, sonst würden sie weitere Schritte gegen mich einleiten.

»Ärger?«, fragt Cole und nutzt dieselben Worte, mit denen ich mich nach dem Anruf seines Bruders erkundigt habe.

Ich stelle einen Becher mit dampfendem Kaffee vor ihn und schiebe den Brief unter eine Zeitschrift über das Jagen und Fischen rund um den Lake Tahoe. Mein Blick bleibt an dem Adressaufkleber hängen. Dan Carson – mein Dad. Von uns liest niemand diese Zeitschrift, aber ich habe es bis heute nicht über das Herz gebracht, sie abzubestellen. Vielleicht, weil ich Angst habe, dass Dad dann nach und nach ganz verschwindet.

»Eine Immobilienfirma will das Grundstück, die Bucht und unser Haus kaufen, um ein Hotel hier zu bauen«, sage ich und bin nicht sicher, warum ich Cole das anvertraue. »Sie haben uns im letzten Jahr ein Angebot gemacht.«

Cole starrt in seinen Becher. »Hast du vor, es anzunehmen?«, fragt er.

»Ich habe das erste Angebot abgelehnt und auch die folgenden vier, aber sie hören nicht auf. Mittlerweile machen sie ziemlichen Druck, drohen mir, und jeden zweiten Tag flattert irgendein Anwaltsschreiben ins Haus.« Ich sehe aus der Terrassentür auf die Halfmoon Bay hinaus und seufze. »Ich kann trotzdem nicht verkaufen und werde es auch nicht.«

»Warum nicht?«, fragt Cole und sieht mich an. Er will es verstehen, und zum ersten Mal habe ich das Bedürfnis, es einem Mann erklären zu wollen.

»Ich bin hier aufgewachsen. Wir alle. Amber, Hazel und Grace, Fiona und ich. Wir waren glücklich. Ich meine nicht einfach nur glücklich, sondern postkartenkitschig glücklich.« Ich wische mir eine Träne aus den Augenwinkeln und halte Coles Blick stand. »Das war vor dem Tod meiner Eltern.« Noch immer kommt mir das Wort zu kalt vor, um Moms und Dads Ende zu beschreiben. »Sie haben sich geliebt, auch nach einer halben Ewigkeit als Paar noch und obwohl wir fünf Kinder sie echt in den Wahnsinn getrieben haben und ihnen kaum Zeit ließen, mal einfach nur Dan und Megan zu sein. Das Haus erinnert mich an ihre Liebe. An unsere Familie. Mom und Dad haben jede freie Minute mit uns Mädchen hier verbracht. Ich kann ihnen in Pinewood Meadows nah sein, ihr Lachen hören.« Ich berühre die Kücheninsel aus Massivholz und streiche über die kleinen Herzen mit unseren Initialen. »Dieses Haus sind wir. Wenn ich es verliere, verliere ich uns und die Erinnerungen an sie.«

Cole steht auf und nimmt mich in den Arm. Ich atme seinen Geruch ein und hebe den Kopf, um ihn zu küssen. Weil ich sicher bin, dass das ausreichen wird, um die Traurigkeit beiseite zu schieben, aber Cole zieht mich fester in seine Arme und hält mich. Es verwirrt mich, dass der feste Herzschlag in seiner Brust, seine Arme, die mich umgeben und die Zärtlichkeit dieser Geste noch effektiver sind als die Wildheit seiner Lippen.

Eine ganze Weile stehen wir eng aneinandergepresst in der Küche. Draußen streiten sich zwei Eastern Bluebirds um ihr Frühstück. Das Holz des Hauses arbeitet, und durch die geöffneten Terrassentüren hört man das Schlagen der Wellen am Steg, aber alles, was ich fühle, ist Cole. Es ist ein fast schon schmerzhaft intensives Gefühl, das nichts mit Lust zu tun hat und das ich nicht zulassen sollte.

Cole schiebt mich ein Stück von sich weg und sein Blick sucht meinen. Ich sehe die Frage darin, ob es mir besser geht. Ich nicke und nehme seine Hand. Ohne eine Erklärung ziehe ich ihn zum Steg. Das Holz unter meinen nackten Füßen ist warm.

»Was hast du vor?«, flüstert Cole, und es gefällt mir, dass er leise spricht, als könnten laute Worte den Moment zerbrechen.

Ich sage noch immer nichts. Wir erreichen das Ende des Stegs, und ich ziehe Cole sein Shirt über den Kopf, bevor ich mich selbst ausziehe. Erst als ich nur noch BH und Slip trage, drehe ich mich um. Cole hat es mir nicht gleichgetan. Außer dem Shirt, das zu seinen Füßen liegt, ist er noch vollständig bekleidet. Mit meinem Blick fordere ich ihn auf, sich auszuziehen, aber er schüttelt den Kopf.

»Vergiss es. Dein See ist schweinekalt. Ich werde sicher nicht da reingehen«, sagt Cole und klingt nicht so, als ließe er sich überreden, seine Meinung zu ändern.

»Du wolltest wissen, warum ich nie verkaufen werde«, fordere ich ihn auf, mir zu folgen, und springe in den See.

Ich liebe das Wasser, wie die Kälte die Luft aus meinen Lungen presst und das Adrenalin durch meine Adern pumpt. Ich möchte das und noch viel mehr mit Cole teilen. Nach Luft japsend tauche ich wieder auf, drehe mich um und sehe, wie Cole mit sich ringt. Ich weiß nicht, wieso ich so sicher bin, aber er wird mir folgen. Und tatsächlich streift Cole schließlich seine Shorts und Schuhe ab und lässt sich langsam ins Wasser gleiten. Dabei flucht er leise, als das kalte Wasser seinen Bauch erreicht.

»Jetzt komm schon, Frostbeule«, frotzle ich und spritze ihn nass. Mein Gesicht liegt tief im Wasser und mein Atem kräuselt die Oberfläche, die mich ansonsten samtig und spiegelglatt umgibt. Zumindest bis Cole seinen Körper vom Steg abstößt und das Wasser laut keuchend durchpflügt.

»Du bist irre«, stößt er lachend hervor, und als ich mich umdrehe und vor ihm her weiter auf den See hinausschwimme, schüttelt er den Kopf, folgt mir aber.

»Hypothermie ist eine ernste Sache«, merkt er an.

»Du kannst zurückschwimmen, wenn du das Beste verpassen willst«, bemerke ich herausfordernd und lächle, als Cole seinen Körper mit einigen kräftigen Schwimmzügen neben mich bringt.

»Wer sollte dich denn dann retten?«, fragt er und zieht eine Augenbraue nach oben. Nicht, dass ich gerettet werden müsste. Ich liebe es, im See zu schwimmen, das Wasser ist zwar kalt, aber nicht zu kalt. Trotzdem ist es süß, dass Cole gern mein Held wäre.

Ich verlangsame meine Bewegungen, bis ich nur noch Wasser trete. Die Bucht schirmt uns noch immer vom Rest des Sees ab, aber bis zum Steg sind es sicher dreihundert Fuß und das Haus sieht wie ein Minibauklotz aus. Ich halte mich rechts, bis meine Füße Boden erreichen. Hier liegen riesige Findlinge im Wasser, als hätte ein Riese sie zu einem Kunstwerk angeordnet, das einen versteckten Strandabschnitt verbirgt.

Cole erreicht mit einiger Verzögerung den Findling, an den ich mich lehne. Er küsst mich flüchtig auf die Schulter und steht dann unbeweglich neben mir. Keiner von uns sagt etwas. Cole dreht sich im Wasser um die eigene Achse und nimmt jeden Quadratzoll des Paradieses in sich auf, bis sein Blick lächelnd auf mir zum Ruhen kommt.

Ich sehe ihn ebenfalls an und berühre seine Wange, auf der sexy Bartstoppeln sprießen. Er hat sich heute Morgen nicht gestylt und dieser authentische Lässig-Look macht ihn noch unwiderstehlicher.

»Sie wollen das hier kaputtmachen und stattdessen ein Luxusresort hochziehen«, murmele ich.

Coles Blick verdüstert sich und irrt über die Schönheit, die tiefhängenden Äste einer Weide, die Pinien, Findlinge, den Strand und Pinewood Meadows.

»Mein Dad hat das Haus mit seinen eigenen Händen gebaut, als Mom mit Amber schwanger wurde. Das Grundstück haben Dad und sein Bruder George geerbt. Wir haben in Cooper Springs in einer winzigen Wohnung gewohnt, und Hazel, Grace und ich haben uns jeden Tag gestritten. Ich wollte sie wirklich sehr gern umbringen, um mein Zimmer wieder für mich zu haben, aber dann hat Dad uns hierhergebracht. Er hatte sich mit meinem Onkel George geeinigt, und wir haben begonnen, unser Haus zu bauen. Wir durften alle helfen.

Jede Schraube, jedes Brett, jede Holzbohle trägt unsere Eltern in sich, unsere Kindheit, blaue Daumen, kleine und größere Verletzungen, Spaß, jede Menge Streit und Liebe.« Ich senke den Kopf und schöpfe Wasser aus dem See, das meinen Arm hinabläuft und zurück in den See tropft. »Ich kann es nicht verkaufen«, murmle ich.

Cole zögert, und ich lege ihm meine Hand auf den Mund. Er braucht nichts zu sagen. Ich bin mir nicht einmal sicher, ob es besonders klug war, ihm von den Problemen mit Harris & Sons zu erzählen. Das verwischt die Grenzen, die lebensrettend sein werden.

Cole schließt die Augen und küsst meine Finger, jeden einzeln, bevor er dicht an meiner Haut raunt: »Dann tu es nicht.« Als wäre das so einfach. »Tu es einfach nicht«, flüstert er an meinen Lippen, und ich spüre die Kälte, die das Seewasser auf seine Haut gelegt hat. Seine Zunge teilt meine Lippen und dringt in meinen Mund vor, als er mich küsst.

Ich erwidere den Tanz seiner Zunge, den Wechsel aus Kälte und heißem Atem, als seine Küsse rauer werden. Die warme Oberseite des Findlings und die kalte Unterseite des Steins im Rücken, empfange ich Coles Lippen und erwidere seine Küsse mit einer Heftigkeit, die ich nicht an mir kenne. Ich verschränke meine Finger in seinem Nacken und ziehe ihn dichter an mich. Seine Hände gleiten unter Wasser und umschließen meinen Po. Mein Atem beschleunigt sich, als seine Hand unter den Stoff meines Slips rutscht und die bloße Haut meines Pos knetet. Er hebt mich an, und ich öffne meine Schenkel, damit Cole dazwischen gleiten kann. Das Wasser macht die Bewegungen schwerelos, während unsere Küsse rau und wild sind.

Ich lege meinen Kopf gegen den Stein hinter mir und schließe die Augen. Nichts zu sehen intensiviert das Gefühl, als Coles Lippen meine erobern. Ich genieße seinen Geschmack auf meiner Zunge, jede Berührung unserer Lippen, unserer Körper. Ich streichle seinen Rücken, den Haaransatz, sein markantes Kinn, lasse meine Finger über seinen Hals und die Brust gleiten, bis sie die Wasseroberfläche durchbricht und ich den Bund seiner Boxershorts erreiche.

Cole unterbricht seinen Kuss und kneift die Lippen zusammen. Dann schüttelt er die Feuchtigkeit aus seinen Haaren und lässt die Bewegung in ein echtes Kopfschütteln übergehen. Er lehnt seinen Kopf gegen meinen.

»Ich habe nichts hier«, murmelt er, und für einen Moment spiele ich mit dem Gedanken, zurück zum Steghaus zu schwimmen, aber das würde bedeuten, mich von Cole zu lösen, und das ist das Letzte, was ich gerade will.

Cole bemüht sich, seinen Atem zu beruhigen und mich einfach nur zu halten, aber ich will mehr.

»Ich nehme die Pille«, sage ich so leise, dass er die Chance hat, es zu überhören, wenn dieses eindeutige Angebot nicht in seinem Sinne ist. Ein Zittern durchläuft meinen Körper, wenn ich daran denke, ihn ohne ein Kondom in mir zu spüren.

Cole löst sich von mir und sieht mich an. Dunkle Lust flackert in seinen Augen. Mit einem sanften Kuss verschließt er mir den Mund und lässt seine Zunge quälend langsam über meinen Hals bis zu meinem Ohrläppchen gleiten.

»Ich bin sauber«, raunt er mir zu. »Ich lasse regelmäßig Tests machen und verhüte sonst immer.«

Die Frage, warum er bei mir eine Ausnahme macht, geht in dem Tosen unter, als er mich anhebt, meinen Slip beiseiteschiebt und ohne weiteres Vorspiel in mich eindringt. Vermutlich hat ihn der Gedanke, ohne Gummi in mir zu sein, ebenso angetörnt wie mich. Ein Stöhnen rutscht über meine Lippen, als ich in den azurblauen Himmel über dem Lake Tahoe sehe, Coles Hände meinen Hintern umfassen und er tiefer in mich gleitet.

Sein Atem kollidiert mit meiner Haut, als er in mir verharrt und sich sein Stöhnen mit Küssen auf meinem Schlüsselbein vermischt. Allein das Kneten seiner Hände an meinem Po lässt seine Härte ein klein wenig aus und in mich gleiten. Ich bin mir nicht sicher, ob ich ihn weiter so tief in mir spüren will oder ob ich möchte, dass er mich nimmt und uns beiden Erlösung verschafft.

Ich lasse mein Becken kreisen und Cole sieht mir dabei zu. Seine Lippen sind zusammengepresst, als er versucht, trotz dieser aufreizenden Bewegung nicht die Kontrolle zu verlieren. Uns umgibt nichts als Stille, das leise Glucksen des Wassers und unser Atem. Cole sieht mich an, lässt mich gewähren, bis er eine Hand von meinem Po löst, sie auf mein Becken legt und mir so bedeutet, stillzuhalten. Eine Weile stehen wir ganz ruhig da, während uns das Wasser umspült und Cole meinen Bauch streichelt.

Ich genieße es, ihn zu spüren, reize ihn aber nicht weiter, weil mir klar ist, dass er kurz davor ist zu kommen und uns noch Zeit geben will. Als er sich etwas erholt hat, wandert seine Hand von meinem Becken zu meinem BH. Der Stoff ist nass und fast durchsichtig. Cole gleitet darunter und streichelt meine Spitzen, umfasst meine Brüste, fährt über die Kuhle dazwischen. Ich vergrabe meine Hand in seinem sandfarbenen Haar, das nass zwei Nuancen dunkler erscheint, und Cole versteht. Er senkt seinen Kopf zu meinen Nippeln, die sich knapp über dem Wasserspiegel befinden und gleitet mit der Zunge über den nassen Stoff. Ich stöhne und wölbe ihm meinen Oberkörper entgegen. Mit einem Arm umschlingt Cole meine Taille und hält mich. Mit der anderen unterstützt er das Spiel seines Mundes.

Meine Laute werden unkontrolliert und ich will mich bewegen, Cole die Selbstbeherrschung rauben, damit er mich nimmt, aber Cole hat mich zwischen sich und dem Felsen fixiert. Ich keuche auf und schnappe nach Luft, als er den BH nach unten schiebt und mein Nippel in seinem Mund verschwindet. Er saugt daran, seine Zähne knabbern sanft an der Spitze, während sich seine andere Hand noch immer der freien Brust widmet.

Ich habe das Gefühl zu verglühen, obwohl wir beide vor Kälte zittern. Wir stehen schon viel zu lange im kühlen Wasser, aber keiner von uns verschwendet einen Gedanken daran. Wir sind gefangen.

Wie eine Ertrinkende klammere ich mich an Cole fest und ergebe mich seiner Zunge, seinen Händen und seinem heißen Atem auf meiner Haut. Und dann beginnt er mich mit sanften Bewegungen zu nehmen. Mein Körper bäumt sich auf und eine Detonation aus Lust rollt durch meinen Körper, wird durch seine härter werdenden Stöße angeheizt und bricht in einem Schrei auf meinen Lippen.

Das Spiel seiner Rückenmuskeln unter meinen Händen treibt mich weiter hinauf, bis ich das Gefühl habe, zu wenig Sauerstoff zu bekommen. Ich hole japsend Atem, sinke etwas in mich zusammen, aber Cole ist noch nicht bereit loszulassen. Er löst seine Lippen nicht von meinen Spitzen, als wir gemeinsam unter Wasser sinken. Sekundenlang schweben wir vereint unter Wasser, bis wir um Atem ringend wieder auftauchen. Seine Härte gleitet rau in mich, und sein Blick entfacht ein neues Feuer in mir. Wassertropfen perlen von Coles Gesicht, und ich fange sie auf, als meine Lippen seinen Mund suchen.

Der folgende Kuss ist nicht sanft, nicht zärtlich oder wild. Er ist fast schon brutal, und es macht mich an, dass ich, ich allein, Cole dazu bringe, derart die Kontrolle zu verlieren. Sein Atem geht abgehackt, und ein Knurren stiehlt sich in seinen Kuss. Er stößt härter zu, und ich fühle, wie er mich mit jedem seiner Stöße einem weiteren Höhepunkt entgegentreibt. Seine Bauchmuskeln spannen sich an, und ich fühle, wie er noch härter wird. Coles Stöhnen ist tief und dunkel und lässt mich erzittern. Und dann spüre ich, wie er in mir kommt. Ich spüre die Wucht seiner Lust, die mich mitreißt. Zitternd presse ich mich gegen ihn und lasse zu, dass seine Hitze meine Leidenschaft abermals aufbricht, und ich komme, als er sich in mir ergießt.

Atemlos und eng umschlungen bleiben wir stehen. Ich streiche über seine feuchten Haare, küsse seinen Nacken und löse mich schließlich von ihm, weil unsere Zähne klappern.

»Ich erfriere«, sage ich entschuldigend.

»Ich fühle meine Füße nicht mehr«, stimmt Cole zu und macht eine Bewegung, die aussieht, als wäre er ein verunglückter Pinguin. Er verschränkt seine Hand mit meiner und küsst mich sanft. »Lass uns zurückschwimmen.«

Erst als das Wasser so tief ist, dass wir den Boden unter den Füßen verlieren, löst er seine Hand aus meiner, und wir schwimmen wortlos nebeneinanderher zurück zum Steg.

***

Ich habe eine Patchworkdecke aus dem Steghaus geholt und unter uns ausgebreitet. Die Sonne hat unsere Unterwäsche fast vollständig getrocknet, und wir haben uns wieder angezogen. Nur für den Fall, dass Hazel und Grace doch früher wach werden.

Ich habe mich halb in die Decke eingewickelt und liege auf Coles Brust. Es ist angenehm warm, und eine träge Zufriedenheit breitet sich in mir aus. Coles Atem geht regelmäßig und er wirkt entspannt. Vollkommen zufrieden in seinen Armen zu liegen und nichts zu tun fühlt sich vertraut an, zerbrechlich und ein bisschen zu perfekt. Wie vieles in der Halfmoon Bay.

Cole greift nach dem Buch, das ich zusammen mit der Decke aus dem Steghaus mitgebracht habe. Eine in Leder gebundene Ausgabe von *A Midsummer Night's Dream* von Shakespeare. Auf dem Buchdeckel kämpfen Realität und Traumwelt miteinander. Seufzend blättert er ein wenig durch die Seiten, liest Sätze an, bleibt aber an keiner Stelle hängen.

»Du magst es nicht«, stelle ich fest. »Warum liest du es dann?«

»Vielleicht bin ich ein Streber«, kontert Cole und klappt das Buch zu.

»Nein.« Ich streiche über seine Brust und kichere. »Niemals.«

Er rappelt sich auf, und obwohl ich etwas enttäuscht bin,

weil ich ewig mit ihm so hätte daliegen können, rutsche ich neben ihn an den Rand des Stegs. Unsere Beine baumeln über dem Wasser. Mücken jagen über die Wasseroberfläche und taumeln im Wind, der über die schroffen Felsen der umliegenden Bergkämme bis auf den See hinabweht.

»Was magst du an dem Buch?«, fragt er mich und zeigt auf den Einband, der diverse Risse hat. Ein untrügliches Anzeichen dafür, dass ich die Geschichte bereits zigmal gelesen habe.

Ich zucke mit den Schultern und stoße mein Bein gegen seins. »Die Sprache und dass ich mich in vielem wiederfinde. ›Harmonischer klang nie ein Misston in der Welt, so weich der Donner‹«, zitiere ich frei und lächle ihn an. So hat es Shakespeare zwar definitiv nicht gemeint, aber es ist trotzdem eine nette Anspielung auf unseren ersten Sex während des Gewitters.

»O.k., vielleicht ist es doch zu etwas zu gebrauchen«, gibt er grinsend zu. »Hat dein Dad die auch gebaut?«

Mein Blick folgt Coles zu dem runden Bau, der neben uns auf dem Ende des Stegs thront, und ich nicke.

»Für meine Mom. Sie war gern hier draußen und hat gemalt. Dad hat ihr diesen Rückzugsort errichtet, weil er wusste, wie anstrengend wir fünf Mädchen sein konnten. Heute weiß ich, was er gemeint hat, und ich muss mich im Grunde nur um Amber kümmern. Hazel und Grace sind erwachsen und eher eine Hilfe als eine Belastung, und Fiona ist in Europa.«

»Fiona ist jünger als du?«

Ich nicke. »Nur ein Jahr. Außer Amber trennt uns alle nur ein Jahr. Mom und Dad wollten immer viele Kinder, aber nach den Zwillingen war Mom erschöpft und hatte erst mal die Nase voll. Deswegen ist Amber erst so viele Jahre später geboren worden.«

»Du redest selten über Fiona«, bemerkt Cole und blickt auf unsere Füße, die sanft über der Wasseroberfläche schaukeln.

»Sie ist in vielerlei Hinsicht schlimmer als Amber. Du würdest sie vermutlich mögen.« Ich lächle und spiele damit auf seine Aussage an, dass er ausgerechnet Amber mag, die ihn mit Steinen beschmissen und ihn Arschloch genannt hat.

»Noch schlimmer?« Er sieht mich zweifelnd an.

»Sie ist wie ein Wirbelsturm, hat einen noch krasseren Sturkopf als Amber, und ich bin sicher, dass sie ursprünglich ein Kerl werden sollte.«

»Ein Mannweib?« Cole zieht in gespieltem Entsetzen eine Augenbraue nach oben, und ich schüttle lachend den Kopf. Ich mag, wie er seinen Arm dabei um mich schlingt und sich ein dunkles Glucksen aus seinem Brustkorb stiehlt.

»Kein Mannsweib«, stelle ich klar. »Sie ist einfach Fi. Sie trinkt jeden Kerl am Lake Tahoe locker unter den Tisch und hätte niemals darauf gewartet, dass Gavin sich irgendwann dazu bequemt, unser Dach zu reparieren, sondern wäre selbst dort hochgekraxelt, um das zu erledigen. Ich bin gut in Zahlen, sie in allem, was handwerkliches Geschick erfordert.«

»Aber sie ist nicht hier?«, fragt Cole und deutet zu der etwas unorthodox aufragenden Plane, die er auf unserem Dach befestigt hat.

»Nein.« Ich schlucke den Kloß hinunter, der meine Kehle eng macht. »Sie gibt sich die Schuld an Moms und Dads Tod und hat es nicht ausgehalten, hierzubleiben.« Ich schlucke, weil ich die Geschichte so gut wie niemandem erzähle. Es tut zu weh, aber mit Cole ist es zum ersten Mal anders. Es fühlt sich richtig an, ihm von der Nacht zu erzählen, die alles verändert hat, und dabei seine starken Arme zu spüren, die mich schützend umgeben. Als ich schließlich stockend ende, liegt eine Weile nur Stille zwischen uns, bevor Cole mir einen sanften Kuss gibt und mich eindringlich ansieht.

»Das ist hart«, sagt er leise, und ich mag, dass er nicht versucht, das Offensichtliche zu beschönigen, sondern es ausspricht.

»Fi ist nach Europa, um dort herumzureisen und zu kochen. Der Plan war, dass sie nach einem Jahr wiederkommt.«

»Ist sie aber nicht«, stellt Cole fest.

»Nein, das ist jetzt fünf Jahre her, und oft weiß ich nicht einmal, in welchem Land sie sich gerade befindet, geschweige denn, ob Fi überhaupt noch darüber nachdenkt, zurückzukommen.« Ich lache traurig. »Wenn ich es laut ausspreche, habe ich eine ziemlich verkorkste Familie.«

»Ich finde deine Familie genau richtig. Ihnen ist wichtig, was wichtig sein sollte, und ihr Schwestern tut, was ihr fühlt. Ihr seid füreinander da, egal ob ihr in einem Haus wohnt oder auf verschiedenen Kontinenten.«

Ich sehe Cole an, und bevor ich etwas dagegen tun kann, streiche ich ihm durch das Haar, über den Nacken und den Arm hinab, bis sich unsere Hände treffen und ich unsere Finger miteinander verschränke. »Deine Familie ist anders?«, frage ich leise.

Cole nickt, sagt aber nichts. Er starrt über den See und nickt noch mal, bevor er tief Luft holt und sie wieder ausstößt. »Das komplette Gegenteil.«

»Dein Bruder will, dass du zurück nach San Francisco kommst. Du scheinst ihm also wichtig zu sein.«

»Mein Vater will Ergebnisse und mein Bruder sorgt dafür, dass er sie bekommt. Das ist alles. Meine Familie ist gut darin, Dinge kaputt zu machen, nicht sie wertzuschätzen.« Coles Gesichtszüge verhärten sich, und er sieht aus, als wollte er noch etwas sagen. Aber dann schüttelt er den Kopf und bleibt stumm.

»Er hat angerufen, weil du längst zurück sein solltest. Wirst du gehen?«, frage ich und habe Angst vor der Antwort. Über der Halfmoon Bay schwingt sich ein Kranich in die Luft, und ein Bootsmotor zerreißt die Stille des Morgens. Das Geräusch wird lauter, nur um wenig später ganz zu verstummen.

»Ich weiß es nicht«, sagt Cole und löst sich von mir. »Ich hätte vor rund einer Woche wieder im Büro sein sollen. Das ist, was von mir erwartet wird. Mein Leben ist nicht hier, aber …«

»Aber?«

»… es fühlt sich schon seit einer Weile nicht mehr nach Leben an, was ich in San Francisco habe. Meine Mutter hat uns verlassen, als Evan gerade sechzehn geworden und ich in meinem ersten Highschooljahr war. Sie ist einfach gegangen, ohne ein Wort, ohne sich von uns zu verabschieden. Sie ist morgens aus dem Haus gegangen und nie wiedergekommen. Dad ist kein Mensch, den man leicht beeindrucken kann, aber er war für mich da, genau wie für Evan. Beide auf ihre eigene verkorkste Art, aber wir hatten nur uns. Ich bin in die Firma eingestiegen, weil ich wusste, dass Dad das wollte, und eine Zeitlang war es wie ein Rausch. Viel Arbeit, viel Geld, viele Partys. Ich hatte einfach Spaß.«

Er fährt sich durch die Haare und schüttelt leicht den Kopf. »Das Problem ist, mir reicht das nicht mehr. Schon länger nicht, aber die Zeit hier hat es mir so deutlich wie nie vor Augen geführt.« Er seufzt und fährt sich durch die Haare. »Ich habe nicht damit gerechnet, dass so etwas passieren und alles verändern würde.« Er hebt unsere ineinander verschlungenen Hände und zeigt damit auf den See.

»Aber es hat mich wachgerüttelt. Ich kann so nicht mehr weitermachen. Die Arbeit macht mich nicht glücklich. Mein Leben in San Francisco tut es nicht. Ich denke ernsthaft über eine Auszeit nach. Ich bin mir ziemlich sicher, dass ich sonst mit vierzig an einem Herzanfall allein in meiner schweineteuren Wohnung krepieren werde.« Er hält inne. »Ich denke, ich werde vorerst am Lake Tahoe bleiben, bei dir, wenn du einverstanden bist.« Er sieht zu Boden und zum ersten Mal wirkt Cole ernsthaft unsicher.

Er will bleiben. Er wird uns damit eine Chance einräumen. Mein Herz schlägt wild gegen meinen Brustkorb, obwohl es wahrscheinlich meine Aufgabe wäre, Cole auszureden, sein Leben komplett umzuwerfen. Aber stattdessen lasse ich es darauf ankommen, mein Karma überzustrapazieren, indem ich egoistisch glücklich darüber bin.

»Könnte allerdings sein, dass mein Vater mich deswegen umbringt und ich nicht mal in die Nähe der vierzig Jahre komme.«

»In dem Fall werde ich dich wohl retten müssen«, verspreche ich und blinzle ihn gegen das Sonnenlicht an.

Er küsst mich sanft. »Das hast du schon. Du und dieser saukalte See«, murmelt er, und ich kann spüren, wie er mit jedem unserer Küsse San Francisco und sein bisheriges Leben hinter sich lässt. Die Stimme, die mich fragt, was passieren wird, wenn Coles Auszeit vorüber ist, ignoriere ich geflissentlich.

# Kapitel 9

Ich muss eingeschlafen sein, nachdem Cole und ich uns wieder in die Decke auf dem Steg gekuschelt haben. Wir haben ewig dagelegen und geredet. Ich habe ihm von Jake erzählt, von unserer gemeinsamen Kindheit und von den berühmten Carson-Caipirinha-Schwesternnächten am Strand. Es war süß, dass Cole ein wenig eifersüchtig auf Jake reagiert hat und es auch dann nicht vollständig abstellen konnte, als ich ihm versichert habe, dass Jake und ich wie Geschwister aufgewachsen sind.

Cole hingegen hat mir von seinem Apartment in San Francisco berichtet, das direkt neben dem AT&T Baseballstadion an der San Francisco Bay liegt. Er hat mir erzählt, dass er das Surfen liebt, aber seit einer gefühlten Ewigkeit nicht mehr dazu gekommen ist, im Ozean auf die perfekte Welle zu warten. Direkt nach seinem Abschluss an einer renommierten Privatschule in Kalifornien war das anders.

Sein Vater räumte ihm ein Sabbatjahr ein, das Cole in seinem Pick-up verbrachte, mit dem er quer durch die USA fuhr. Er erklärte mir, wieso das kleine Städtchen Cannon Beach in Oregon in dieser Zeit sein absoluter Lieblingsplatz war. Er liebte es, früh morgens mit Blick auf den Haystack-Felsen die ersten Wellen des Morgens zu surfen oder einfach nur am Strand zu parken und den Sonnenaufgang von der Ladefläche des Pick-ups aus zu beobachten. Er hängt aufgrund dieser Erinnerungen an dem Wagen, der laut seines Bruders absolut nicht repräsentativ ist und den Evan stets als Redneckschleuder bezeichnet.

Er hat damals das Surfbrett auf die Ladefläche geschmissen, hatte meist kaum noch saubere Wäsche im Gepäck, aber immer die Freiheit hinzufahren, wo auch immer er wollte, und zu tun oder zu lassen, was immer er wollte. Man hat ihm beim Erzählen angemerkt, wie sehr er diese Freiheit vermisst, seitdem er angefangen hat, in der Firma seines Dads zu arbeiten.

Ich richte mich auf und blinzle in die Sonne, die mittlerweile so tief steht, dass ich schwitze und mich aus der Decke schäle. Cole ist fort.

Ich sehe mich um, aber er ist weder im Wasser noch am Strand. Ich stehe auf und schaue im Steghaus nach, aber er ist wie vom Erdboden verschluckt. Ich suche mit den Augen den Weg zum Haus ab, die Steine, die die Ufer der Halfmoon Bay säumen, und tatsächlich erkenne ich eine Gestalt, die auf einem der Steine am Südufer steht und zu mir hinübersieht. Statur und Körpergröße kommen hin. Die Art, wie er sich bewegt, sagt mir, dass es Cole sein müsste, aber Cole würde niemals so ein vage ungutes Gefühl in mir auslösen wie das, das gerade durch mich hindurchrollt.

Noch immer starrt der Mann bewegungslos zu mir herüber. Wenn es wirklich Cole ist, frage ich mich, was er rund hundertfünfzig Meter entfernt auf einem Findling am unzugänglichen Südufer der Bay zu suchen hat und wie er da überhaupt hingekommen ist. Und noch mehr frage ich mich, warum er nicht reagiert, als ich meine Hand hebe und ein Winken andeute.

Ich kann den Gedanken nicht abschütteln, dass irgendetwas hier nicht stimmt. Das ist irre. Ich bin mir so gut wie sicher, dass Cole mir nur einen Streich spielt, und ärgere mich darüber, dass sein Vorhaben ein voller Erfolg ist. Dabei bin ich eigentlich kein ängstlicher Typ. Warum also klopft mein Herz bis zum Hals und warum halte ich den Atem an, als der Mann sich plötzlich bewegt und so blitzschnell zwischen den Steinen verschwindet, wie es sonst Geister in den Horrorfilmen tun, die Grace so gern sieht? Sie behauptet immer, dass die japanischen Horrorstreifen wahre Bildkunstwerke sind. Ich finde sie einfach nur gruselig, genau wie die Situation, in der ich mich gerade befinde.

Cole hätte das Ganze längst beendet, wenn er der Kerl am anderen Ufer gewesen wäre. Vielleicht war es einfach nur ein Tourist, der sich verirrt hatte. Aber tief in mir kreist die Frage, warum er mich dann angestarrt hat. Und warum er Cole so verteufelt ähnlich sah.

Seufzend laufe ich über den Steg und die Holztreppe zum Haus, weil ich Cole suchen muss und weil ich nicht länger wie festgeeist auf dem Steg stehen will. Die Veranda und das anschließende Holzdeck liegen im warmen Sonnenlicht, und die Wärme vertreibt mein Unbehagen ein wenig. Insekten tummeln sich in den bunten, wilden Beeten rund um unsere Terrasse. Die Zwillinge haben bereits den Frühstückstisch gedeckt und das Arrangement aus Aufschnitt, Rührei, Butter, Toast und Orangensaft durch selbst geschnittene Blumen ergänzt.

Vielleicht ist Cole verschwunden, weil er nicht wusste, ob es mir recht wäre, wenn Hazel und Grace ihn sehen, aber nach heute Morgen ist alles anders. Er kann sich ein Leben hier mit mir vorstellen, und auch wenn das nie der Plan war, geht es mir genauso. Wir werden also nicht umhinkommen, es meinen Schwestern zu sagen. Hazel und Grace werden eine Spur zu begeistert sein und damit das Gegengewicht zu Amber bilden.

Während ich noch meinen Gedanken nachhänge, stolpert Hazel lachend aus dem Wohnzimmer auf die Terrasse und trägt einen Korb voll frischer Bagel vor sich her.

»Oh, du bist auch endlich wach?« Sie grinst mich verschwörerisch an. »Dein Prinz hat uns Frühstück besorgt. Er darf gern öfter vorbeikommen.«

»Prinz?«, frage ich verdattert, aber Hazel braucht nicht zu antworten, weil Cole in diesem Moment zusammen mit Grace auf die Terrasse tritt. Die beiden unterhalten sich angeregt über Wassersportarten, bis Cole auf mich aufmerksam wird und er Grace einfach stehenlässt. Sie verstummt mitten im Satz und hält hinter seinem Rücken die Daumen hoch. Als bräuchte ich ihren Cheerleader-Einsatz, um zu bemerken, wie er auf mich und ich auf ihn reagiere.

Cole sieht mir tief in die Augen und sucht darin nach der Antwort auf die Frage, ob es für mich in Ordnung ist, es hochoffiziell zu machen. Ich gebe ihm meine stille Zustimmung, obwohl ich unsicher bin, und Cole beugt sich zu mir herunter und küsst mich so, als würden wir allein auf der Terrasse stehen. Zum Glück bricht er den Kuss ab, bevor der ins nicht Jugendfreie abrutschen kann. Trotzdem wirft er damit mein Innerstes durcheinander. Vielleicht gerade deswegen.

Grace quietscht, wie sie es immer tut, wenn sich das Paar am Ende eines Hollywoodstreifens in die Arme sinkt, und Hazel stimmt mit ein. Leiser zwar, aber wie immer bilden meine Zwillingschwestern eine perfekte Einheit. Cole grinst an meinen Lippen und löst sich wieder von mir.

»Ich glaube, sie haben nichts dagegen«, flüstert er in mein Ohr, als er mich in die Arme nimmt und kurz an sich drückt.

Er zieht mich mit sich zum Tisch und fragt Hazel und Grace, ob der Stuhl neben mir frei wäre. Sie nicken so begeistert und unkritisch, dass ich lachen muss.

»Eigentlich ist das Ambers Stuhl«, bemerke ich und Cole stoppt seine Bewegung abrupt, bevor sein Hintern den Stuhl berührt. Er richtet sich eilig wieder auf.

»Sie wird ihn unter Garantie mit ihrem Leben verteidigen«, sagt er und umrundet den Tisch, um auf der anderen Seite von mir Platz zu nehmen. »Das riskiere ich lieber nicht.«

Grace lacht und reicht ihm den Korb mit den Bagels. Ich weiß nicht, wieso, aber alles in mir fühlt sich richtig an, warm und zufrieden. Die Sonne scheint auf unsere Gesichter, Cole schiebt seinen kleinen Finger über meinen und schafft es so, Händchen zu halten, ohne dass es kitschig wäre und eine erneute Quietschattacke von Hazel und Grace zurfolge hätte.

Ich sehe auf unsere Hände, spüre Coles Nähe und blinzle ihn gegen das Licht an. Grace gibt gerade eine Anekdote aus dem letzten Fotografieworkshop zum Besten und Hazel und Cole kleben an ihren Lippen. Ich kann sehen, wie ein Lachen Coles Brustkorb schüttelt. Er dreht sich so, dass nur noch seine Silhouette gegen das Licht zu erkennen ist, und die Ähnlichkeit zu dem Fremden auf den Felsen ist so deutlich, dass meine Unruhe wieder die Oberhand gewinnt.

Ich senke den Blick, weil es bescheuert ist, diesem Vorfall überhaupt so viel Raum zu lassen, aber Cole bemerkt es und beugt sich besorgt zu mir. Leise, so dass meine Schwestern es nicht mitbekommen, erkundigt er sich, ob es mir gut gehe.

»Du siehst aus, als hättest du einen Geist gesehen«, flüstert er mir zu und tarnt seine Frage mit einem Kuss. Ich sehe, wie Hazel zu uns herüberschaut und sich dann diskret wieder auf Grace konzentriert. Sie nimmt wohl an, wir könnten die Finger nicht voneinander lassen.

»Vorhin, als ich aufgewacht bin, stand ein Typ auf den Felsen am Südufer der Bay und hat nach Pinewood Meadows hinübergestarrt. Er sah dir total ähnlich, und ich dachte erst, du wärst es, aber als ich ihm zugewunken habe, ist er verschwunden«, sage ich ebenfalls so leise, dass Hazel und Grace nichts mitbekommen. »Es war irgendwie seltsam. Die Art und Weise, wie er …«, ich breche ab und sehe zu Boden. »Ich weiß auch nicht, wahrscheinlich war es gar nichts, und ich bin einfach leicht zu erschrecken«, spiele ich mein Unbehagen mit einem Lachen herunter, aber Cole lacht nicht.

Er sieht mich ernst an, und plötzlich ist es ihm egal, ob Hazel und Grace unser Gespräch verfolgen.

»Wann war das, Liz?«, fragt er. »Was wollte der Typ?«

Ich schüttle den Kopf. »Wahrscheinlich wollte er gar nichts. Vielleicht war es nur ein Tourist.«

»Der dich anstarrt?« Cole wirft seine Serviette auf den Teller und stößt die Luft aus, um zu unterstreichen, dass er das nicht glaubt.

»Er hat sich vielleicht nur die Bay angeguckt. Die Sonne hat mich geblendet. Ich konnte im Grunde gar nicht viel erkennen und habe mich vermutlich einfach geirrt.«

Hazel sieht von Cole zu mir und wieder zurück zu Cole. »Das Südufer ist kaum zugänglich. Dahin verirrt man sich nicht«, sagt sie und feuert die angespannte Stimmung noch an. »Und gestern Nacht war jemand auf dem Grundstück, als wir nach Hause gekommen sind. Erst dachte ich, es wäre ein Tier, aber dann habe ich eine Gestalt durch die Büsche rund um die Einfahrt schleichen sehen.« Sie fährt sich durch die Haare. »Grace wollte nachsehen, aber ganz ehrlich. So fangen Horrorfilme an. Die Frau geht nur mal eben nachsehen, was im Gebüsch raschelt, und zack liegt sie mit aufgeschlitzter Kehle am Wegesrand.«

Grace nickt und wirkt betreten. »Wir haben die Türen und Fenster abgeschlossen und haben abgewartet, aber alles blieb ruhig.«

»Wir dachten bis gerade eben, wir hätten es uns vielleicht doch nur eingebildet. Gracy hatte etwas getrunken, und ich bin eh ein Schisser.« Sie zuckt mit den Schultern.

»Gestern Abend?«, fragt Cole und erhebt sich steif von seinem Stuhl. »Wann war der Typ da unten, Liz?« Ich wünschte, Cole würde mich beruhigen, dass es nichts war, aber stattdessen sieht er mich eindringlich an.

»Kurz bevor ich zu euch hochgekommen bin«, antworte ich unsicher.

Cole nickt und läuft dann mit langen Schritten zum Steg hinunter. Ich folge ihm, will ihn aufhalten, aber gerade als Hazel, Grace und ich ihn einholen, springt Cole in das hüfttiefe Wasser neben dem Steg. Er kümmert sich nicht darum, dass sich seine Kleidung voll Seewasser saugt. Sein Blick ist unverwandt auf einen schwarzen Punkt zwischen den Felsen gerichtet, genau dort, wo vorhin der Mann stand. Er watet durchs Wasser und erreicht nach endlosen Minuten das andere Ufer. Er erklimmt die Felsen und verschwindet dort, wo der schwarze Punkt eine Landmarke gesetzt hat.

Grace ist ins Haus gelaufen und hat Dads altes Fernglas geholt. Sie braucht ewig, um die Schärfe richtig einzustellen, und als es ihr endlich gelingt, seufzt sie resigniert.

»Ist nur ein Pullover. Sonst keine Spur von einem geheimnisvollen Fremden.«

Ich reiße ihr das Fernglas aus der Hand und suche das Ufer ab, bis ich den Stoff in den Fokus kriege. Cole ist nicht zu sehen. Wenn niemand dort wäre und der Fremde nur sein Kleidungsstück dort zurückgelassen hätte, wäre er doch längst auf dem Rückweg. Ich suche die umliegenden Felsen ab. Immer und immer wieder, aber nichts.

Es dauert quälend lange Minuten, bis Cole sich geschmeidig zwischen zwei Felsen hochdrückt und den Steinen folgt, bis deren Abstände zu groß werden. Erst dann springt er erneut ins Wasser und schwimmt zurück zum Steg.

»Und?«, fragt Grace. Ich bin froh, dass sie die Frage stellt, während ich in Coles Gesicht nach Antworten suche.

»Irgendwer war dort, und das Gelände ist wirklich schwer zugänglich«, erklärt Cole. »Er hat seinen Pullover dort liegen gelassen, aber von ’nem Typen keine Spur.« Er wirkt trotzdem alarmiert. »Ich habe mich umgesehen. Nicht, dass der Kerl sich irgendwo versteckt, aber da war außer dem Pullover nichts zu finden.«

»Was, wenn es diese New Yorker Immobilienhaie sind?«, fragt Hazel, und ich sehe Angst in ihrem Gesicht.

»Wir haben die Briefe gefunden«, ergänzt Grace das Geständnis ihrer Schwester. Und damit wissen meine Schwestern, mit was für Mitteln die Firma Harris & Sons arbeitet. Ich hätte ihnen die Sorge gern erspart, die jetzt in ihren Gesichtern steht. Ich versuche es mit Schadensbegrenzung und sage so unbeschwert wie möglich: »Sie werden schon niemanden herschicken, um uns einzuschüchtern. Das ist eine Immobilienfirma und kein Haufen Gangster.«

Cole wiegt seinen Kopf hin und her. »Ist nicht immer leicht, das auseinanderzuhalten.« Er wirkt immer noch angespannt. Dennoch bemüht er sich um einen leichten Ton, als er fortfährt: »Aber ich stimme Liz zu, ich glaube nicht, dass ihr Angst haben müsst. War wahrscheinlich nur ein verirrter Tourist mit 'nem Hang zum Spannen.« Er schüttelt sich, und erst jetzt wird mir bewusst, dass Cole klitschnass ist. Unter ihm hat sich eine Pfütze auf dem Steg gebildet.

»Du solltest dringend aus den nassen Sachen raus.« Ich ziehe ihn hinter mir her zum Haus, während Hazel und Grace wieder am Frühstückstisch Platz nehmen. Sie stecken die Köpfe zusammen und unterhalten sich über den unbekannten Fremden, Harris & Sons und die mögliche Verbindungen dieser zwei Dinge.

Ich blende ihre Stimmen aus und gehe voran ins Obergeschoss. Zuerst schiebe ich Cole ins Badezimmer und drehe die Dusche auf. Sie braucht eine Weile, bis sie einen beständig heißen Wasserstrahl erzeugt.

»Warte kurz«, sage ich und lasse Cole stehen, der noch immer abwesend wirkt und als einzige Reaktion stumm und kaum merklich nickt.

In meinem Zimmer suche ich ein neutrales blaues Shirt der Seattle Seahawks heraus, das Dad gehört hat und das ich seit Jahren als Schlafshirt nutze, und eine weite, graue Jogginghose, die Cole zwar zu kurz sein wird, aber ansonsten passen müsste. Mit den Sachen kehre ich zurück ins Bad.

Cole hat sich ausgezogen und ist unter die Dusche gestiegen. Durch die Milchglasscheibe starre ich auf seine Silhouette, die unbewegt unter dem Wasserstrahl steht. Er stützt sich mit einer Hand an der Wand ab, lässt sich das Wasser auf die Schultern prasseln, und ich habe nur einen einzigen Wunsch: Mit ihm zusammen im heißen Wasserdampf zu stehen und uns beide auf andere Gedanken zu bringen.

Ich beiße mir auf die Lippen und reiße meinen Blick von den Umrissen seines nackten Körpers los, als Cole das Wasser abstellt und die Duschtür aufschiebt, damit er nicht mitbekommt, wie ich ihn anschmachte. Ich reiche ihm ein Frotteehandtuch, mit dem er sich eher schlampig abtrocknet und das er sich dann um die Hüften bindet. Erst dann tritt er aus der Dusche und bleibt unmittelbar vor mir stehen. Wassertropfen folgen den Linien seiner harten Bauchmuskeln und versickern im Handtuch, das einen Teil seiner sexy Leiste freigibt.

Ich halte die Hose und das Shirt nach oben, um etwas anderes zu tun, als mir Dinge auszumalen, an die ich nicht einmal denken sollte, solange Hazel und Grace im Haus sind.

»Ist nicht perfekt, aber zumindest wird dich niemand für einen Transvestiten halten«, sage ich und lächle ihn an. Und endlich ist das für Cole so typische Grinsen zurück.

»Danke«, sagte er und gibt mir einen zärtlichen Kuss. Es ist einer dieser Küsse, die beiläufig erscheinen und dabei alles verändern.

Ich schlucke trocken, als er den Arm mit den Klamotten gegen seine Hüfte fallen lässt und mich mit dem freien Arm an sich zieht. Etwas fast Verzweifeltes liegt in dieser Geste. Coles Herz schlägt schnell und hart gegen seinen Brustkorb und gibt mir das beruhigende Gefühl, dass er in dieser Gefühlssache genauso tief drinsteckt, wie ich es tue.

Wir stehen eine halbe Ewigkeit einfach nur da, bis Cole seinen Arm von mir löst und in die Sachen schlüpft, die ich ihm gegeben habe. Sieht gar nicht schlecht aus. Die Jogginghose hat er locker und etwas zu tief auf den Hüften sitzen, so dass man kaum bemerkt, dass sie zu kurz ist, und das Shirt ist zwar etwas zu eng, zeigt dadurch aber seine Muskeln, was durchaus ansehnlich ist.

»Wir sollten runtergehen«, presst Cole zwischen zwei kurze Küsse, die meine Lippen verheißungsvoll prickeln lassen. »Sonst denken deine Schwestern noch, wir würden unanständige Dinge tun.« Sein Blick zeigt, dass er sehr gern bereit wäre, genau das zu tun, aber er reißt sich von mir los, öffnet die Badezimmertür und überlässt mir mit einer perfekten Gentlemanpose den Vortritt. »Wenn Hazel oder Grace auch nur denken, wir hätten Sex, und es Amber erzählen, bin ich tot.« Er macht ein Gesicht, als hätte ihn jemand erwürgt und entlockt mir damit ein Lachen.

Ich schiebe meine Hand in seine, und wir gehen gemeinsam zurück zu Hazel und Grace auf die Terrasse.

»Da sind sie ja, die beiden Turteltäubchen«, gurrt Grace.

»Ich überlege gerade ernsthaft, dir Grannys fein geklöppelte Servietten um die Ohren zu hauen.« Bei anderen Menschen würden solche Erbstücke wahrscheinlich nur bei besonderen Anlässen Verwendung finden. Wir aber haben beschlossen, dass das Andenken an Granny Carson zu unserem Alltag gehören soll, weswegen der feine Stoff mit den zarten Blumenmustern bei jedem Essen auf dem Tisch liegt.

»Ein echter Sonnenschein bist du heute wieder«, mault Grace, und Hazel schlägt ihr an meiner Stelle mit einer der Servietten gegen den Arm. Ich lasse mich auf meinen Platz fallen und bestreiche einen Toast mit Butter.

Gerade als ich herzhaft hineinbeißen will, wird mir bewusst, dass Cole noch immer steht. Er hat sich auf die Lehne seines Stuhls gestützt und sieht mich entschuldigend an. Hazel und Grace, die sich eine ausgelassene Serviettenschlacht liefern, scheint er einfach auszublenden.

»Ich weiß, ich habe dich gefragt, ob wir den Tag heute zusammen verbringen wollen, aber ich habe noch einen wichtigen Termin, den ich vergessen hatte.«

Ich kann meine Enttäuschung nicht ganz verbergen. Ich hatte schon einen genauen Plan gemacht, was ich Cole alles zeigen wollte, und es fällt mir grundsätzlich schwer, von Plänen Abstand zu nehmen, die einmal in meinem Kopf Gestalt angenommen haben. Wenn diese Pläne Cole beinhalten, potenziert sich das ganz offensichtlich. Ich seufze.

»Es tut mir wirklich leid«, murmelt Cole und richtet sich zu seiner kompletten Größe auf. »Aber ich muss leider los.«

Dass er ebenfalls enttäuscht wirkt, versöhnt mich ein bisschen mit der Aussicht, den Tag ohne Cole verbringen zu müssen.

»Ladys«, verabschiedet er sich bei Hazel und Grace, die ihren Kampf ungerührt fortführen und nur ein Nicken und ein gackerndes »Bye, Cole« für ihn übrig haben.

»Bringst du mich noch zum Wagen?«, fragt Cole, und ich sehe die Sorge in seinen Augen, ich könnte ihm seinen plötzlichen Termin ernsthaft krummnehmen. Er hält mir seine Hand hin, und ich ergreife sie. Was hätte es für einen Sinn, wütend zu sein, und vor allem worauf? Cole hat einen Termin vergessen. Das kann passieren, und uns bleiben noch jede Menge freier Nachmittage. Cole wird hierbleiben, und wer weiß, vielleicht hat sein Termin sogar etwas mit seinem Entschluss zu tun, in Cooper Springs zu bleiben.

Wir laufen Hand in Hand zu Coles Pick-up, der noch immer am Anfang der Einfahrt steht, wo er ihn heute Morgen vor Ambers Steinen gerettet hat. Am Wagen angekommen, lehnt Cole sich gegen die Karosserie und zieht mich in seine Arme. Es fällt ihm ganz offensichtlich genauso schwer wie mir, unseren gemeinsamen Tag ad acta zu legen.

»Hat der Termin etwas mit deiner Entscheidung hierzubleiben zu tun?«, frage ich leise.

Cole nickt und schüttelt dann den Kopf. »Ich muss einfach noch jede Menge klären«, murmelt er und küsst mich. Seine Hände umrahmen mein Gesicht. »Was hältst du davon, wenn ich heute Abend etwas zum Grillen mitbringe und Amber die Gelegenheit gebe, mich noch mal mit Steinen zu beschmeißen?« Er sieht zum Dach des Hauses hinüber, auf dem die grotesk aufgetürmte Plane flattert. »Und ich sollte mich um euer Dach kümmern, bevor die Plane mehr kaputtmacht, als sie rettet.«

»Grillen hört sich himmlisch an, aber ich werde Amber die Steine vorher entwenden, und wegen des Dachs habe ich schon jemanden beauftragt.« Ich verschweige geflissentlich, dass Gavin sich noch nicht wieder gemeldet hat und Ambers Annahme, er würde das Dach erst nach ihrem Abschluss reparieren, immer wahrscheinlicher wird. Cole soll nicht das Gefühl haben, ich würde ihn nur hier haben wollen, damit er die Dinge in die Hand nimmt, mit denen ich allein nicht zurechtkomme.

»Also gut, ich bringe Essen mit und wegen des Rests sehen wir dann.«

Er küsst mich noch mal, aber ich spüre Rastlosigkeit und Anspannung in seiner Stimme, in seinem Blick, sogar in seinen Berührungen. Er macht sich abrupt von mir los, steigt in seinen Pick-up und knallt die Tür zu. Der Motor des Wagens springt dröhnend an, und Cole wendet mit zwei harten Manövern und hebt noch einmal die Hand, bevor er die Schotterstraße hinaufjagt und um die nächste Kurve verschwindet.

***

Ich habe meinen Roman zu Ende gelesen. Eine Übersetzung aus dem Französischen, die wirklich unheimlich war und ein offenes Ende hatte. Bei Liebesromanen sind solche Enden in Ordnung. Ich erfinde mir dann mein eigenes Ende, aber bei Psychothrillern habe ich es ganz gern, wenn der Serienmörder am Ende hinter Gittern sitzt oder noch besser tot ist und ich mir keine Gedanken mehr um ihn machen muss. Der Hinweis, dass die Geschichte auf einer wahren Begebenheit beruht, macht mein Nervenkostüm, das sonst eigentlich sehr strapazierfähig ist, nicht gerade stärker. Vielleicht liegt es auch an der Tatsache, dass ganz offensichtlich seit einiger Zeit jemand um das Grundstück schleicht. Ich beschließe, nicht länger allein in Pinewood Meadows zu bleiben und nach Cooper Springs zu fahren, um ein paar Besorgungen zu machen.

Ich stelle den alten Buick auf den Parkplatz des Diners und schlendere gemächlich die Hauptstraße entlang. Die Sonne erhitzt den Asphalt und vermischt den Geruch von Blumen und frisch gemähtem Gras mit dem herben Geruch nach Teer. Ich kaufe bei Gavin Dachpappennägel und die benötigte Menge Dachpappe, die ich gleich mit dem Wagen abholen kann, um unser Dach provisorisch zu reparieren. Dann trete ich wieder in den Sonnenschein hinaus.

Ich freue mich, dass ich das massive Dachproblem endlich angehen werde. Auch wenn mir die Ausführung Magenprobleme bereitet, will ich nicht beim nächsten Gewitter wieder absaufen. Auch wenn Cole angeboten hat, mir mit dem Provisorium zu helfen, will ich ihn damit nicht behelligen. Wir Mädels werden es schon irgendwie schaffen, ein verdammtes Dach zu flicken.

Ich schlage den Weg zum Markt ein und besorge die Zutaten für einen Salat, ein bisschen Obst, verschiedene Käsesorten und frisches Brot für heute Abend. Als ich alles in den Kofferraum des Buick verfrachte, klingelt mein Handy. Es ist Coles Nummer. Ich klemme mir das Handy zwischen Ohr und Schulter und muss lächeln, als er sich mit »Na, meine Schöne« meldet.

»Was machst du gerade?«, fragt er.

Ich klappe den Kofferraumdeckel zu und lehne mich gegen die warme Karosserie. »Ich bin in Cooper Springs und habe gerade eingekauft, damit wir heute Abend nicht verhungern, wenn du von deinem ultrageheimen Termin zurück bist«, sage ich und wickle mir eine Haarsträhne um den Finger. Allein seine Stimme bringt mich dazu, mich nach ihm zu sehnen.

»Hast du noch was zu tun?«

»Eigentlich nicht. Ich muss noch kurz etwas besorgen, wäre aber gleich frei.« Ich umrunde den Wagen und rutsche auf den Fahrersitz, um die Dachpappe abzuholen.

»Das ist gut. Ich bin früher fertig geworden, und wie es das Schicksal so will, verhungere ich schon jetzt. Was hältst du davon, wenn ich dich in einer halben Stunde am Diner abhole, wir dein Essen mitnehmen und unseren Tag doch noch gemeinsam verbringen? Für heute Abend holen wir dann frisches Zeug und was zum Grillen, wenn wir zurück sind.«

So angespannt er vorhin wirkte, so gelöst, fast schon übermütig klingt Cole jetzt. Ich lache. »Eine halbe Stunde? Das schaffe ich. Wir sehen uns dort. Bis gleich.«

»Bye«, sagt Cole und dann schiebt er hinterher: »Ich freue mich wirklich.«

Ich mich auch, das beweisen zumindest die Schmetterlinge, die sich nicht darauf beschränken, meinen Bauch unsicher zu machen. Sie beflügeln jede einzelne meiner Zellen und zaubern mir ein breites Lächeln ins Gesicht.

# Kapitel 10

Das Haus der Hunters liegt direkt am Wasser. Ein weiß gestrichenes Stelzenhaus, dessen Farbe an einigen Stellen abblättert und das dennoch nichts von seiner Schönheit verloren hat. Das Herzstück des Anwesens ist jedoch nicht das große Wohnhaus mit der breiten, überdachten Veranda, sondern die riesige Werfthalle, die dahinter liegt. Darin stellt die Hunter-Werft seit mehreren Generationen Boote her. Kleine, aber erlesene Segelboote, Jollen und Kanus, die jedes ein Einzelstück sind und durch die Nachfrage einen hohen Preis haben.

Die Auftragsbücher der Werft waren voll, und es gab regelrechte Wartelisten. Gerade die reichen Grundstücksbesitzer und die Wochenendtouristen, die aus den umliegenden Großstädten kamen, haben Unsummen für ein echtes Hunter-Boot bezahlt.

Allerdings ist Sam aufgrund seiner Gicht nicht mehr in der Lage, neue Aufträge anzunehmen und Jake, der sich mit seinem außerordentlichen Talent als Bootsbauer bereits in jungen Jahren einen Namen gemacht hatte, ist seit fast fünf Jahren für eine Hilfsorganisation in Afrika und nutzt sein handwerkliches Geschick nicht mehr für den Bootsbau, sondern für den Bau von Hütten und Trinkwasseranlagen.

Cole und ich schlendern Hand in Hand den gewundenen Weg zum Anlegesteg hinunter, wo Sam auf einem Schaukelstuhl sitzt und gegen die Sonne anblinzelnd Pfeife raucht. Wie immer trägt er einen Overall ohne Ärmel und darunter ein fleckiges Shirt. Seine Haut ist wettergegerbt und lässt ihn wie eine jahrhundertealte Schildkröte aussehen.

Als Cole ihn begrüßt, brummt er nur und nickt ihm zu. »Haben ja schon alles besprochen.« Er reicht Cole einen Bootsschlüssel von einem Brett an der Wand, wo er alle Schlüssel seiner Flotte aufbewahrt, und macht eine Handbewegung, als wollte er eine lästige Fliege verscheuchen. Wir werden also Boot fahren.

Cole sieht Sam an und fragt dann, ohne die Miene zu verziehen: »Piept das Boot, wenn man auf den Schlüssel drückt? Wenn das hier nicht so funktioniert wie bei meinem Pick-up, müsstest du mir noch zeigen, welches unser Boot ist.«

Sam mustert Cole einen Augenblick streng, und es ist ganz offensichtlich, was er denkt. Großstädter, aber Herrgott, sie füllen die Kasse, und für ihre Dummheit können sie ja im Grunde auch nichts. Dann läuft er kopfschüttelnd mit seinem ausgemergelten Körper vor uns her über den Bootsanleger. Vor einem kleinen, weißen Motorboot macht er Halt und zeigt mit seinem knorrigen Finger darauf.

»Das isses.« Mit den Worten dreht er sich um und geht.

»Wegen der enormen Kundenfreundlichkeit kommt bestimmt keiner her«, bemerkt Cole trocken.

»Was hast du mit mir vor?«, frage ich neugierig.

»Du hast mir einen Teil deines Sees gezeigt, und das hat mich auf den Geschmack gebracht. Außerdem möchte ich mit dir allein sein«, sagt er und vergräbt dabei sein Gesicht in meinen Haaren. »Ich will dich, ohne dass wir auf irgendwen Rücksicht nehmen müssen.«

Ich nicke und klettere mit Coles Hilfe in den Kahn. Er

reicht mir den Korb mit meinen Einkäufen vom Markt, und ich klammere mich schon mal vorsorglich an der Reling fest, obwohl Cole noch dabei ist, die Leinen zu lösen. Ich mag das Wasser, schwimme gern und oft, liebe es, einfach nur dazusitzen und die Geräusche, die Farben und den Geruch des Sees in mich aufzunehmen, aber zu Booten habe ich seit jeher ein gespaltenes Verhältnis. Jake hat mich früher öfter mit dem Boot auf den See hinausgenommen, und mir wurde regelmäßig so schlecht, dass ich danach nicht mal mehr Moms Pancakes essen konnte, was ein echter Verlust war.

»Ich bin nicht wirklich seefest«, gebe ich zu, weil Cole mich belustigt mustert. »Und ich habe keinen Plan, wie man die Dinger bedient. Wenn du also nicht zufällig einen Bootsschein hast …«

Cole lächelt und startet den Motor mit einem beherzten Zug am Anlasser. »Ich bin vielleicht ein Großstädter, aber einer von der Küste.« Er verlässt den Anlegeplatz Richtung Emerald Bay und hält sich nah am Ufer, wo der Wellengang minimal ist, wofür ich wirklich dankbar bin. Nach einer Weile stelle ich fest, dass mein Magen das sanfte Schaukeln sehr gut aushält, und es beginnt mir wirklich Spaß zu machen. Ich kuschle mich in Coles Arme und genieße die Gischt, die unsere Gesichter trifft.

Nach einer Weile erreichen wir Fannette-Island, die kleine Insel, die mitten in der Emerald Bay liegt. Ich war lange nicht hier.

Cole befestigt das Boot an einem der Bäume, die seit Ewigkeiten im knietiefen, türkisfarbenen Wasser liegen und dem Ort etwas Verwunschenes geben.

Ich springe ins Wasser und kümmere mich nicht darum,

dass mein Rock am Saum durchnässt wird. Ich fahre mit den Händen über die Wasseroberfläche, die Baumstämme, die Steine am Ufer. Wir sind allein hier.

An den meisten Tagen hat man das kleine Eiland für sich. Vermutlich, weil es nichts auf der Insel zu sehen gibt, außer der verfallenen Ruine eines alten Tea-Cottages an der Spitze, und der See so viele andere, deutlich interessantere Dinge zu bieten hat.

Ich hingegen liebe die kleine Insel. Mit seinem Ziel hat Cole genau ins Schwarze getroffen. Ich schließe die Augen und lasse die Erinnerungen an früher zu. Als wir noch alle zusammen waren und hier die besten Partys gefeiert haben. Jake war damals noch hier, genau wie Fi. Ich schlucke und spüre, wie Cole seinen Arm um mich legt und mich an sich zieht.

»Alles in Ordnung?«

Ich nicke. »Ich war nur sehr lange nicht mehr hier, und mich holen ein paar Erinnerungen ein.«

»Gute oder schlechte?« Cole küsst mich auf die Schläfe. »Wir können auch wieder fahren«, bietet er an.

»Nein.« Ich drehe mich zu ihm und schlinge meine Arme um seinen Nacken. »Nein, es ist toll, wieder hier zu sein. Ich hatte eine super Zeit auf dieser Insel und war viel zu lange nicht mehr hier.« Ich mache mich los und laufe vor Cole her den Trampelpfad zur Ruine hinauf.

Er schnappt sich den Rucksack mit dem Essen aus dem Boot, schultert ihn und folgt mir.

»Gibt es da irgendetwas, was ich wissen sollte?« Er grinst mich an, und ich verziehe das Gesicht zu einer Grimasse.

»Besser nicht. Versuch lieber mich einzuholen.« Und dann drehe ich mich um und jage vor Cole her den Berg hinauf.

Kiefernadeln werden aufgewirbelt und streifen meine bloßen Waden. Ich höre Cole hinter mir, wie er immer mehr aufholt. Ein Quietschen löst sich aus meinem Brustkorb, und Adrenalin, gemischt mit unbändiger Freude, schießt durch meinen Körper.

Ich erreiche die Ruine unmittelbar vor Cole, der nur wenig abbremst und mich mit dem verbliebenen Schwung zwischen der Natursteinmauer und seinem harten Körper einquetscht. Sein Atem prallt gegen meine Lippen, als er mich küsst. Das Adrenalin jagt noch immer durch meinen Körper und lässt das Blut in meinen Ohren rauschen, als Cole sich von mir löst und durch die Türöffnung in der Mauer zeigt.

Ich hätte lieber gehabt, dass er mich weiter so küsst und nie mehr damit aufhört, aber da er sich sowieso schon von mir gelöst hat, drehe ich mich um und betrete den Raum. Der bloße Erdboden ist von Decken und Kissen bedeckt. Windlichter stehen in der Mitte und verbreiten ein warmes, angenehmes Licht im Halbdunkel des verfallenen Cottages.

»Wann hast du das alles gemacht?«

»Es war ein sehr wichtiger Termin«, raunt Cole an meinem Ohr, und ich kann nicht fassen, dass er sich deswegen so geheimnisvoll gegeben hat. Ich dachte, es hätte etwas mit dem Fremden auf den Felsen zu tun gehabt oder mit seiner Arbeit, dabei hat Cole nur diese Überraschung für mich vorbereitet.

»So etwas hat noch niemand für mich getan«, flüstere ich leise.

Cole zieht mich an der Hand auf die Decken und stellt den Rucksack neben einen Korb, der an der Wand steht. Er zieht eine Flasche Weißwein daraus hervor, winzige, filigrane Törtchen und ein Buch.

»Jane Eyre«, sagt er und schaut mich hoffnungsvoll an. »Du sagtest, du gehst nirgendwo hin ohne Buch, und da dachte ich …« Er kratzt sich am Kopf. »Wahrscheinlich hast du das Buch eh schon.«

Natürlich habe ich eine Ausgabe von Jane Eyre, aber nicht diese. Es ist ein wunderschön in Leder gebundenes Exemplar, mit einem handbemalten Einband.

»Das ist …«

»Sag jetzt nicht, dass es zu viel ist oder dass du es nicht annehmen kannst«, flüstert er mir ins Ohr und küsst dabei meine Ohrmuschel. »Das will ich nämlich nicht hören. Ich kann verdammt beleidigt sein, wenn man meine Geschenke aus so einem dummen Grund ablehnt.«

Seine Zunge streift mein Ohrläppchen, meinen Hals und ich kann nichts dagegen tun, dass ich seiner Berührung folge. Mein Körper bettelt nach mehr, während ich ein heiseres »danke« hervorbringe. Ich drehe mich zu ihm und küsse ihn.

»Danke.« Noch ein Kuss. »Danke.« Wieder ein Kuss, weniger unschuldig als der erste. »Danke.« Ich bin kurz davor, dem Prickeln, das Cole in mir auslöst, nachzugeben, aber stattdessen löse ich mich von ihm und betrachte meinen neuen Schatz. Ich fahre die Linien des Einbands nach, blättere die Seiten durch, atme den Geruch des Buches ein.

»Ich bin wohl abgeschrieben«, bemerkt Cole schmunzelnd und schiebt sich ein Törtchen mit Vanillecreme und Erdbeeren in den Mund.

»Niemals.« Ich klettere auf seinen Schoß und bette das Buch auf ein Kissen neben uns. Erst dann nehme ich sein Gesicht in meine Hände und küsse ihn, bis er hart wird und sein Atem rau. Als er seine Hand unter mein Shirt schieben will, halte ich ihn jedoch auf. »Ich habe wirklich Hunger«, sage ich betont ernst, rutsche von ihm herunter und sehe aus den Augenwinkeln, wie Cole sich ergeben auf den Boden sinken lässt und die Augen verdreht.

Ich schnappe mir ein Törtchen und trinke dazu einen Schluck Weißwein aus der Flasche.

»Ich habe Gläser mitgebracht«, sagt Cole und sieht mir amüsiert zu, wie ich über das zweite Törtchen herfalle und schließlich über das dritte.

»Du kennst die Gepflogenheiten von Fannette Island nicht«, kläre ich ihn auf. »Hier wird aus Flaschen getrunken, Party gemacht und …« Ich sehe auf die Beule seiner Shorts und meine Hand fährt wie zufällig darüber.

Cole schließt die Augen und durchpflügt mit den Händen seine Haare, als ich stärker über den Stoff reibe. Ich kann seine Ungeduld spüren, ohne dass er ihr nachgibt. Ich bin diejenige, die es irgendwann nicht mehr aushält und seine Shorts nach unten schiebt, so dass seine Härte vor mir aufragt.

Seine Bauchmuskeln spannen sich an, als sich meine Finger um seinen Schaft schließen. Ich bewege meine Hand sanft auf und ab, und Cole umschließt dabei meinen Arm, dirigiert mich in den Rhythmus, den er braucht.

Ich sehe fasziniert zu, wie perfekt sein Körper aussieht, wie sehr es mich anmacht, die Lust in seinem Gesicht zu beobachten und das Verlangen, das über seine Lippen bricht, zu hören. Ich kann nicht anders und unterstütze das Spiel meiner Finger mit meiner Zunge. Cole atmet zischend ein und schiebt mir unwillkürlich sein Becken entgegen.

»Liz«, bringt er keuchend hervor, aber ich gebe ihn noch nicht frei. Ich nehme ihn tiefer in den Mund und lasse zu, dass Cole sich zwischen meinen Lippen bewegt. Er stößt einige Male tief in meinen Mund, bevor er innehält. »Hör auf, sonst weiß ich wirklich nicht, ob ich mich noch lange beherrschen kann.«

Er zieht mich zu sich hoch, streichelt mein Gesicht und stürzt mich dann in einen harten, stürmischen Kuss. Er dreht mich auf den Rücken und zieht mich langsam aus. Fast so als wäre das Entkleiden ein Teil des Vorspiels, und tatsächlich erregt es mich, wie Cole mir die Kleidungsstücke vom Körper streift und dabei beinahe zufällig meine intimsten Stellen berührt.

Als ich nackt vor ihm liege, hält er einen Moment inne. Seine Hände fahren über meine Unterschenkel, während er sich jeden Quadratzentimeter von mir einzuprägen scheint. Dann wandern seine Hände höher, streicheln die Innenseite meiner Schenkel, die empfindliche Haut meiner Leiste. Seine Zunge folgt seinen Fingern. Als seine Hände meine Brüste erreichen, berühren Coles Lippen meine Scham.

Er küsst meine sensibelsten Stellen, saugt, reizt mich, bis ich mich ihm keuchend entgegenwölbe, und lässt seine Zunge tiefer gleiten, nur um dann von vorn zu beginnen. Dabei liebkosen seine Hände meine Brustwarzen, und mir wird schwindelig vor Verlangen. Ich will ihn.

Ich schlinge meine Beine um Coles Hüfte, und er versteht. Er gleitet an meinem Körper nach oben und streift mit seinen Lippen meine Brust, bevor er mich küsst. Seine Hände streichen mir die Haare aus der Stirn, und ich sehe Zärtlichkeit in Coles Blick, als er in mich eindringt, und Leidenschaft, die seine Augen verdunkelt, als er beginnt, mich zu nehmen.

Ich umfasse seinen Hintern und bestimme den Rhythmus,

mit dem er in mich gleitet. Cole umfasst meine Schenkel, streicht zärtlich daran entlang, nur um mich dann zu packen und mich noch ein Stück anzuheben, so dass er sich tief in mir versenkt.

Ich keuche, spüre, wie Cole noch härter wird und wie etwas in mir aufbricht, als Cole in mir kommt. Ich spüre, wie seine Erregung sich zuckend in mir ergießt und wie mein eigener Orgasmus den Wellen seiner Lust folgt.

Als wir aus unserem Verlangen auftauchen, spüre ich, wie Coles Mund sich an meiner Schulter zu einem Grinsen verzieht. Er rollt sich von mir herunter und bleibt noch immer atemlos neben mir liegen. Ich kuschele mich an seine Brust, und er schließt seinen Arm um mich. Das Kerzenlicht flackert, während unsere Körper langsam zur Ruhe kommen, und Cole beginnt, von seinem ersten Zusammentreffen mit Sam zu erzählen und dass er ihm fast an die Gurgel gegangen wäre, weil der alte Herr so unverschämt griesgrämig war.

Ich vertraue ihm einen Teil von Jakes und Sams Geschichte an, die Probleme, die jeder hier am Lake Tahoe kennt, und ich erzähle ihm davon, wie schwer es mir fällt, von Jake und Fi getrennt zu sein. Auch wenn ich mir um Jake deutlich mehr Sorgen mache. Cole erkundigt sich nach Jakes Arbeit und wann er zurückkommen wird. Ich erzähle ihm, dass Jakes Pläne nur vage sind und dass Sam, obwohl er sich früher nur mit Jake gestritten hat, nicht damit zurechtkommt, dass er seinen Sohn verloren hat.

Bevor die Stimmung zu sehr kippt, wechsle ich das Thema und erzähle Cole von Ambers Versuch, aufgrund ihrer militanten Einstellung zu Tieren im Gefängnis die Schulhasen in die Freiheit zu entlassen. Dafür hat sie eine einwöchige Suspendierung bekommen, und ich durfte mir rund eine

Stunde lang das aufgebrachte Gebrüll des Schulleiters anhören. Schmunzelnd machen wir uns über Käse und Brot her und leeren den Wein.

Als es bereits dunkel wird, lieben wir uns noch einmal und laufen dann zum Boot zurück. Cole gibt etwas mehr Gas als auf dem Hinweg, und so sind wir nach zwanzig Minuten zurück an der Anlegestelle.

Sam sitzt auf dem wenig vertrauenerweckenden Schaukelstuhl und raucht Pfeife. Er sieht uns düster entgegen, als wir über den Steg auf ihn zulaufen, aber das hat nichts zu bedeuten. Sam sieht immer aus, als wäre gerade sein Meerschweinchen gestorben.

»Auch schon zurück?«, fragt er und spuckt dabei am Steg vorbei ins Wasser.

Aber Cole ignoriert seine mürrische Art und grinst mich an.

❧❧❧

Cole hat mich in Pinewood Meadows abgesetzt und ist zurück ins Molly's gefahren. Das Grillen haben wir verschoben, weil wir viel zu spät zurück waren. Es ist mir schwergefallen, Cole gehen zu lassen, insbesondere als er mich vor der Haustür innig geküsst hat. Zu gern hätte ich diesen Kuss vertieft und ihn in mein Zimmer geschmuggelt. Ich kann einfach nicht genug von ihm bekommen, aber er hat sich irgendwann widerstrebend von mir gelöst und sagte, er hätte Angst, Amber würde ihn im Schlaf ermorden, wenn er es wagte, einfach bei mir zu übernachten. Da zumindest sein Pick-up tatsächlich in akuter Gefahr wäre, habe ich schließlich nachgegeben, und wir haben uns verabschiedet.

Gerade als ich mich bettfertig mache und schlafen gehen will, piepst mein Handy und zeigt den Eingang einer SMS an.

Der Einzige, der mir SMS anstelle von WhatsApp-Nachrichten schickt, ist Jake. Bei ihm müsste es jetzt sieben Uhr morgens sein.

Ich öffne die Nachricht und merke, wie mir die Finger zittern. Es ist Ewigkeiten her, dass ich etwas von ihm gehört habe, und ich erwarte jedes Mal, dass es nicht Jake selbst sein könnte, der mir schreibt. Es hat mich damals gerührt, dass er ausgerechnet mich als Notfallkontakt angegeben hat, aber dafür habe ich bei jeder Nachricht Angst, dass er verunglückt ist und mir lediglich jemand aus seinem Camp mitteilt, dass etwas Schlimmes passiert ist.

Ich atme erleichtert auf, als ich die Nachricht lese. Er will in zehn Minuten mit mir skypen, wenn es passt. Natürlich passt es.

Idiot, denke ich liebevoll. Als würde ich nicht alles andere warten lassen, wenn er sich nach so langer Zeit meldet. Ich tippe schnell ein *Ja!* ins Handy und sende die Nachricht in der Hoffnung, dass er sie bekommt. Mit einem normalen Handy würde er überhaupt kein Netz haben. Alle Mitarbeiter im Camp teilen sich ein unhandlich großes Satellitentelefon, das zumindest einigermaßen verbindlich funktioniert, aber eigentlich für administrative Aufgaben da ist. Zum Glück hat die Hilfsorganisation für einen relativ stabilen Internetzugang am Hauptrechner des Camps gesorgt, um den Mitarbeitern den Kontakt nach Hause zu ermöglichen. Was die Frage aufwirft, warum sich Jake so lange nicht gemeldet hat.

Ich klappe den Laptop auf und öffne das Skype-Programm. Noch ist er nicht online. Ungeduldig starre ich auf den Uhrzeiger, der sich wie in Zeitlupe zu bewegen scheint, und endlich wird das Häkchen hinter seinem Namen grün. Sekunden später vermeldet Skype einen eingehenden Anruf. Ich tippe auf das Videosymbol, und langsam baut sich das Bild von Jake auf.

Er sitzt auf einer Holzkiste und schimpft auf die Technik. Offensichtlich hat sich das Bild bei ihm noch nicht scharf gestellt. Er klopft gegen den Computer, als würde das etwas bringen, und ich muss lachen, weil Jake Zeit seines Lebens auf Kriegsfuß mit der Technik stand und sich daran ganz offensichtlich nichts geändert hat.

Tränen steigen mir in die Augen, als er plötzlich innehält und den Bildschirm berührt.

»Liz«, sagt er, und mehr nicht. Das braucht er auch nicht. Ich kann all die Sehnsucht, die er nach uns, seinem Zuhause und dem Leben hier hat, darin hören.

Eine Weile sehen wir einander nur an, ohne etwas zu sagen, und es ist fast, als wären die zigtausend Kilometer zwischen uns nicht existent.

Vorsichtig berühre ich den Bildschirm. Jake sieht müde aus. Er hat tiefe Augenringe und wirkt ernster als früher, fast verschlossen. Bei seinen ersten Anrufen aus Afrika war er immer noch Jake. Mein Jake mit dem breiten Grinsen, das Grübchen auf seine Wangen zauberte, den blauen Augen, in denen immer der Schalk funkelte und die mich mit ihrer Farbe immer an den Lake Tahoe erinnern. Jemand, dem man nur mit viel Mühe die Laune verderben konnte, weil er unerschütterlich in seiner positiven Weltanschauung war. Aber die Zeit in Afrika hat ihn verändert. Heute wirkt er wie ein Mann, der zu viel gesehen hat.

»Bist du okay?«, frage ich leise.

Jake nickt, obwohl er weiß, dass ich merke, wenn er lügt.

»Dann kann ich dir ja jetzt in den Hintern treten, weil du dich so lange nicht gemeldet hast.« Ich blinzle die Tränen fort, die sich in meine Augen stehlen.

»Wir hatten Probleme mit dem Internet. Eine Landmine hat die Leitung zerfetzt. So wie es aussieht, verlegen sie vorerst keine neue. Kostengründe.« Er sieht sich um, hebt den Laptop an und ich erkenne, dass er in einem Lagerhaus sitzt. »Ich habe mich freiwillig gemeldet, um Vorräte aus Uige zu holen, weil ich dir Bescheid geben wollte, dass ich okay bin und mich bis auf weiteres nicht melden kann.«

»Ich habe mir Sorgen gemacht«, gebe ich zu.

Jake sagt nichts. Was sollte er auch sagen. Wenn er zugeben würde, dass er tatsächlich in Gefahr schwebt, würde ich vermutlich eigenhändig nach Angola reisen, um seinen Hintern wieder an den Lake Tahoe zu schleifen, und das weiß er.

»Wie schlimm ist es?«, frage ich deshalb nach.

»Ist 'ne ganz schöne Scheiße hier.« Wenn er das zugibt, muss es wirklich schlimm sein. Jake reibt sich über das Kinn, auf dem seit neuestem ein dichter Bart wächst. Das Bild hakt und stellt sich dann wieder scharf. »Aber was wir hier tun, ist wichtig.«

»Dein Leben ist auch wichtig«, werfe ich ein.

Jake seufzt und zerfurcht dann seine Haare, die ungewohnt lang geworden sind. Dadurch wirken sie glatter. Die leichten Wellen darin sind verschwunden und das Braun ist ausgeblichen.

»Lass uns nicht wieder darüber streiten, Lizzie. Ich kann hier nicht weg. Die Menschen haben niemand anderes. Wir bekommen keine neuen Leute, und solange das so ist und wir nicht abgezogen werden, bleibe ich.«

Sie kriegen keine Leute, weil niemand in unmittelbarer Nähe zu den Milizen des Ostkongo arbeiten will. Weil jeder weiß, dass man das im Zweifelsfall mit dem Leben bezahlt. Weil das Gebiet von Landminen zersetzt ist, die einen bei jedem falschen Schritt das Leben kosten können.

Mein Herz krampft sich zusammen, und ich überlege, wie ich Jake doch noch überzeugen könnte. Ich vermisse ihn und wünschte, er wäre hier, in Sicherheit, bei uns. Wobei mir klar ist, dass es zu einer echten Freundschaft gehört, selbst die idiotischsten, waghalsigsten Entscheidungen des Anderen zu respektieren. Also nicke ich und versuche, Jake als das zu sehen, was er ist – ein Held –, und stolz zu sein.

»Die Leute wissen gar nicht, was sie für ein Glück haben, aber sag ihnen, dass ich meinen besten Freund irgendwann zurückhaben will.« Ich drücke einen Kuss auf meine Hand und berühre damit die Kamera des Laptops.

Jake lacht. Er kann mit Komplimenten nicht umgehen, nicht einmal mit so schlecht verpackten wie meinem.

»Ich habe deinen Dad vorhin gesehen«, wechsle ich das Thema.

Jake schnalzt leise mit der Zunge, und ich sehe, wie er mit sich ringt. »Wie geht es ihm?«, fragt er schließlich.

»Er wird älter, und die alltäglichen Dinge fallen ihm schwerer.« Ich überlege, was ich Jake noch erzählen kann. »Er kommt regelmäßig in den Diner, um zu hören, wie es dir geht.«

»Er fragt nach mir?« Jake verzieht skeptisch das Gesicht.

»Nicht direkt«, gebe ich zu. »Du weißt, wie er ist.«

»Hat sich nichts geändert.« Jake seufzt und ringt sich ein Lächeln ab. »Immer noch der alte launische Knochen. Kommt er zurecht?«

»Das Haus bräuchte einen neuen Anstrich, aber ansonsten geht es. Gavin hat letzten Monat sein Dach neu gedeckt.«

Für uns hatte Gavin immer noch keine Zeit. Ich denke an die Dachpappe, die sicher im Geräteschuppen liegt, und daran, dass ich mich in den nächsten Tagen dringend selbst um das Dach kümmern muss, auch wenn das nur ein Provisorium sein kann, bis Gavin die Schieferschindeln anbringt.

»Die Werft liegt brach. Sein überaus talentierter Bootsbauer ist nämlich leider derzeit im Ausland unterwegs.« Ich zwinkere Jake zu und binde mir dabei die Haare zu einem Pferdeschwanz zusammen. »Aber ich habe das Gefühl, der Bootsverleih läuft gut genug, um die meisten Kosten zu decken.«

Jake nickt. »Ich vermisse es«, gesteht er. »Alles. Den See, die Luft, das Wasser, die Wälder. Manchmal sogar Sam.« Er seufzt. »Vor allem euch.« Und plötzlich grinst er mich an. »Bringst du mich ans Wasser?«

Seufzend sehe ich an meinem Körper hinab, der schon in einem weiten Schlafshirt steckt, und schnappe mir dann den Laptop. Ich kann Jake das nicht abschlagen.

Eilig laufe ich nach unten. »Bete, dass wir auf dem Steg nicht außerhalb der Reichweite des WLANs sind«, fordere ich Jake auf, hantiere mit dem Laptop in der Hand an der Terrassentür herum und laufe dann bis zum Ende des Stegs, ohne die Netzabdeckung dabei aus den Augen zu lassen.

»Bereit?«, frage ich.

Jake nickt und ich drehe den Laptop um. Silbriges Mondlicht ergießt sich über den See. Das Wasser gluckst gegen den Steg. Die Findlinge am Rande der Halfmoon Bay ragen wie dunkle Giganten in den Nachthimmel auf, und über allem hängt ein Firmament mit Abermillionen Sternen.

Jake lächelt, aber es sieht aus, als würde er mit den Tränen kämpfen. Jake weint nie, nicht einmal, als meine Eltern gestorben sind, hat er die Trauer wirklich zugelassen. Er ist eher der Typ, der versteinert und wütend wird, anstatt einzuknicken.

Ich wünschte, ich könnte ihn in meine Arme schließen. Stattdessen sitze ich eine gefühlte Ewigkeit auf dem Steg, den Laptop auf den Beinen, bis Jake die Stille durchbricht.

»Du hast mir noch nichts von dir erzählt.« Er räuspert sich kurz und rückt näher an den Laptop heran.

»Alles beim Alten«, sage ich, weil ich ihm den Stress mit Harris & Sons vorenthalten will. Er soll sich nicht auch noch Sorgen um Pinewood Meadows machen, sondern seine Konzentration lieber nutzen, um auf sich aufzupassen. »Ambs ist eine wandelnde Katastrophe wie eh und je, Hazel und Grace eine unbezwingbare Einheit. Der Diner läuft gut.« Ich plappere vor mich hin und muss an Cole denken. Ich will Jake unbedingt von ihm erzählen, weiß aber nicht genau wie.

Als hätte er etwas gespürt, rutscht Jake noch näher an den Laptop, so dass seine Gesichtszüge seltsam verzerrt wirken, und mustert mich scharf.

»Elizabeth Carson, bist du etwa verliebt?«, fragt er und schüttelt lachend den Kopf. »Ich glaub es nicht«, stellt er fest und zieht einen Flunsch. »Du bist vollkommen verknallt und erzählst es mir nicht.«

»Wie? Ich meine, woran hast du es gemerkt?«

Jake verdreht die Augen. »Ich kenne dich, Liz. Jetzt lenk nicht ab. Ich will wissen, wer und seit wann … los, raus damit!«

»Er heißt Cole Parker, kommt aus San Francisco und macht mich einfach glücklich. Er hat sogar Amber um den Finger gewickelt.« Ich überlege gerade, was noch wichtig ist, womit ich am besten beginne und wie ich Cole und mich in Worte zwängen soll, als Jake mich mit einem »Fuck!« unterbricht.

»Die stellen hier gleich den Generator ab. Grüß alle von mir und sag ihnen, dass ich sie vermisse, und Liz, wenn wir uns das nächste Mal hören, will ich …« Bevor er den Satz beenden kann, wird das Bild urplötzlich schwarz.

Es dauert einen Augenblick, bis ich realisiere, dass das alles ist, was ich in nächster Zeit von meinem besten Freund zu sehen bekommen werde.

Erst mit einigen Sekunden Verzögerung klappe ich den Laptop zu und atme tief durch. Ich hätte Jake so gern mehr von Cole und mir erzählt, hätte gehört, wie er mich aufzieht, weil ich nun doch noch die große Liebe aus meinen Schmonzetten im wahren Leben gefunden habe.

Er hätte Cole sicher bemitleidet, weil er jetzt den Ritter für mich spielen muss. Wahrscheinlich hätte er mich gefragt, ob Cole eigentlich reiten kann, und dann Tränen gelacht, weil die Sache mit dem Ritter auf dem weißen Ross in der heutigen Zeit so ihre Tücken hat.

Ich ziehe die Beine an meinen Körper und sehe zu den Sternen hoch. Zu wissen, dass Jake dieselben verglühenden Himmelskörper sieht, wenn er in den Himmel von Angola schaut, ist seltsam tröstlich.

# Kapitel 11

Ein phantastischer Geruch breitet sich im Haus aus, während sich draußen der Abend über den See senkt. Ich habe noch immer etwas an dem Gespräch mit Jake von gestern Abend zu knabbern, aber dass Cole meine Schwestern, Greta und mich zu einem von ihm zubereiteten Essen bei uns zu Hause eingeladen hat, lenkt mich von den Sorgen ab, die ich mir um Jake mache.

»Hätte gar nicht gedacht, dass du es nötig hast, dich einzuschleimen«, brummt Amber und starrt Cole an, der seit etwa einer Stunde in unserer Küche steht.

Ich bin mir nicht sicher, ob unser Herd diese hochkulinarischen Ambitionen verträgt. Wir essen meistens im Diner oder machen uns ein schnelles Sandwich. Kochen tun wir so gut wie nie. Ab und an veranstalten wir ein Barbecue auf der Terrasse, aber das ist auch schon das höchste der Gefühle. Bis auf Fi hat keiner von uns die Liebe oder das Talent zum Kochen von Mom geerbt.

»Liebe geht doch bekanntlich durch den Magen«, erwidert Cole ungerührt und löscht das Gemüse mit trockenem Wein ab, bevor er den Braten, der schon jetzt köstlich duftet, in den Backofen schiebt und sich die Hände an einem Handtuch säubert, das er hinten in seine Jeanstasche gesteckt hat. Er grinst Amber an, und die verzieht das Gesicht, wahrscheinlich um nicht zurückzulächeln. Sie tritt zu ihm hinter die Kücheninsel und knabbert an einem Möhrenende, das Cole zurechtgeschnitten hat.

»Gibst du mir das Brettchen?«

Amber verdreht die Augen, greift aber nach dem schweren, hölzernen Schneidebrett.

Cole mustert sie und schüttelt den Kopf. »Ohne den Müll darauf.«

Fast erwarte ich, dass Amber ihm das Brett vor die Füße schmeißen wird, aber sie zuckt nur mit den Schultern, kippt die Gemüseabfälle in den Müllzerkleinerer und reicht Cole dann das Schneidebrett.

Er stößt sie mit der Schulter an. »Danke.«

Amber nickt und sieht ihm zu, wie er Messer und Brettchen reinigt. Wie selbstverständlich nimmt sie ihm beides ab und trocknet es mit einem sauberen Tuch ab.

»Sieht so aus, als würde dein Romeo Wunder vollbringen«, raunt mir Grace zu und schleppt grinsend einen Stapel Teller zum großen Esstisch, der vor den bodentiefen Fenstern steht, die direkt auf den See hinauszeigen. Hazel und Greta sitzen auf dem Sofa und diskutieren über mögliche Babynamen.

Greta wird in zwei Wochen zu ihren Eltern ziehen. Sie hat mein Angebot ausgeschlagen, bei uns zu wohnen. Schade, denn dann hätten wir Greta mit dem Baby helfen können. Eine von uns ist immer hier, und so hätte sie während ihrer Schichten einen Babysitter gehabt, aber sie tat den Vorschlag, Moms und Dads altes Zimmer zu nehmen, als Blasphemie ab und ist im Gegensatz zu mir davon überzeugt, dass Fiona wiederkommen wird und dass sie es falsch verstehen könnte, wenn wir ihr Zimmer einfach weggeben.

Ich verstehe, was sie meint, und wahrscheinlich hat sie

sogar recht. Fiona ist Meisterin darin, Dinge in den falschen Hals zu bekommen, aber sie beruhigt sich auch genauso schnell wieder, wie sie aufbraust. Und sie ist absolut nicht nachtragend. Ob es gutgehen wird, wenn Greta wieder zu ihren kontrollversessenen Eltern zieht, bezweifle ich.

»Samuel gefällt mir.«

»Du willst ihn wie den alten Griesgram Sam Hunter nennen?« Amber bläst die Backen auf und lässt geräuschvoll die Luft entweichen, während sie sich neben Hazel aufs Sofa schmeißt. »Ich mag Sam, aber das hat der kleine Hosenscheißer echt nicht verdient.«

»Hast du eine bessere Idee?«, fragt Greta herausfordernd und fährt sich dabei über den gewölbten Bauch. Das Baby tritt als Antwort so stark, dass man es mit dem bloßen Auge sehen kann.

Ich gehe davon aus, dass Amber etwas Abgedrehtes wie Fonzie oder Zuma vorschlagen oder Greta einen flapsigen Spruch an den Kopf knallen wird, aber sie denkt eine ganze Weile ernsthaft nach, bevor sie ihre Beine auf das Sofa zieht und sich im Schneidersitz zu Greta dreht.

»Mir gefällt Noah«, sagt sie leise und überspielt den seltenen Moment, wenn sie ihre harte Schale öffnet, mit einem Lachen.

»Mir auch.« Cole tritt neben mich und legt seinen Arm um meine Schultern. Er küsst mich flüchtig hinters Ohr und dann auf den Mund, bevor er seine Nase in meinen Haaren vergräbt und tief einatmet.

»Boah, ist ja widerlich«, knurrt Amber und verdreht mit einem Blick auf Cole und mich die Augen.

Cole lässt sich durch ihren Spruch nicht aus der Ruhe bringen. Er zieht mich noch enger an sich und gibt mir einen tiefen, zärtlichen Kuss. »Essen ist in zwanzig Minuten fertig. Die Rotweinsauce wird sie hoffentlich betrunken machen. Dann können wir vollkommen unbehelligt weiterknutschen.« Er grinst mich an, und ich sehe, wie Greta Cole anerkennend zunickt.

»Ein perfekter Plan. Hätte von mir sein können. Ich liebe die kleine Mistkröte.« Sie wirft Amber neben sich einen strengen Blick zu. »Aber wenn mein Baby auch nur zu zwei Prozent so wird wie du, setze ich es in einem Weidenkorb auf dem See aus.« Sie streichelt zärtlich über ihren Bauch und straft damit ihre Worte Lügen.

»Und dich hätte ich übrigens schon längst zur Adoption freigegeben.« Sie nimmt Amber in den Schwitzkasten und verwuschelt ihr zärtlich das Haar. Als Amber sich freigestrampelt hat, sieht sie aus wie ein toupierter Hahn. Die kahlrasierte Kopfseite unterstreicht diesen Eindruck noch.

Ich beobachte, wie Greta, Hazel, Grace und Amber weiter miteinander frotzeln. Namensvorschläge werden gemacht und wieder verworfen. Als Grace Loki vorschlägt, weil sie absoluter Fan von Tom Hiddleston aus den Thor-Verfilmungen ist, lacht Cole wie die anderen tief aus dem Bauch heraus. Das Vibrieren versetzt meinen Körper in leichte Schwingungen, die nachklingen, als er meine Hand nimmt und mich zum Tisch begleitet, als wir essen und die Geräuschkulisse immer lauter und die Stimmung immer ausgelassener wird und als Amber und Grace später am Abend in ihre Zimmer verschwinden, Hazel Greta nach Hause fährt und wir allein im Erdgeschoss zurückbleiben.

Cole hat angeboten, das Chaos auf dem Tisch und in der Küche zu beseitigen. Ihm war wohl nicht klar, dass meine Schwestern es allesamt ohne Widerrede annehmen würden, noch bevor er den Satz richtig ausformuliert hatte. Es scheint ihn aber wirklich nicht zu stören. Ruhig und entspannt räumt er den Tisch ab, während ich die Teller in der Spülmaschine verstaue. Leise Musik läuft im Hintergrund und durchbricht die Stille, die sich über das Haus gelegt hat.

Als wir das Geschirr weggeräumt und die leeren Flaschen im Mülleimer verstaut haben, macht Cole sich daran, die Reste des Essens in eine Plastikbox zu quetschen und die Auflaufform abzuspülen. Ich setze mich auf die Arbeitsplatte und sehe ihm zu.

Als er fertig ist, schiebt er sich wortlos zwischen meine Schenkel und küsst mich lange und zärtlich. Lustbeben durchlaufen meinen Körper, als er seine Hände in meinen Haaren vergräbt. Ich habe das Gefühl, als müsste ich vor Glück zerspringen. Nicht nur, weil ich jeden Zentimeter an diesem Mann liebe und er es ohne Mühe schafft, mich nur durch einen Kuss wahnsinnig zu machen, sondern vor allem, weil er sich bemüht, in mein Leben zu passen.

Er hat sich nicht durch Ambers schroffe, abweisende Art irritieren lassen, versteht sich mit all meinen Schwestern, und er mag meine beste Freundin, Pinewood Meadows, den Diner, die Halfmoon Bay und den Lake Tahoe.

Ich hole noch eine Flasche Rotwein aus dem Weinregal, und Cole entkorkt sie, während ich unsere Gläser auf den Steg trage.

Cole folgt mir und setzt sich neben mich auf die Holzplanken. Ich nippe an dem samtig-fruchtigen Wein, und aus den Augenwinkeln sehe ich, wie Cole ihn vorsichtig in dem bauchigen Glas schwenkt, bevor er dasselbe tut. Wir sehen beide über das Wasser.

Glühwürmchen tanzen über dem Südufer der Bay, wo ich erst vorgestern den Fremden gesehen habe. Mein Herz verkrampft sich, aber Coles Hand, die er über meine schiebt, wischt all die Sorgen und schwarzen Gedanken beiseite. Alles, was bleibt, sind tanzende Lichter, wie die in meinem Körper, wenn Cole mich so ansieht, wie er es gerade tut. Er beugt sich zu mir herüber und küsst mich. Dabei teilt seine Zunge meine Lippen und erobert meinen Mund. Wir knutschen wie zwei Teenager im Mondlicht dieses wunderschönen Abends.

Irgendwann hört man oben beim Haus Autotüren schlagen, und schließlich erlischt der schwache Lichtschein, der sich durch die Fenster im Erdgeschoss in die Dunkelheit der Nacht ergossen hat. Meine Schwestern sind schlafen gegangen.

Ich sollte dasselbe tun. Ich muss morgen früh raus, um die Frühschicht im Diner zu übernehmen, aber es gibt gerade nichts, was ich lieber täte, als genau hier zu sitzen. Mit Cole. Am besten für immer. Zumindest aber bis die Sonne aufgeht.

Ich mag es nicht, dass wir uns jeden Abend trennen müssen, damit er ins Molly's zurückkehrt und ich allein in meinem Bett schlafe. Ich lehne meinen Kopf gegen Coles Schulter und genieße es, wie er mit seiner Hand meinen Nacken massiert, bis sich meine Verspannungen lösen und meine Haut angenehm kribbelt. Erst dann lässt er sie tiefer gleiten, schiebt sie unter mein Shirt und streicht meine Wirbelsäule entlang.

Ich bin kurz davor zu schnurren wie eine Katze. Ich spüre Coles leises Lachen. Sein Brustkorb bewegt sich dabei wie bei einem Minierdbeben.

»Machst du dich über mich lustig?« Ich gebe ihm einen spielerischen Schubs.

Er hebt abwehrend die Arme, lässt aber zu, dass ihn mein Schwung umwirft, so dass er mit dem Rücken auf dem noch immer warmen Holz des Stegs landet. Seine Hand steckt noch immer unter meinem Shirt und hört nicht auf, meine Wirbelsäule zu streicheln, als ich über ihn gleite und ihn küsse. Cole stöhnt brüchig, und er schiebt auch seine andere Hand unter den Stoff, berührt meine Schulterblätter und massiert sanft meine Haut, während unsere Küsse atemloser werden.

Cole richtet sich wieder auf, ohne seine Lippen von meinen zu lösen. Ich sitze auf seinem Schoß, unter uns das Wasser des Lake Tahoe und um uns herum die Dunkelheit der Nacht.

Er öffnet seine Hose und schiebt meinen Rock ein Stück nach oben. Es erregt mich, dass er mich jetzt will, hier, aber in meinem Kopf schwirrt auf einer weit entfernten Umlaufbahn noch immer ein letzter Rest Vernunft.

»Was, wenn sie noch nicht schlafen?«, flüstere ich leise, während ich Coles Erregung bereits an meiner Mitte spüre. Er ist hart und samtig weich zugleich. Die Vorstellung, ihn in mir zu spüren, reicht aus, dass sich meine Eingeweide vor Lust zusammenziehen.

»Es ist stockdunkel. Niemand wird uns sehen.« Er sucht meine Unterlippe, saugt daran, gibt sie wieder frei und schnappt wieder nach ihr. Ich lasse mich auf das Spiel seiner Lippen ein, weiche ihm aus und kollabiere fast, als er meinen leicht geöffneten Mund doch erwischt und mich atemlos küsst.

Und mitten in diesem Spiel unserer Lippen dringt Cole in

mich ein. Er hebt mich einfach ein Stück an und gleitet in mich. Ich verharre einen Moment still und sehe verstohlen zum Haus hinauf. Es liegt dunkel und still ein Stück die Bay hinauf zwischen den Pinien und Kiefern.

»Hör auf nachzudenken«, fordert Cole mich auf und presst mich an sich, indem er seine Hände hinter meinem Rücken verschränkt. Ich spüre, wie er mich voll ausfüllt, und kann nicht länger stillsitzen. Ich kippe ganz leicht mein Becken, wiege es hin und her und lächle, als Cole leise stöhnt.

Seine Zunge gleitet über meinen Hals und daran, wie seine Muskeln zittern, erkenne ich, wie sehr ihn das Spiel meiner Hüften anmacht. Von Zeit zu Zeit unterbreche ich das sanfte Wiegen und Kreisen, um ihn einfach nur zu spüren. Cole legt seine Hand an mein Schlüsselbein und atmet geräuschvoll aus. Ich spanne meinen Beckenboden an, massiere ihn in mir und spüre, wie er sich mir entgegenwölbt, obwohl unsere Körper schon so fest aneinandergepresst sind, dass das kaum noch möglich sein sollte.

»Liz«, sagt Cole, und ich höre die Verzweiflung und das Verlangen in seiner Stimme. Ich küsse seine Stirn, seine Augenlider, seine Nase, seinen Mund und beginne wieder, mich zu bewegen.

Coles Atem geht abgehackt, und ich kann spüren, dass er kurz davor ist zu kommen. Sein Schwanz in mir wird härter, reagiert auf jede meiner Bewegungen. Cole stöhnt, und sein heißer Atem an meinem Hals, seine Muskeln an meinen Brüsten, seine Härte so tief in mir sind zu viel. Ich erzittere. Meine Scham reibt durch die wiegende Bewegung meines Beckens an ihm und steigert meine Lust, bis ich in einen Strudel aus blinkenden Farben falle. Ich schnappe nach Luft, als Cole mitten in diesem Strudel kommt und mich mit sich fortreißt. Ich klammere mich wie eine Ertrinkende an ihn, und er tut dasselbe. Seine Arme halten mich, als die letzten Ausläufer der Lust unsere Körper erschüttern.

Erschöpft kuschle ich mich an seine Brust und versuche, zu Atem zu kommen, die intensiven Gefühle für Cole in irgendwelche mir bekannten Schubladen zu sortieren, aber es gelingt mir nicht. Cole ist noch immer in mir. Seine Hände haben ihr Spiel auf meiner Wirbelsäule wieder aufgenommen. Er küsst mich und schließt mich dann in seine Arme.

Wir sehen den Glühwürmchen zu, die wie Irrlichter über das Wasser geistern. Cole fordert mich nicht auf, mich von ihm zu lösen, und ich will um keinen Preis der Welt seine starken Arme verlassen. Also bleiben wir auf dem Steg sitzen und genießen die einzigartige Nähe, die uns selbst jetzt nach dem Höhepunkt noch miteinander vereint.

Nach einiger Zeit beginnt Cole sich langsam wieder in mir zu bewegen. Ich genieße es zu spüren, wie er mit jedem sanften Stoß härter wird.

Als seine Bewegungen rauer werden, dreht Cole mich unter sich. Langsam und ohne Hast nimmt er mich, und als wir dieses Mal den Höhepunkt erreichen, spüre ich nichts als Glück und Cole, der mich umgibt.

# Kapitel 12

Die Sonne über dem See verschwindet langsam hinter den Gipfeln des Scott und Needle Peaks. Es ist bereits Viertel nach sechs. Cole wollte um sechs hier sein, damit wir zusammen grillen können. Das war Ambers Idee.

Als ich ihr zu verstehen gegeben habe, dass es mir viel bedeutet, dass sie sich so gut mit Cole versteht, hat sie schroff geantwortet, dass es reine Höflichkeit sei, weil er schließlich auch für uns gekocht hätte. Wer eigentlich behauptet hätte, sie würde das Arschloch mögen? Dann hat sie sich die Haare zu einem Zopf zusammengebunden und hat leise fluchend mit Grace zusammen den Tisch gedeckt.

Ich habe einen gemischten Salat mit Avocado, Feta, Pinienkernen und Olivenöl zubereitet. Schnippeln kann ich ganz gut. Bei allem, was nicht erwärmt werden muss, laufe ich wenigstens nicht Gefahr, es in Brikett zu verwandeln. Das gilt allerdings nicht für das selbstgemachte Brot im Ofen. Es riecht gut, so wie in meiner Kindheit, als Mom ständig irgendetwas gebacken hat. In diesem Fall ist es allerdings nicht mein Verdienst, sondern allein Hanks. Er hat mir den Teig und genaueste Anweisungen gegeben, wie ich den Backofen einzustellen habe. Hazel und Grace bringen den Grill zum Laufen und passen auf das Brot auf, während Amber und ich auf das Dach geklettert sind, um endlich die Reparatur in Angriff zu nehmen.

»Ich habe Hunger«, mault Amber. Wir haben schon am späten Nachmittag begonnen und erst die Plane und dann die kaputten Dachschindeln entfernt. Jetzt bringen wir das provisorische Material an.

Ich sehe auf meine Armbanduhr. Achtzehn nach. Es ist ungewöhnlich, dass Cole überhaupt zu spät kommt. Fast zwanzig Minuten. Ich richte die Dachpappe aus und gebe Amber mit einem Nicken zu verstehen, dass sie die Nägel einschlagen kann. Sie ist deutlich treffsicherer mit dem Hammer als ich.

Hazel und Grace kämpfen auf der Terrasse mit dem Grill. Countrymusik flutet durch die offenen Terrassentüren nach draußen.

Da mir wohler ist, wenn ich nicht sehe, wie nah der Hammer neben meinem Daumen hinuntersaust, gucke ich mich um, während Amber zuschlägt. Der See glitzert in der langsam untergehenden Sonne. Mein Blick streift die Wipfel der Pinien und Kiefern und irrt dann über die Einfahrt von Pinewood Meadows, wo mein Blick an Coles Pick-up hängenbleibt, der gerade um die Kurve biegt. Das Rot des Wagens leuchtet in der untergehenden Sonne, und mein Herz macht einen Hüpfer.

Aber anstatt seine Verspätung wettzumachen, indem er möglichst nah ans Haus heranfährt, bremst Cole ruckartig ab und stellt seinen Wagen quer auf die Einfahrt. Ein schwarzer Mercedes Sportwagen, der ihm offensichtlich gefolgt ist, kommt gerade noch rechtzeitig zum Stehen, um ihn nicht zu rammen. Ein Mann steigt aus und lehnt sich trotz des beinahe passierten Unfalls lässig gegen den vorderen Radkasten. Wer zum Henker ist das?

Cole steigt ebenfalls aus, aber er versprüht das genaue

Gegenteil seines Gegenübers. Ich kann die Wut, die seine Muskeln versteift, bis hier oben fühlen.

»Nächste Pappe«, höre ich Amber sagen. Ich schnappe mir eine Pappe, positioniere sie und richte meinen Blick dann eilig wieder auf die Einfahrt. Neben mir dröhnen Ambers Hammerschläge.

Der Typ, der an seinem Wagen lehnt, ist zu weit entfernt, als dass ich seine Gesichtszüge deutlich wahrnehmen könnte, aber seine Gestalt und die Art, wie er sich bewegt, erinnern mich an den Mann von den Felsen. In mir gefriert alles zu Eis. Das ist derselbe Typ. Und Cole versucht ihn daran zu hindern, unser Grundstück zu betreten. Er hat sich neben seinem Pick-up aufgebaut, und die beiden taxieren sich wie zwei Kämpfer, die jeden Moment aufeinander losgehen werden.

»Nächste Pappe! Mensch Liz, jetzt mach mal. Ich will endlich fertigwerden und essen. Ich bin im Wachstum, ich brauche ein halbes Wildschwein auf Toast oder so was.« Sie rutscht näher an mich heran und folgt meinem Blick. »Ist das etwa dein sexy Arschloch?«

Ich nicke, anstatt sie wegen ihrer Wortwahl zurechtzuweisen.

Der Fremde hat sich vom Wagen abgestoßen und schlendert auf Cole zu. Er deutet in Richtung Haus, und ich habe das unpassende Bedürfnis, mich zu ducken.

»Kennst du den anderen Typen?« Amber flüstert, dabei flüstert sie nie. Amber ist eher jemand, der grundsätzlich schreit und seine Umgebung an jeder Laune teilhaben lässt.

»Ich weiß nicht«, flüstere ich zurück. Mein Verdacht, dass es sich bei dem Typen in Coles Nähe um den Fremden von den Felsen handelt, behalte ich für mich. Ich will Amber keine Angst machen.

»Auf jeden Fall scheint dein sexy Arschloch ihn nicht gerade zu mögen«, wirft Amber ein, und ich kann Sorge zwischen ihren lapidar hingeworfenen Worten hören. Als ich wieder hinsehe, weiß ich auch warum.

Cole schubst den anderen Typen. Einmal. Zweimal.

Beim dritten Mal stolpert der Kerl und wäre um ein Haar gefallen. Jetzt scheint es ihm zu reichen. Seine Lässigkeit ist verflogen, und er wirkt mit einem Mal bedrohlich. Er geht auf Cole los, und während ich noch damit beschäftigt bin, erschrocken einzuatmen, verkeilen sich die beiden Männer ineinander. Ich sehe Fäuste fliegen, Arme, die wie Schraubstöcke den jeweils anderen umklammern, bevor die zwei Körper in einer Staubwolke zu Boden gehen.

»Der bringt ihn um«, stoße ich panisch hervor und robbe, so schnell es mir mit all meiner Höhenangst im Nacken möglich ist, zur Leiter. Ich werde Ewigkeiten brauchen, bis ich unten bin und die Strecke bis zu Cole zurückgelegt habe. Panik macht meinen Brustkorb eng.

Amber sieht mir verständnislos zu, wie ich über den Dachüberstand auf die Leiter klettere. »Warum sollte ihn sein Bruder umbringen?«

Ich halte mitten in der Bewegung inne und sehe sie irritiert an. »Wie kommst du darauf, dass das da sein Bruder ist?« Das ergibt keinen Sinn.

»Die sehen sich fast so ähnlich wie Hazel und Grace«, erklärt Amber lapidar. »Das sieht man sogar von hier aus.« Sie zuckt mit den Schultern.

Wenn Amber recht hat, würde das erklären, warum mich der Mann auf den Felsen zuerst an Cole erinnert hat. Allerdings frage ich mich, warum der Anblick von Coles Bruder mir so ein Unbehagen bereiten sollte. Und warum Cole ihn in bester *True-Grit*-Manier daran hindert, auf unser Grundstück zu kommen. »Ich muss dazwischen gehen«, murmle ich, und dabei ist es vollkommen egal, mit wem Cole sich da gerade schlägt.

Ich überwinde die Leiter in Rekordzeit und hetze dann die Einfahrt hinauf. Staub liegt über der Zufahrt, und ich brauche viel zu lange, bis ich Cole endlich erreiche. Er sieht mitgenommen aus, aber zumindest starren er und der Fremde sich nur noch feindselig an, und ich brauche nicht zu versuchen, sie irgendwie auseinanderzukriegen.

Staub hat sich auf Coles Haut und Haare gelegt und auf zwei schmale Rinnsale Blut, die ihren Ursprung an seiner Lippe und der Stirn haben. Ich zücke bereits das Telefon, um die Polizei zu rufen, aber Cole schüttelt den Kopf und legt seine Hand über das Display, um mich vom Wählen abzuhalten.

»Alles in Ordnung«, sagt er gepresst.

»Wer ist das?«, frage ich und berühre vorsichtig Coles Gesicht. Das Jochbein verfärbt sich bereits. Er weicht kaum merklich zurück, fast so, als wollte er nicht, dass sein Gegenüber bemerkt, wie vertraut wir miteinander sind. Dann zuckt er mit den Schultern, als könnte er sowieso nicht mehr aufhalten, was der Besuch des Mannes losgetreten hat.

»Liz, das ist mein Bruder, Evan.« Er deutet auf den Typen, der ihm wirklich verdammt ähnelt. Er hat im Gegensatz zu Cole dunkle Haare, sein Gesicht ist ein bisschen schmaler, und er ist gut eine Handbreit größer als Cole, aber die Augen, die Art sich zu bewegen und das Lächeln sind gleich und beweisen, dass Cole keinen schlechten Scherz gemacht hat. Amber hatte recht, sie sind Brüder.

Evan kommt auf mich zu und hält mir seine verstaubte Hand hin, aber anstatt sie zu schütteln, starre ich ihn nur an. Ich kann die Tatsache, dass Cole sich mit seinem Bruder geprügelt hat, nur weil er ihn hier besuchen kommt, nicht verarbeiten. Die Situation ist grotesk.

Evan hingegen schenkt mir ein breites Lächeln und tut so, als wäre unser Kennenlernen vollkommen normal und die Tatsache, dass die beiden sich vorher geschlagen haben, nicht der Rede wert. Aber die Haut seiner Hand ist aufgeschürft, Cole blutet und die Kleidung der Brüder ist zum Teil zerrissen. Nichts hieran ist normal oder so, wie ein erstes Kennenlernen mit der Familie von Cole sein sollte.

Trotzdem ergreife ich irgendwann Evans Hand, die er mir noch immer zum Gruß hinhält, und sehe dabei Cole an, weil ich hoffe, dass er die Situation aufklärt, aber er sagt nichts. Sein gesamter Körper drückt Abwehr aus.

»Ich bin Evan, der große Bruder dieses Idioten«, stellt sich Coles Bruder noch einmal selbst vor. Er lächelt zuckersüß zu Cole herüber, der die Augen verdreht. Nicht auf eine gute, sondern eine gequälte Weise.

»Und Sie sind Liz.« Noch immer hat er meine Hand nicht losgelassen und schüttelt sie, während er mir ein fast perfektes Lächeln zuwirft. »Cole hat mir jede Menge von Ihnen erzählt.«

Es irritiert mich, dass Cole seinem Bruder von mir erzählt hat. Vermutlich sollte es mir eher schmeicheln, aber nach Coles Schilderungen hatte ich nicht angenommen, dass das Verhältnis der beiden über das rein Geschäftliche hinausgeht. Offensichtlich war das falsch.

»Entschuldigen Sie.« Ich schaffe es endlich, mich aus meiner Schockstarre zu lösen und hoffentlich den ersten

Eindruck zu revidieren, ich wäre nicht ganz bei Trost. »Das war gerade alles etwas viel und ziemlich überraschend. Ich bin Liz, freut mich, Sie kennenzulernen.« Ich ziehe meine Hand zurück, weil Cole die Berührung unserer Hände körperliche Schmerzen zu bereiten scheint.

»Was machen Sie hier?« Wenn Cole die Sache nicht aufklärt, werde ich die Fragen eben selbst stellen.

»Ich würde vorschlagen, dass wir uns aufgrund der Situation duzen?« Er zeigt auf Cole, der wenige Schritte von mir entfernt steht, und dann auf mich.

Ich nicke perplex, weil Evan allen Ernstes und vollkommen formvollendet so tut, als hätte er mir nicht gerade zu verstehen gegeben, dass er viel mehr über mich und meine Beziehung zu Cole weiß als meinen Namen. Das belustigte Funkeln in seinen Augen treibt mir die Röte ins Gesicht, weil ich mich ernsthaft frage, wie sehr Cole bei seinen Schilderungen ins Detail gegangen ist.

»Um auf deine Frage zurückzukommen, warum ich hier bin. Du weißt ja, wie das ist mit kleinen Geschwistern, Liz.« Er klopft Cole auf die Brust und dieser lässt geschehen, dass Evan ihn als nervige Amber-Version darstellt, ohne dass er widerspricht.

Evan legt Cole seine Hand in den Nacken. »Dieser Goldjunge sollte längst wieder in San Francisco sein, und da dachte ich mir, ich sehe mal nach, was ihn davon abhält, zurückzukommen.« Die Aussage könnte scharf klingen, wenn Evan sie nicht so entspannt vorgetragen hätte.

Schweigen senkt sich um uns. Cole sieht immer noch so aus, als würde er sich jede Sekunde wieder auf Evan stürzen, und der Staub, der sich langsam legt, kratzt in meiner Kehle. Ich sollte etwas tun, um die merkwürdige Situation zu beenden und das ganze Dilemma in zivilisierte Bahnen zu lenken.

»In welchem Hotel wirst du wohnen?«, frage ich Evan, um die Stille zu durchbrechen.

»Ich weiß es noch nicht. Ich bin gerade erst angekommen und habe ziemlichen Hunger. Ich werde mir wahrscheinlich erstmal etwas zu essen besorgen.«

Obwohl ich Coles Abwehr immer noch deutlich spüre, bringe ich es nicht über mich, seinen Bruder mit leerem Magen wegzuschicken. »Wir wollten gerade essen. Willst du dich uns anschließen?«, frage ich zögernd.

Cole hebt ruckartig den Kopf und starrt mich fassungslos an. Ihm ist es ganz offensichtlich alles andere als recht, dass ich seinen Bruder einlade. Ich weiß nicht, was mit den beiden los ist, aber wenn mir meine Eltern etwas beigebracht haben, dann, dass man niemanden mit leerem Magen wegschickt, erst recht nicht, wenn er zur Familie gehört.

Ich halte seinem Blick stand.

»Ich gehe mich eben frisch machen«, sagt Cole knapp und verschwindet ohne ein weiteres Wort im Haus. Eine klare Aussage, was er von meiner Einladung an seinen Bruder hält.

Evan kommentiert Coles Abgang mit einem tiefen, rauen Lachen. »Ich würde mich an deiner Stelle nicht aus der Ruhe bringen lassen«, wendet er sich an mich. »Cole hasst es zu verlieren, das ist alles.« Er fährt sich durch die Haare und deutet auf den aufgewühlten Kies. »Er neigt dazu, sich in Dinge zu verbeißen, die er für sich allein haben will. Ich habe ihn mehrfach angerufen und ihm gesagt, dass ich kommen will, um euch kennenzulernen. Er hatte nur Ausreden und wiegelte ab, und irgendwann schrieb er mir dann, dass er nicht vorhätte zurückzukommen. Er steckt mitten in einem wichtigen Projekt, weißt du.« Evan hebt abwehrend eine Hand. »Es ist in Ordnung, wenn er sich langfristig verändern will. Ich meine, ich kann verstehen, was ihn dazu bringt, hierbleiben zu wollen.« Er wirft mir einen Blick zu, der wohl als Kompliment an mich gedacht ist, mir aber unangenehm ist. Evan scheint gute Antennen dafür zu haben und fährt einfach fort, ohne auf meine geröteten Wangen einzugehen.

»Cole muss lernen«, fährt Evan fort, »dass man Dinge zu Ende bringt, bevor man seine Brücken abbricht. Ist nicht das erste Mal, dass er die Firma wegen persönlichem Kram hintanstellt, und ich bin nicht bereit, ihn ständig deswegen vor Dad zu decken.«

Evans Worte machen meinen Brustkorb eng. Sie degradieren Cole und mich zu etwas, das schon zig Mal vorgekommen ist und nie von Bestand war, und seine Aussage passt überhaupt nicht zu Coles Darstellung, dass er sich bis jetzt immer für die Firma aufgeopfert hat. Ich habe das unbestimmte Gefühl, dass etwas ganz anderes, größeres zwischen den Brüdern steht.

»Ich will damit nicht sagen, dass das zwischen euch in irgendeiner Weise seinen anderen Beziehungen ähnelt, aber ich erwarte, dass er dieses Mal sauber aus den Projekten aussteigt. Deswegen bin ich hier. Um mit ihm über den weiteren Ablauf zu sprechen. Mehr nicht.«

»Warum ist er dann so ausgeflippt?«, frage ich leise, weil ich es wirklich nicht verstehe.

Evan zuckt gelassen mit den Schultern. »Er ist so. Ein Sturkopf, immer mit dem Kopf durch die Wand, und er kann mich nicht besonders leiden. Brüderrivalität in ihrer schönsten Form.« Er schüttelt den Kopf und lächelt mich an.

»Ich wollte sehen, wofür er hinschmeißt, was wir uns über Monate erarbeitet haben, und mit ihm eine geeignetere Lösung finden, als einfach wegzubleiben.«

»Für mich«, flüstere ich. Ich komme mir schuldig an dem Zusammenstoß der Brüder vor und daran, dass Cole seine Arbeit vernachlässigt hat.

Ich versuchte das Thema zu wechseln und deute auf den Staub auf seiner Haut. »Wenn du magst, zeige ich dir eben das Bad?«

»Das wäre vermutlich gut«, erwidert Evan und schüttelt sich lachend den Dreck aus den Haaren.

Ich gehe voran und zeige Coles Bruder das Gästebad. Erst als er die Tür hinter sich schließt, springe ich immer zwei Stufen auf einmal nehmend die Treppe in den ersten Stock hinauf.

Vor der Badezimmertür bleibe ich sekundenlang stehen, atme tief durch und trete schließlich ein.

Cole steht mit dem Rücken zu mir vor dem Waschbecken.

Sein Shirt liegt auf dem Waschbeckenrand und Wassertropfen perlen über seinen nackten Oberkörper.

»Was genau ist da eben passiert?«, frage ich leise und trete von hinten an ihn heran.

Er dreht sich um, und die Wut, die in seinen Augen steht, erschreckt mich im ersten Moment. Trotzdem mache ich einen Schritt auf ihn zu und stupse gegen seinen festen Bauch. So lange bis er meine Hand umschließt und ich nicht mehr das Gefühl habe, uns würde ein ganzes Universum trennen. Dann wiederhole ich mich. »Was war los?«

»Du hast meinen Bruder zum Grillen eingeladen«, erwidert Cole knapp und weicht meiner Frage damit aus. Ich kann sehen, wie seine Kiefer mahlen, obwohl er versucht, mir ein Lächeln zu schenken.

»Ich kann ihn bitten, zu gehen, aber hilf mir, es zu verstehen. Er war nett, hat sich bemüht. Er ist dein Bruder und extra aus San Francisco angereist. Er sagte, es wäre kein Problem, wenn du langfristig hierbleiben willst, aber du müsstest erst das Projekt mit ihm zu Ende führen, dass ihr seit Monaten betreut. Das klingt für mich alles vernünftig. Ich verstehe nicht, was dich so wütend macht, dass du ihn auf unserer Auffahrt umhaust. Wieso du nicht willst, dass er uns kennenlernt.«

Cole lehnt sich gegen das Waschbecken und blickt kurz auf, als Amber an der Tür erscheint. »Hör zu.« Er hebt seine Hand, als würde er mich berühren wollen, und lässt sie dann unverrichteter Dinge wieder fallen. »Evan lernt niemanden einfach nur kennen. Er taxiert deine Schwächen und Stärken und überlegt, wie er dich benutzen kann, Liz. Er will, dass ich das Projekt mit ihm fertigstelle, und dann kommt das nächste Projekt und danach wieder eins. Und jedes dieser Projekte ist …« Er bricht ab und macht eine wegwerfende Handbewegung.

»Dass ich dich treffe, war nicht vorgesehen. Ich hatte das nicht vorgesehen, und Evan ist nicht halb so cool damit, wie er vorgibt. Unsere Beziehung steht ihm im Weg und damit auch du.« Er zögert, bevor er fortfährt. »In der Regel vernichtet er Menschen, die ihm im Weg sind. Deswegen wollte ich nicht, dass er herkommt. Er ist nicht dein Freund. Was du als Freundlichkeit interpretierst, ist Berechnung, Liz. Er ist …« Cole wirkt hilflos. »Ich werde alles tun, damit er euch in Ruhe lässt, aber ihn in eurer Leben einzuladen ist keine große Hilfe.« Seine Wunden an Stirn und Lippe bluten noch immer. Schwächer als vorher, aber stetig.

Amber betritt das Bad und dreht Coles Gesicht zu sich. Sie zeigt auf die Wunde an der Lippe. »War 'ne beeindruckend harte Cowboynummer, Arschloch.« Ihre Stimme ist leise und warm. Sie tippt ihn an und deutet unbestimmt in Richtung Einfahrt. »Was hältst du davon, wenn Liz sich um deinen Bruder kümmert. Der sitzt nämlich schon auf der Terrasse und quatscht Hazel und Grace 'ne Frikadelle ans Ohr. Und nur um das festzuhalten, ich bin im Team Cole. Der Typ ist ein totaler Lackaffe.«

»Ich glaube nicht, dass wir Teams brauchen«, erwidere ich genervt, weil Amber nicht gerade dabei hilft, zwischen Cole und Evan zu vermitteln.

Cole zieht sich das dreckige Shirt wieder über und lehnt sich gegen das Waschbecken. Er scheint nicht gerade begeistert davon zu sein, dass ich zu Evan gehe, aber er widerspricht auch nicht.

»Ich mache dich wieder vorzeigbar und Lizzie geht schon mal nach unten. Irgendwo muss ich noch Hello-Kitty-Pflaster haben«, redet Amber ungerührt weiter und grinst Cole an, der zwar die Augen verdreht, aber nickt. Er gibt mir einen schwachen Kuss auf die Handfläche und lässt mich dann los.

Ich zögere, gehe aber und lasse die beiden allein. Ich habe Evan eingeladen, also sollte ich auch für ihn da sein und ihn nicht allein mit meinen Schwestern auf der Terrasse sitzen lassen, auch wenn Coles Worte in meinem Kopf nachklingen. Ich höre, wie Cole und Amber wegen des Pflasterdesigns feilschen, und gehe zu den anderen auf die Terrasse. Hazel ist noch immer mit dem Grill beschäftigt, und ich setze mich neben Evan auf einen der Holzstühle.

»Da bist du ja wieder.« Er scheint sich wirklich zu freuen, dass ich wieder da bin. »Geht es ihm gut?«

Fragt jemand, der nur an der Vernichtung seines Bruders interessiert ist, wirklich als allererstes, ob es ihm gut geht?

Ich beschließe, dass die Wahrheit irgendwo zwischen Evans glatter Sicht der Dinge und Coles düsterer liegen muss, und nicke, obwohl ich nicht sicher bin, ob es Cole wirklich gut geht. »Meine Schwester verarztet ihn«, füge ich hinzu.

»Ich bin auf das Ergebnis gespannt.« Evan grinst, weil ihm wohl klar ist, dass das kein gutes Ende nehmen kann.

Schweigend sehen wir Hazel dabei zu, wie sie Fleisch auf dem Grillrost platziert, und atmen den herrlichen Geruch von marinierten Steaks ein, die bald ein wunderbares Röstaroma verbreiten. Lampions erhellen die Terrasse, die durch die hohen umstehenden Bäume bereits vollständig im Schatten liegt. Mehrere Windlichter verbreiten ein flackerndes Licht auf dem liebevoll gedeckten Tisch, und frische Blumen in dicken bauchigen Vasen machen das Ensemble perfekt.

Sein Bruder ist hier, und Cole denkt, Evan wäre zu allem in der Lage, um ihn in der Firma zu halten. Ich muss an den Fremden auf den Felsen denken, an die unbestimmte Bedrohung, die ich gespürt habe. Am liebsten würde ich Evan fragen, ob er die letzten Tage auf unserem Grundstück herumgeschlichen ist, und die Sache klären, aber damit würde ich mich vermutlich lächerlich machen, in jedem Fall aber würde ich Feuer in das angespannte Bruderverhältnis gießen und den Abend sprengen. Cole und Amber kommen nämlich gerade aus dem Haus und setzen sich uns gegenüber an den Tisch. Ich wünschte, Cole hätte sich neben mich gesetzt, aber vielleicht ist es besser, wenn ihn und Evan eine Tischplatte trennt.

Meine Schwester hat Cole wirklich ein Hello-Kitty-Pflaster verpasst, das seinen Haaransatz über der linken Schläfe ziert.

»Süß«, bringt Evan süffisant hervor, aber Cole scheint sich wieder etwas besser unter Kontrolle zu haben. Er bleibt ruhig und ausdruckslos.

»Der eine kann es tragen, der andere nicht«, sagt er, den Blick auf seinen Bruder geheftet. Er füllt sich und Amber Salat auf, während Hazel die Steaks vom Grill fischt und verteilt. Cole sieht mich nicht an, als er mir die Schüssel reicht und dann Hanks Brot, von dem Dampf aufsteigt, als er es aufbricht.

Den ganzen Abend bleibt er so distanziert. Ich kann sehen, dass es ihm missfällt, wie ungezwungen sich das Gespräch am Tisch entwickelt. Sogar Amber taut auf und unterhält sich mit Evan, der ausführlich von San Francisco und seinem Leben dort erzählt, von Partys, die er geschmissen und Dingen, die er erlebt hat.

Er tut das auf eine so einnehmende, lustige Weise, dass wir lachen, reden und jede Menge Spaß haben. Im Laufe des Abends entspannt sich selbst Cole ein wenig. Bei einer von Evans Geschichten rutscht ihm sogar ein Lachen heraus, und obwohl er reserviert bleibt, prostet er seinem Bruder irgendwann zu, und Evan hebt ebenfalls sein Glas. Es ist, als würden die beiden eine Art Waffenstillstand treffen – zumindest vorerst.

Cole ist in Pinewood Meadows geblieben. Amber hat großzügig erklärt, dass sie es nicht verantworten könnte, wenn er in seinem angeschlagenen Zustand und mit hellrosafarbenem Hello-Kitty-Pflaster auf der Stirn nach Cooper Springs führe. Evan hat zwar angeboten, ihn mitzunehmen, aber

Cole hat dankend abgelehnt. Selbst wenn sich die beiden heute Abend nicht mehr an die Gurgel gegangen sind, ist es für eine gemeinsame Autofahrt in einem Wagen noch zu früh.

So distanziert Cole mir gegenüber den ganzen Abend war, umso weniger weicht er von meiner Seite, seitdem Evan fort ist. Wir erledigen zusammen den Abwasch, während Amber sich oben bettfertig macht. Sie hat morgen zur ersten Stunde Schule, und es ist schon spät.

Hazel und Grace räumen den Tisch ab und stellen uns immer mehr schmutziges Geschirr auf die Arbeitsfläche. Es scheint Cole nicht im Geringsten zu stören.

»Wir gehen auch hoch und sorgen dafür, dass Ambs endlich schlafen geht«, sagt Hazel und gibt mir einen Kuss. Tatsächlich ertönt noch leise Musik aus Ambers Zimmer.

»Nacht«, schiebt Grace hinterher, und beide bedenken Cole mit einem herzlichen Druck auf den Unterarm, während Grace mich ebenfalls küsst.

»Nacht, ihr beiden«, sagt Cole und wartet, bis meine Schwestern ins Obergeschoss verschwunden sind. Dann widmet er sich wieder dem schmutzigen Geschirr und stößt mich leicht mit der Schulter an, während er die Salatschüssel auswäscht. Ich liebe das Lächeln, das dabei seinen Mund umspielt. Er wirkt entspannter, jetzt wo sein Bruder fort ist, und so, als hätte es die Distanz des Abends nie zwischen uns gegeben. Ich muss ihn trotzdem darauf ansprechen. Weil es mich verletzt hat, weil ich es verstehen muss, um damit umgehen zu können. »Du warst anders zu mir heute Abend«, sage ich und versuche, keine Anklage in die Worte zu legen.

Cole hält in seinen Bewegungen inne und lässt die Schüssel los. Sie schwimmt sekundenlang auf dem Spülwasser, bevor sie trudelnd auf den Boden des weißen Keramikwaschbeckens sinkt. Ich sehe von der Schüssel zu Cole. Er hat sich zu mir gedreht und lächelt mich zärtlich an.

»Du hast da was«, sagt er leise und streicht mir mit seinem Unterarm Schaum von der Stirn. Dann küsst er die Stelle und ich glaube schon, er würde mir nicht mehr antworten, als er mit den Lippen an meiner Haut sagt: »Evan ist ein Mistkerl. Ich weiß nicht, was er im Schilde führt, nur dass ich ihm nicht zeigen werde, wie viel du mir bedeutest. Es gefällt ihm eine Spur zu gut, die Dinge zu zerstören, die mir etwas bedeuten. Das ist im Groben das, was uns miteinander verbindet.«

Seine Worte zaubern ein warmes Kribbeln in mein Herz. »Ich bedeute dir also etwas«, necke ich ihn.

»Mehr, als du denkst«, raunt er mir ins Ohr und knabbert spielerisch an meinem Ohrläppchen. »Warum genau waschen wir eigentlich ab?«, fragt er mit einem Blick auf die Geschirrspülmaschine.

Ich schließe meine Arme um seinen Körper und lache in den Stoff seines Shirts. »Haze sagt immer, Geschirrspülen hilft dabei, jede Laune zu glätten. Sie verdonnert Amber immer dazu, wenn sie einen ihrer pubertären Anfälle hat.«

»Du meinst, ich wurde gerade von deiner Schwester erzogen, weil ich meinen Bruder auf eurer Einfahrt platt gemacht habe?« Er grinst etwas unglücklich und entlockt mir damit ein noch tieferes Lachen.

Cole öffnet die Spülmaschine und räumt mit meiner Hilfe den Rest des Geschirrs ein. Nachdem ich sie angestellt habe, gehen wir Hand in Hand nach oben ins Zimmer und machen uns bettfertig. Ich trage einen Slip und ein Oversizeschlafshirt, Cole nur Boxershorts. Wir schlüpfen unter die Decke, und Cole zieht mich in seine Arme. Er liegt ganz ruhig hinter mir, aber ich weiß, dass er noch nicht schläft.

»Geht es dir gut?«, frage ich in die Dunkelheit des Raums. Cole schmiegt sein Gesicht an meinen Hals, antwortet aber nicht. Stattdessen küsst er die zarte Haut unterhalb meines Ohrs und presst sich eng an mich, fast so als hätte er Angst, mich zu verlieren.

In seiner Umarmung drehe ich mich zu ihm um und kuschle mich an ihn. Ich hoffe, er spürt, dass seine Ängste unbegründet sind. Schon halb schlafend, spüre ich, wie Coles Arme um mich ihre Spannung verlieren und seine Atemzüge tief und regelmäßig werden. Ein glückliches Lächeln huscht über meine Lippen, als ich ihm einen Kuss auf die nackte Brust gebe und wenig später mit seinem Geruch in meiner Nase und seinen Armen um mich einschlafe.

Cole liegt neben mir. Sein Atem geht regelmäßig, und das warme Rechteck, das jeden sonnigen Morgen auf mein Bett fällt und es mir schwermacht, meinen Platz zwischen den Decken und Kissen zu verlassen, erhellt seinen anbetungswürdigen Oberkörper. Ich widerstehe dem Bedürfnis, ihn berühren zu wollen. Stattdessen bette ich meinen Kopf auf meine Hände, drehe mich auf die Seite und sehe ihm beim Schlafen zu, bis er wenig später mit den Augen blinzelt und mich in seine Arme nimmt.

Es ist noch früh, gerade einmal zehn nach sechs. Ich habe noch eine Viertelstunde, bevor ich mich zur Arbeit fertigmachen muss, und bedaure trotzdem schon, dass uns nicht mehr viel Zeit bleibt.

Cole dreht sich ebenfalls auf die Seite, so dass er mich ansehen kann, und lächelt. Ich berühre sein Gesicht und spüre seine Bartstoppeln unter meinen Fingern. Cole ergreift meine Hand und verschränkt seine Finger mit meinen. Wir brauchen keine Worte für das unbeschreibliche Gefühl, nebeneinander aufzuwachen. Unsere Blicke reichen aus, die Art wie Coles Lippen das Gebilde unserer Hände zwischen uns berühren und das warme Summen in meinem Bauch.

Von unten steigt der Duft von frischem Kaffee ins Obergeschoss und lässt mich seufzen. Ich muss aufstehen. Es ist Zeit. Widerwillig richte ich mich auf, um meine eingetragene Badezimmerzeit nicht zu verpassen. Wenn ich nicht rechtzeitig vor der Tür zum Bad stehe, schnappt sich Grace meine Viertelstunde, obwohl sie bereits mehr als die doppelte Zeit für sich hat. Was die Badezimmerzeiten angeht, ist Pinewood Meadows ein echtes Haifischbecken.

»Ich muss mich fertigmachen«, murmle ich und deute unbestimmt in Richtung Flur und Badezimmer, aber Cole hat ganz offensichtlich andere Pläne. Er hält mich zurück, bevor ich von der Bettkante rutschen kann, und richtet sich auf, um mich zu küssen. Ich lasse zu, dass er mich zurück auf die Matratze zieht und das Spiel seiner Zunge alle anderen Gedanken zum Erliegen bringt, obwohl ich mich dringend zur Arbeit fertigmachen müsste.

Irgendwann löse ich mich aus dem Kuss und drehe mich lachend von ihm weg. »Ich muss gleich zur Arbeit«, sage ich schwach. »Es hat nicht jeder Urlaub wie du.«

Mein Rücken berührt seinen Oberkörper und sein Atem meinen Nacken, als er von hinten an mich heranrückt und an meiner Haut brummt: »Könnte dir die Chefin nicht für heute freigeben?«

Ich schüttle den Kopf, während seine Lippen meinen Hals streifen und einen Schauder meine Wirbelsäule hinabsenden. Ich gebe auf und vergrabe meine Hände in Coles Haar. Nur noch zwei Minuten mit Cole im Sonnenrechteck. Das kann nicht falsch sein. Ich gebe mich seinen Lippen hin und räkle mich zufrieden an seinem Körper. Es sollten wirklich nur zwei Minuten werden, aber dann gleiten Coles Hände unter den weit fallenden Stoff meines Schlafshirts. Ich erzittere, als er meine Brust umschließt, die nackt unter dem Stoff liegt, und es fällt mir immer noch schwer, den Kontrollverlust wegzustecken, den jede seiner Berührungen in mir auslöst.

»Cole, meine Schwestern sind unten. Sie werden uns hören«, bringe ich leise stöhnend heraus, entziehe mich aber nicht seinen Lippen.

»Denk nicht so viel nach«, fordert er und streichelt meine Brustwarzen, während er winzige Küsse auf meiner Haut verteilt. »Wir sind einfach leise«, raunt er und zieht mich rückwärts zu sich auf das Bett, obwohl das gar nicht nötig gewesen wäre. Mein Widerstand ist längst geknackt. Ich will nicht, dass er aufhört, mich zu berühren. Vielleicht bin ich süchtig und wahrscheinlich ist das nicht gesund, aber es fühlt sich unvergleichlich gut an.

Ich beiße ihm leicht in den Oberarm und sauge seinen ganz eigenen Geruch ein. Ein leises Stöhnen perlt über meine Lippen, und ich dränge mich gegen seine Härte. Sein rauer Atem setzt meinen Nacken in Brand, während Coles Hände meine Brüste liebkosen, sanft, dann wieder fest und bestimmend, während er sich meinen Rücken und den Nacken hinaufbeißt und -küsst.

Der dünne Stoff meines Shirts fängt seinen heißen Atem.

Eine seiner Hände wandert südwärts und schiebt sich vorn in meinen Slip. Ich hole keuchend Luft, als sein Finger mich reibt. Sein Brustkorb hebt und senkt sich im selben Rhythmus wie meiner, als er meinen Slip vollständig hinunterschiebt, nur um dann meine nackten Schenkel wieder hinaufzustreichen. Erneut beginnt er mich zu liebkosen, und seine Finger fühlen sich kühl an auf meiner pulsierenden Lust.

Wir küssen uns, während er mich reizt und ich blind nach seiner Boxershorts taste, sie hinunterschiebe, hinter mich greife und seine Härte umschließe. Ich spüre, wie er den Atem anhält, wie sich seine Muskeln anspannen und er sich meiner Berührung entgegendrängt. Mit sanften Bewegungen stößt er in meine Finger und seine Härte berührt dabei meinen Po, während seine Hände Minibeben in meinem Inneren auslösen. Ich bin kurz davor zu kommen und beiße mir auf die Lippen, um mich zusammenzureißen. Noch nicht. Ich will ihn dabei in mir spüren. Ich lasse Cole los und will mich umdrehen, aber er hat offenbar etwas dagegen.

Er hält mich fest, fixiert meine Arme über meinem Kopf und es macht mich wahnsinnig, dass er die Führung übernimmt und meinen bebenden Körper in genau der richtigen Dosis auf Entzug setzt. Sein Spiel aus Verlangen und Distanz ist heiß, und ich kann nichts tun, als mich ihm zu ergeben. Ich stöhne unterdrückt, und es ist ein verzweifelter Ton, der Cole ein leises Lachen entlockt, das meinen Körper vibrieren lässt. Er küsst sich von meinem Ohr über den Hals bis zu meiner Schulter. Die Sanftheit passt nicht zu den rauen Gedanken, die ich habe, wenn ich an den Mann denke, der hinter mir liegt. Und dann wechselt er seine Taktik von sanft zu schmerzhaft süß, als er mir in den Nacken beißt. Lust jagt durch meinen Körper, als er erneut zubeißt und seine Zungenspitze die Haut zwischen seinen Zähnen liebkost.

Und noch während ich mit den Beben beschäftigt bin, die er dadurch auslöst, dringt er in mich ein. Seine Härte gleitet in mich, füllt mich aus, bevor er sich quälend langsam zurückzieht, nur um dann wieder in mich zu stoßen, tiefer dieses Mal. Cole zwingt mir seinen Rhythmus auf, der die Lust zu einem harten, heißen Knoten in meinem Unterleib anschwellen lässt. Immer wieder lösen sich Bisse und Küsse ab. Seine Bewegungen werden härter, rauer, und ich dränge mich ihm entgegen, empfange jeden seiner Stöße, bis er in mir kommt und den Knoten in meinem Unterleib explodieren lässt.

Cole dämpft sein Stöhnen, indem er sein Gesicht an meinem Hals vergräbt, und ich beiße in seinen Arm, um nicht laut zu schreien, als ich ihm einige Sekunden später über die Klippe folge. Ich bewege mich zitternd an ihm, als er bereits ruhig hinter mir liegt. Er hält mich, beobachtet die Ausläufer meines Orgasmus und streicht sanft über meine Brust, meinen Po, meine Schenkel, bis sich unser Atem beruhigt. Erst dann küsst er sich voller Zärtlichkeit meinen Rücken hinauf und zieht sich aus mir zurück. Ich drehe mich zu Cole um und fahre die markante Linie seines Kinns nach, spare seine Wunde an der Lippe aus und streiche über sein geschwollenes, mittlerweile tiefschwarzes Jochbein. So zart, dass es ihm nicht weh tut.

Er schließt die Augen, und für den Moment lehnt er sich in meine Berührung, bevor er mich küsst. Ich erwidere das sanfte Spiel seiner Zunge in dem geschützten Raum aus unseren Armen und genieße die Zuversicht, die er in meinem Herzen entzündet: Wir gehören zusammen und niemand kann uns trennen. Aber dann muss ich mich doch von ihm lösen.

»Wenn ich jetzt nicht gehe, bleibt der Diner heute geschlossen, und Sam wird dich allein dafür verantwortlich machen, dass er seinen Morgenkaffee nicht bekommt«, murmle ich lächelnd.

Cole gibt mich frei und hebt abwehrend die Hände. Dann steht er ebenfalls auf. »Dafür will ich in keinem Fall verantwortlich sein. Außerdem habe ich auch einen Termin«, sagt er und zieht sich die Sachen von gestern über, die noch immer Blutspritzer und Staub an sich tragen. »Ich treffe mich gleich mit meinem Bruder und sollte mir vorher wahrscheinlich was Frisches anziehen.«

Ich sehe ihn überrascht an. »Ihr trefft euch?« Irgendwie hatte ich erwartet, dass Cole nicht so bald wieder das Bedürfnis haben würde, Evan wiederzusehen.

»Ich weiß, was er will«, sagt Cole entschlossen. »Ich habe lange über eine Alternative nachgedacht, die es ihm ermöglicht, das Projekt ganz bequem ohne mich zu Ende zu führen, und ich denke, ich bin fündig geworden. Das wird die sicherste Lösung sein, um ihn loszuwerden.« Coles Blick verdunkelt sich, und seine Gesichtszüge werden hart. »Ich will ihn nicht hierhaben. Er wird nach unserem Gespräch hoffentlich zurück nach San Francisco fahren.«

Ich bin mir nicht sicher, ob ein Treffen der beiden gut ist. Immerhin haben sie sich gestern fast die Köpfe eingeschlagen. Andererseits kann ich Cole kaum verbieten, seinen eigenen Bruder zu sehen. Ich gehe zu ihm rüber und gebe ihm einen Abschiedskuss. Das *Sei vorsichtig*, das auf meiner Zunge brennt, verkneife ich mir.

Cole nickt mir zu und verlässt das Zimmer. Ich höre, wie

er die Treppe herunterpoltert, einige Worte mit Grace wechselt und schließlich aus der Haustür tritt. Viel zu spät verschwinde ich mit einem Haufen frischer Kleidung im Badezimmer und springe für eine Turbowäsche unter die Dusche.

# Kapitel 13

Ich bin zu spät in den Diner gekommen. Das war zu erwarten, aber seitdem ich fünf Minuten vor Öffnung durch die Hintertür gestolpert bin, hinke ich meinem Zeitplan kontinuierlich und um mindestens zwanzig Minuten hinterher.

Die Tische sind noch nicht fertig eingedeckt, als bereits die ersten Gäste in den Gastraum strömen. Greta und ich haben alle Hände voll zu tun, um den gestörten Ablauf trotzdem irgendwie zu bewältigen, und obwohl mich so etwas normalerweise stresst, kann ich heute Morgen nicht aufhören zu grinsen. Die gemeinsame Nacht, das Aufwachen neben Cole und der Morgensex in meinem Sonnenrechteck sind viel zu präsent.

»Er tut dir gut«, bemerkt Greta, und ich nicke, weil es idiotisch wäre, das Offensichtliche zu leugnen. Dann werde ich nachdenklich.

»Sein Bruder ist gestern bei uns aufgetaucht.«

Greta setzt gerade neuen Kaffee auf, und ich mache die Getränkebestellung für Tisch drei fertig.

»Er hat dich seinem Bruder vorgestellt?« Greta quietscht begeistert und seufzt dann theatralisch. »Er meint es echt ernst. Das ist so romantisch.«

»Eigentlich war es nicht so, dass er uns einander vorgestellt hat«, versuche ich Gretas Euphorie zu dämpfen.

»Sondern?« Sie legt den Schalter der Schnellbrühmaschine um und mustert mich irritiert.

Meine zögerliche Antwort passt wohl nicht zu dem Happy End mit Regenbogen, das sie gerade in ihrem Kopf formt. »Er hat ihn eher auf der Auffahrt abgedrängt und Pinewood Meadows und mich mit seinen Fäusten verteidigt.« Ich zucke die Schultern, als sich Gretas Augen weiten. »Er versteht sich nicht besonders gut mit seinem Bruder Evan, und das haben die beiden ziemlich handfest belegt.«

»Das ist nicht dein Ernst, oder?« Greta gibt einem Gast, der bestellen möchte, zu verstehen, dass sie gleich zu ihm kommen wird, und konzentriert sich dann wieder auf mich. Ich sollte sie vermutlich auffordern, sich lieber um unsere Gäste zu kümmern, als meinen Dramen zu folgen, aber ich muss über das sprechen, was gestern passiert ist.

»Cole ist der Meinung, dass Evan ein skrupelloser Typ ist, dem es nur um den beruflichen Erfolg geht, und dass ich ein Hindernis für ihn darstelle, weil Cole meinetwegen am Lake Tahoe bleiben will.«

»Und was sagst du zu seinem Bruder?«

Ich habe das Gefühl, Cole in den Rücken zu fallen. »Er ist anders, als ich ihn mir nach Coles Erzählungen vorgestellt hatte. Ich finde ihn irritierend sympathisch.«

Greta schüttelt den Kopf und tätschelt mir mitleidig den Arm. »Paranoia, ich wusste, mit dem Kerl stimmt was nicht. So unglaublich heiß und intelligent und sympathisch wie Cole ist, musste es einen Haken geben.« Sie prustet lauthals los, als sich unsere Blicke treffen, und es dauert eine Weile, bis wir uns wieder beruhigt haben.

Greta zückt ihren Block und Stift, weil der Mann, der vorhin schon die Bestellung aufgeben wollte, mittlerweile aussieht, als hätte er nervöse Ticks. Sie geht zu ihm, spricht in ihrer üblichen einnehmenden Art mit dem Gast, preist das Gericht des Tages an und bringt ihn dazu, zu vergessen, dass er überhaupt warten musste. Greta ist nicht nur meine beste Freundin, eigentlich die beste Freundin von allen Carson-Schwestern, sondern auch die beste Kellnerin in ganz Kalifornien. Sie liegt, was das Trinkgeld angeht, vollkommen außer Konkurrenz vorne.

Wenig später kommt sie mit der Bestellung wieder. Sie legt den Zettel hinten an die lange Reihe der Frühstücksbestellungen, die auf der Durchreiche zur Küche liegen, und greift unser Gespräch wieder auf.

»Er versteht sich nicht mit seinem Bruder. Was soll's. Das passiert in den besten Familien.« Sie hält kurz inne, und ich sehe, wie der Schalk in ihren Augen aufblitzt. »Eigentlich hätte ich viel lieber mehr Informationen über diesen Evan. Ich meine, die stammen aus demselben Genpool. Er muss also verdammt gut aussehen.«

Ich nicke. »Sie sehen sich sehr ähnlich. Evan ist etwas beherrschter, etwas mehr Geschäftsmann, auch was das äußere Erscheinungsbild angeht, aber er ist auch lustig, redegewandt und ziemlich überzeugend. Er hat sogar Amber zum Lachen gebracht.«

Greta bläst die Backen auf. »Und wann hattest du vor, mir diesen Traumtypen vorzustellen?«

Wie immer ist Greta auf der Suche nach der Liebe des Lebens, auch wenn sie nicht halb so offen für etwas Neues ist, wie sie immer vorgibt. Die Sache mit dem Vater ihres Babys hat sie wirklich verletzt.

»Tut mir leid, aber er ist heute Morgen nach San Francisco zurückgefahren.«

Greta scheint mir gar nicht zuzuhören. Sie fixiert einen Punkt hinter mir im Gastraum des Lakeshore Diners. »Das glaube ich eher nicht«, flüstert sie und tippt mich aufgeregt mit dem Zeigefinger an.

Ich drehe mich um, und tatsächlich steht Evan mitten im Diner und schaut sich suchend um. Ich lasse Greta stehen, die aussieht, als hätte sie eine Fatamorgana gesehen, und gehe auf Evan zu.

»Hi, Liz«, begrüßt er mich und zieht mich anstelle eines Händedrucks kurzerhand in die Arme. »Ich hatte gehofft, dich hier zu treffen.« Er riecht anders als Cole. Nach Rasierwasser und Waschmittel, nicht nach Sonne und Frische.

»Evan«, antworte ich, während ich mich von ihm löse. »Was für eine Überraschung. Ich dachte, du wärst längst zurück in San Francisco.«

Evan schüttelt den Kopf. »Ich habe entschieden, noch etwas zu bleiben.«

Ich frage mich, wie Cole das findet oder ob er davon weiß. »Cole sagte, du müsstest zurück in die Firma«, versuche ich zu ergründen, wieso sich Evans Pläne geändert haben, obwohl Coles einziges Anliegen war, seinen Bruder beim heutigen Treffen davon zu überzeugen, dass er abreist.

»Ich kann von hier aus arbeiten und wenn ich bleibe, ist Cole wenigstens in Reichweite, falls noch Fragen zum Projekt auftreten«, sagt er und hebt seinen rechten Arm an, unter dem ein Laptop klemmt.

Das ergibt Sinn, auch wenn Cole das gar nicht gerne hören wird, da bin ich mir sicher. »Willst du einen Kaffee?« Ich zeige auf den letzten freien Tisch am Fenster, und Evan nickt. Ich lasse ihn vorgehen und hole eine der Kaffeekannen von der Warmhalteplatte und einen Becher, bevor ich ihm folge.

»Der ist so was von Zucker«, flüstert Greta mir zu, aber ich nicke nur unbestimmt.

Natürlich sehe ich, dass Evan gut aussieht, und wenn Cole nicht wäre, würde er mich vielleicht sogar interessieren, aber meine Gefühle für Cole lassen absolut keinen Platz für jemand anderen. Ich beschließe, ihn Greta bei passender Gelegenheit vorzustellen, nur damit sie Ruhe gibt.

Am Tisch angekommen, schenke ich ihm ein und biete ihm an: »Wenn du WLAN brauchst, kann ich dir den Code für unser Netzwerk geben. Normalerweise ist das privat«, bemerke ich mit einem Wink zu der Tafel, die am Tresen befestigt ist und auf der steht, dass wir kein WLAN anbieten. Plus den Tipp, mal etwas Verrücktes auszuprobieren und einfach miteinander zu reden.

»Das wäre toll.« Er lächelt mir zu und bestellt auch noch Pancakes mit frischen Himbeeren und Sahne. Ich lege die Bestellung auf die Durchreiche zu den anderen und bringe Evan wenig später sein Frühstück. Dann verabschiede ich mich vorerst von ihm, um Greta zu helfen, die noch ausstehenden Bestellungen schnellstmöglich zu verteilen. Als alle versorgt sind und der Vormittag fast vorbei ist, rutsche ich mit einem eigenen Becher Kaffee zu Evan in die Sitznische.

»Du wirst also bleiben?«, beginne ich das Gespräch.

»Jep«, antwortet Evan und sieht von seinem Laptop auf. »Ehrlich gesagt tut es mir ganz gut, mal eine Weile aus San Francisco rauszukommen.« Sein Blick ist unergründlich, und er verstummt. Ich bin mir nicht sicher, ob es mir zusteht nachzufragen, was er damit meint, aber ich möchte Evan näher kennenlernen. Immerhin ist er Coles Bruder, und auch wenn sich die Brüder über die Jahre voneinander entfernt haben und sich derzeit eher prügeln als miteinander zu reden, muss das ja kein irreversibler Schaden sein. »Du sagst das, als wäre etwas passiert.«

Evan zuckt mit den Schultern. »Keine Ahnung«, erwidert er knapp. Er holt tief Luft und klappt den Laptop zu. »Sagen wir mal, es lief in letzter Zeit nicht so wirklich rund.« Er tippt mit dem Finger auf das Gehäuse des Laptops, und ich sehe, wie er zumacht. Er ist nicht der Typ, der sein Herz einer Fremden ausschüttet.

»Auf der Arbeit?«, frage ich trotzdem vorsichtig.

Evan nickt unbestimmt, aber ich habe das Gefühl, dass das nicht alles ist.

»Probleme mit einer Frau?«, frage ich weiter und werde rot. Jetzt habe ich garantiert eine Grenze überschritten.

Evan mustert meine flammendroten Wangen und grinst. »Du bist neugierig«, stellt er fest. »Läuft es nicht immer auf eine Frau hinaus?«

Obwohl er ganz offensichtlich einen Scherz machen wollte, meine ich, für einen Sekundenbruchteil Schmerz in seinen Augen gesehen zu haben.

»Für die Fälle haben wir hier etwas ganz Besonderes«, entschärfe ich die Situation mit einem Lächeln.

Evan sieht mich argwöhnisch an. »Sollte ich Angst haben?«

Ich schüttle den Kopf, lasse ihn kurz allein und kehre keine fünf Minuten später mit dem *Lovesick-Cup* aus unserer Eiskarte zurück an seinen Tisch. Ein Ungetüm aus fünf Kugeln Eis mit einer ungehörig großen Portion Sahne und Marshmallows, ertränkt in jeder Menge warmer Schokoladensauce.

Evan betrachtet den riesigen Becher skeptisch. »Das gehört verboten«, stellt er sachlich fest.

»Nicht, wenn man einen triftigen Grund hat«, erwidere ich. Dann reiche ich ihm feierlich einen der zwei Löffel, die ich mitgebracht habe. »Außerdem ist die gemeinsame Vernichtung so eines Bechers die Grundlage jeder Tahoe-Freundschaft.«

Evan nickt zögernd, befüllt seinen Löffel und stößt schließlich damit gegen meinen, bevor er ihn zum Mund führt und beginnt, Eis, Sahne und Schokoladensauce in sich hineinzuschaufeln.

# Kapitel 14

Seit unserem ersten Treffen kommt Evan fast jeden Tag unter dem Vorwand in den Diner, das WLAN wäre hier deutlich stabiler als im Hotel. Cole weiß, dass er gelegentlich zum Arbeiten vorbeikommt, ist aber wenig begeistert, zumal er immer noch an den letzten Details des Projekts arbeitet und so kein Auge auf seinen Bruder haben kann. Von meiner beginnenden Freundschaft mit Evan habe ich ihm bisher noch nichts erzählt. Vielleicht, weil ich hoffe, dass es einen Punkt in naher Zukunft geben wird, an dem es kein Problem mehr darstellt, mit Coles Bruder befreundet zu sein.

Obwohl er keinerlei Ähnlichkeit mit Jake hat, fühlt sich die Freundschaft mit Evan ein wenig so an wie die zu Jake, die derzeit aufgrund einer in die Luft geflogenen Leitung in Afrika komplett auf Eis liegt. Ich habe es vermisst, einen Freund zu haben, mit dem ich reden kann und der noch mal eine andere Sichtweise auf die Dinge hat als meine Schwestern oder Greta. Evan vertraut mir im Gegenzug immer mehr Details aus seinem Leben an, das so eng mit dem von Cole verknüpft ist. Aber es gibt auch Grenzen. Einmal ist ihm der Name Holly rausgerutscht, aber danach hat er sofort dicht gemacht. Ich akzeptiere diese unsichtbare Grenze, auch wenn ich der Meinung bin, dass er nie mit seinen Problemen abschließen wird, solange er nicht darüber spricht.

Mit einem Grinsen und einem hingeworfenen »Na, wie

geht's?« rutsche ich Evan gegenüber in die Sitznische und bringe ihn so dazu, von seinem Laptop aufzusehen.

Das ist das Ritual. Ich bediene die Frühstücksgäste, Evan arbeitet, und wenn ich so weit bin, dass ich Pause machen kann, setze ich mich mit einem Kaffee zu ihm.

Ich schiebe ihm einen zweiten Becher mit Kaffee rüber, und er klappt den Laptop zu, lehnt ihn gegen die Wand, so dass er nicht mehr zwischen uns liegt, und zwinkert mir zu. »Viel zu tun heute?«

Mein Blick wandert zur Uhr über der Eingangstür. Heute war es wirklich voll, und es ist schon fast Mittagszeit. Wir werden heute kaum Zeit zum Quatschen haben. Cole wollte mich in einer halben Stunde abholen und die Mittagspause mit mir am Strand verbringen. Eine Kaffeelänge haben wir aber.

Ich deute auf seinen Laptop. »Du auch?«, beantworte ich seine Frage mit einer Gegenfrage.

Evan nickt und sieht kurz zu seinem Laptop hinüber.

»Woran genau arbeitet ihr eigentlich? Projektsteuerung kann so ziemlich alles sein.« Ich lache. »Selbst die Beseitigung von Mafia-Leichen könnte man als Projektsteuerung bezeichnen.«

»Hat Cole dir nie was von seiner Arbeit erzählt?«, fragt er und hebt eine Augenbraue.

Ich hätte damit rechnen sollen, dass meine Frage impliziert, dass ich überhaupt nichts über Coles Leben weiß. Dabei stimmt das nicht. Ich weiß, dass er Parker mit Nachnamen heißt und ein wunderschönes, aber steriles Apartment an der San Francisco Bay unweit des AT&T-Stadions besitzt. Ich weiß, dass er reich ist, auch wenn es mich nie interessiert hat, wie viel Geld Cole wirklich besitzt. Mir war wichtig, was für ein Mensch er ist, dass er nicht nur mich, sondern auch die Halfmoon Bay, Pinewood Meadows und meine Schwestern mag. Ich liebe die Gespräche, die wir führen, seinen Humor, sein Lachen und den Sex, den wir haben.

»Wir realisieren Bauprojekte.« Evans Stimme reißt mich aus meinen Gedanken. »Es ist nicht besonders spannend, geht aber meistens um jede Menge Geld.« Er zwinkert mir zu, als er sieht, wie ich die Nase rümpfe. Immobilienspekulanten sind mir seit der Sache mit Harris & Sons zutiefst suspekt, und irgendwie fällt es mir schwer, mir Cole in diesem Beruf vorzustellen, wo es quasi zur Stellenbeschreibung gehört, ein rücksichtsloser Mistkerl zu sein.

»Cole hat mir erzählt, dass ihr Probleme mit einer besonders hartnäckigen Firma von der Ostküste habt.« Ein schiefes Lächeln spielt um seine Lippen. »Wir sind aber nicht alle schwarze Schafe.«

Ich nicke, was soll ich auch sonst tun? Im Grunde habe ich ihn gerade mit diesen skrupellosen Typen in einen Topf geworfen. »Tut mir leid, aber die Sache geht mir ganz schön an die Nieren.«

Evan legt seine Hand über meine und nickt. »Das kann ich verstehen. Die Halfmoon Bay ist ein wirklich besonderer Flecken Erde. Wenn du möchtest, kann ich versuchen, euch zu helfen.«

Warum hat Cole mir das nie angeboten? Er weiß, wie sehr ich um Pinewood Meadows bange, und hat nie auch nur den Versuch gemacht, mir seine Hilfe anzubieten.

»Das wäre toll«, sage ich leise und starre auf Evans Hand über meiner. Genau in dem Moment, als Cole den Diner betritt. Er ist viel zu früh dran für unser Treffen am Strand. Hanks hausgemachte Lasagne ist noch nicht fertig, und ich will mir lieber gar nicht vorstellen, was er denken muss. Coles Lächeln gefriert, und sein Blick wird hart.

Ich will meine Hand unter Evans herausziehen, weil ich nicht schuld daran sein will, dass die beiden sich ein zweites Mal schlagen. Cole könnte diese rein freundschaftliche Geste missinterpretieren, aber Evan verharrt stoisch in derselben Position, und es gelingt mir nur mit einiger Verzögerung, meine Hand unter seiner herauszuziehen.

Erst als Cole direkt vor uns steht, lehnt Evan sich langsam in seiner Bank zurück. Er grinst Cole offen an und nickt ihm zur Begrüßung zu.

»Hallo, kleiner Bruder«, sagt er.

»Was tust du hier?«, knurrt Cole zurück und zeigt damit, wie wenig begeistert er davon ist, uns zusammen zu sehen.

»Ich unterhalte mich mit Liz.«

»Das sehe ich.« Coles Stimme ist dunkel und bedrohlich. »Die Frage ist, warum du das tust und nicht endlich nach Frisco zurückfährst und uns in Ruhe lässt.«

»Hast du etwa Angst, ich würde Liz irgendwelche pikanten Geheimnisse verraten?« Er lacht dröhnend, und Coles Muskeln zittern vor Anspannung, als Evan unbekümmert weiterlacht. Dann berührt er Coles Unterarm. »Komm schon, kleiner Bruder, das würde ich nie tun. Ich habe dich noch nie hintergangen.«

Der letzte Satz steht vibrierend zwischen den beiden Männern und nährt eine eisige Stille.

»Du solltest gehen«, erwidert Cole schließlich eisig, und sein Blick brennt sich in den seines Bruders. Mich scheint er gar nicht mehr wahrzunehmen.

Ich habe das Gefühl, irgendetwas sagen zu müssen, damit die Situation nicht eskaliert. »Wenn Evan noch etwas bleibt, könnt ihr in Ruhe das Projekt fertigstellen, das ihr gemeinsam angefangen habt, und vielleicht könntet ihr miteinander reden und …« Ich breche ab, weil Coles Blick eindeutig ist. Er will sich nicht mit Evan vertragen. Er will, dass sein Bruder verschwindet.

»Ich habe dir eine Alternative für das Projekt geliefert. Du hast alle Unterlagen bekommen. Du brauchst mich nicht. Geh nach Hause.« Mit einem Mal klingt Cole müde und so, als würde ihn Evans Gegenwart jeglicher Kraft berauben. »Verschwinde einfach!«

Evan sieht ihn an, steht auf und baut sich unmittelbar vor Cole auf. »Wir haben über ein halbes Jahr Arbeit in das Projekt gesteckt. Dafür gibt es keine Alternative, und das weißt du. Das sind alles nur faule Kompromisse, und Kompromisse gehören nun mal nicht zu unserer Firmenpolitik. Ich schmeiße nie hin, was ich angefangen habe.« Damit zieht er seine Jacke von der Bank, wirft sie sich über und verabschiedet sich mit einem »Bis bald, Liz« von mir.

Cole lässt er einfach stehen und verschwindet. Die Klingel über der Tür des Lakeshore Diners bimmelt leicht, dann ist er fort, und Cole löst sich langsam aus seiner Erstarrung. Er lächelt mich an, obwohl ihm sichtlich nicht nach Lächeln zu Mute ist. Er hebt eine Pappvorrichtung hoch, in der zwei Milchshakes stecken. »Wollen wir?«, fragt er, und ich nicke. Grace, die die ganze Szene von ihrem Platz hinter dem Tresen mit angesehen hat, kommt zu mir herüber und drückt mich kurz an sich.

»Nimm dir doch heute Nachmittag frei. Hazel wollte eh noch rumkommen, und ich glaube, ihr beide solltet reden.« Sie deutet mit dem Kopf zu Cole hinüber.

»Vielleicht hast du recht.« Ich verabschiede mich und

nehme mir vor, Graces Angebot nicht allzu sehr auszudehnen und Hazels freien Nachmittag dadurch kaputtzumachen, die Mittagspause aber etwas zu verlängern.

Cole ist blass, und ich kann sehen, wie es hinter seiner Stirn arbeitet, während wir schweigend zum Strand hinunterschlendern. Wir müssten darüber sprechen, was er meint gesehen zu haben, aber keiner von uns schneidet das Thema an.

Eine ganze Weile schlendern wir nebeneinanderher, trinken unsere Milchshakes und lassen den Trubel am Strand auf uns wirken. Erst als wir das Ende des Strandabschnitts erreicht haben, bleiben wir stehen.

Cole stellt seinen Becher auf einen Felsen, umschließt mein Gesicht mit seinen Händen und küsst mich. Und in diesem Kuss liegt alles, was er nicht ausgesprochen hat. Der Kuss ist heiß, besitzergreifend, fordernd, fast schon verzweifelt. Ich spüre, dass Cole dieses Gefühl nicht gewohnt ist, und versuche ihn zu beruhigen. Ebenfalls ohne Worte, mit meinen Lippen an seinen.

Wir küssen uns lange und innig, während der Wind unsere Haare miteinander verwirbelt, bis Cole sich schließlich von mir löst und mich wortlos hinter sich her über die Parkfläche am Ende des Strandabschnitts zieht und einem schmalen Pfad folgt, der zu den Hotels am Rande von Cooper Springs führt. Das Bed & Breakfast liegt da, und der Gedanke, was beim letzten Mal in Coles Zimmer geschehen ist, lässt ein heißes Ziehen durch meinen Körper schnellen.

Wir durchqueren die Lobby, die wie ein Wohnzimmer aus dem letzten Jahrhundert wirkt, und entgehen nur knapp Mollys wachsamem Blick, die den Geräuschen nach zu urteilen gerade in der Küche beschäftigt ist. Es scheint Cole kein bisschen zu kümmern, dass unsere Beziehung offiziell die Runde machen würde, sollte uns Molly zusammen in seinem Zimmer verschwinden sehen.

Eilig schlüpfe ich hinter Cole durch die Tür, aber er gibt mir keine Gelegenheit, mich darüber zu freuen, dass wir es tatsächlich ungesehen bis hierher geschafft haben. Er verpasst der Tür einen Tritt und drängt mich im selben Moment gegen das Eichenholz. Seine Lippen erobern meinen Hals, während er mir die Kleidung vom Körper zerrt.

»Ich muss bald zurück in den Diner«, bringe ich keuchend hervor, aber Cole schüttelt nur den Kopf.

»Auf keinen Fall.« Sein Blick ist dunkel, und ich spüre, wie mein Pflichtbewusstsein darunter schmilzt wie Eis in der Mittagshitze.

»Cole«, setze ich noch einmal an, aber er fährt anstelle einer Antwort mit seiner Hand von meinem Hals in einer aufreizenden Linie über meine Brüste bis zu meiner Leiste, wo er verharrt, während ich ihn bebend erwarte.

Sanft drückt Cole mich auf die blumenüberladene Tagesdecke. Der kühle Stoff erzeugt eine Gänsehaut auf meinem Körper. Cole wühlt kurz in seiner Tasche, bevor er sich über mich beugt und mich küsst. Sanft und warm, und ich frage mich, wieso er plötzlich so verdammt beherrscht ist, während ich vor Erregung bebe.

Seide berührt mein Gesicht und als ich blinzelnd aus unserem Kuss auftauche, sehe ich, dass Cole eine seiner Krawatten in der Hand hält. Er sieht mich fragend an und schlingt dann vorsichtig den fließenden Stoff um meine Augen, als ich ihn nicht aufhalte.

Ich versinke in Dunkelheit, die jede meiner Zellen sensibilisiert. Ich verzehre mich nach Coles Berührungen, aber vorerst setzt er mich auf Entzug. Ich spüre seinen Atem auf meiner Haut, sein Gewicht über mir, das die Matratze rund um mich verformt, aber Cole scheint mich nur zu betrachten.

Zitternd recke ich ihm mein Gesicht entgegen, suche seine Lippen, aber er gibt mir nicht, was ich will. Stattdessen wartet er ab, bis ich es fast nicht mehr aushalte. Erst dann verschließt er mir den Mund mit einem heißen, tiefen Kuss. Ein verzweifeltes Stöhnen entfährt mir, als seine Lippen meine in Brand setzen. Er küsst mich so lange, bis ich glaube zu verglühen. Dann löst er sich von mir, und allein sein Atem, der schnell und hart gegen meine Lippen prallt, zeigt mir, dass er ebenso erregt ist wie ich.

Ich warte darauf, dass Cole mich endlich berührt, mich nimmt, aber stattdessen zieht er sich zurück. Ich bin versucht meine Augenbinde zu entfernen und mir zu holen, was ich so sehr begehre, aber bevor ich das bewerkstelligen kann, hält Cole mich auf.

»Lass sie dran!«, flüstert er mir zu. »Lass dich fallen!« Seine Zunge berührt mein Ohrläppchen, und ich erschaudere.

Allein die Rauheit seiner Stimme bringt mich dazu, alles zu tun, was er sagt. Ich lasse mich zurück auf die Tagesdecke sinken und spüre, wie Cole sich bewegt, sich entfernt und seine Lippen urplötzlich meinen Unterschenkel berühren. Er saugt an meiner Haut, beißt vorsichtig hinein und bringt mich nur durch diese Berührung dazu, die Kontrolle zu verlieren. Ich bin nie davon ausgegangen, dass mein Unterschenkel eine besonders erogene Zone wäre, aber Cole verändert alles, auch das.

Seine Zunge gleitet an der Innenseite meines Schenkels nach oben, und ich erwarte bebend, dass er meine Mitte erobern wird, aber lediglich sein Atem streift meine Hitze und entlockt mir ein gequältes Stöhnen.

Cole lacht leise, und ich schwöre mir, ihn bei nächstbester Gelegenheit ebenso leiden zu lassen. Vorerst aber ist in meinem Kopf kein Platz für Rachepläne. Da ist nur Verlangen und siedende Lust, die Cole mit seinen Lippen und Händen anstachelt, indem er mich berührt, wo und wann ich es am wenigsten vermute. Er hinterlässt Hunderte von Minibränden auf meiner Haut, zündet Lustbeben in meinem Körper und bringt mich fast um den Verstand.

Erst als ich es kaum noch aushalte, spreizt er schließlich meine Beine. Ich fühle seine Bartstoppeln an der Innenseite meines Oberschenkels, seinen Atem, der mein Lustzentrum trifft, und dann endlich seine starken Hände, die mich aufreizend langsam erobern. Ich stöhne und kralle mich in die Decke, während Cole fast schon unschuldige, winzige Küsse zwischen meinen Schenkeln platziert. Lust rast knisternd durch meinen Körper, ballt sich zusammen, als Coles Lippen meine Mitte einsaugen und seine Zunge in mich dringt. Ich schnappe nach Luft, aber Cole reizt mich so sehr, dass ich in dem dunklen Nichts komme, in das Cole mich durch die Augenbinde versetzt hat. Der Orgasmus gleicht einem schwarzen Loch, das mich verschlingt.

Cole löst seine Lippen, lässt seine Finger stattdessen in mich gleiten und empfängt meine Lust mit kräftigen Stößen, während er sich an meinem Körper hinaufschiebt und seine Lippen hart auf meine presst.

Keuchend empfange ich ihn und schiebe die Krawatte von meinen Augen. Ich will Cole ansehen. Ich presse mich an ihn, spüre seine Härte und schlinge meine Beine um ihn. Ich will ihn in mir spüren.

Er hört nicht auf, mich zu küssen, als er in mich eindringt. Er stöhnt brüchig an meinen Lippen, als er noch tiefer in mich gleitet. Ich vergrabe meine Hände in seinem Haar, sehe ihm zu, wie er mich nimmt, wie sich seine Lust steigert, und genieße die Kraft seiner Stöße, seine Härte in mir, die meine Erregung wieder aufflammen lässt.

Ich erwidere seine Bewegungen, ziehe ihn in einen langen Kuss, den er abrupt beendet, als die Lust in ihm aufbricht. Er stöhnt knurrend und dieser animalische Laut und seine dominanten Bewegungen lassen auch mich erneut kommen. Zitternd dränge ich mich ihm entgegen und genieße es, wie unsere Lust sich vereint und schließlich zu einem warmen Vibrieren verschmilzt.

Cole schließt mich in seine Arme und rollt sich mit mir leicht zur Seite, so dass sein Gewicht nicht auf mir lastet.

Er lässt mich nicht los, und ich habe das Gefühl, dass diese Geste sehr sinnbildlich ist. Er wird mich nicht los- und seinem Bruder überlassen, auch wenn allein die Vorstellung absolut absurd ist und ich ihm genau das sagen müsste. Ich würde ihm gern begreiflich machen, dass seine Angst vollkommen unbegründet ist, aber ich weiß nicht wie. Es scheint, als hätten Worte keinen Platz in dem abgeschlossenen Raum zwischen uns, und so löse ich mich nur ganz leicht, küsse Cole und hoffe, dass er erkennt, was ich mit der zarten Berührung meiner Lippen sagen will.

# Kapitel 15

Evan ist jetzt seit drei Wochen am Lake Tahoe. Cole hat sich zwar in sein Schicksal gefügt, dass Evan sich in meiner Nähe aufhält und in Cooper Springs geblieben ist, aber er ignoriert diese Tatsache lieber, als sich mit den Problemen, die er und Evan haben und die unsere Freundschaft überhaupt erst schwierig machen, zu beschäftigen.

Zu den Treffen am Nachmittag, wenn die beiden zusammen arbeiten, geht Cole jedes Mal mit einem Gesicht, als würde ihm eine Wurzelbehandlung bevorstehen. Er erzählt nicht, wie es war, ob sie vorankommen oder wann das Projekt beendet sein wird. Wir klammern das Thema Evan so gut es geht aus, obwohl ich weiß, dass Cole die Nähe zu seinem Bruder zusetzt und ich mir wünschte, er würde mit mir darüber sprechen. Evan hat ihm keinen Grund geliefert, sich Sorgen machen zu müssen. Er verhält sich besonnen und bemüht sich, mit Cole auszukommen. Ihm liegt etwas daran, das Projekt gut abzuschließen und Cole damit einen sauberen Abschluss zu ermöglichen.

Cole hingegen übernachtet immer öfter in Pinewood Meadows, um nicht schon am Morgen mit Evan zusammenzustoßen. Dafür revanchiert er sich jedes Mal mit einem reichhaltigen Frühstück. Meine festen Joggingtermine absolvieren wir jetzt zusammen, und Cole hat es sich nicht nehmen lassen, den Rest des Daches mit mir zu verschließen, damit es erst einmal hält, bis Gavin dazu kommt, die neuen Schindeln anzubringen. Amber war zwar etwas beleidigt, dass er ihr damit die Chance genommen hat, mir zufällig auf den Finger zu hauen, aber sie hat sich gefügt. Überhaupt kommt sie erstaunlich gut damit klar, dass Cole quasi immer bei uns ist.

Es läuft alles gut, wenn man mal davon absieht, dass Harris & Sons immer mehr Druck aufbauen. Sie versuchen uns einzuschüchtern und – was soll ich sagen –, es gelingt ihnen. Ich habe keine Ahnung, wie viel Substanz hinter der Drohung steckt, sie könnten uns zum Verkauf zwingen. Ich wüsste gern, ob ich gegen die Einschüchterungsversuche etwas unternehmen kann, und habe Cole davon erzählt, aber außer dass er mich tröstend in den Arm nahm, hat er mir keine weitere Hilfe angeboten.

Wahrscheinlich sitze ich deswegen auf der Terrasse, vor mir die Ordner mit dem Schriftverkehr, der Grundstücksurkunde, der Kopie des Schuldbriefs von Onkel George, deren Original sich in seinen Händen befindet, und warte auf Evan.

Cole ist heute mit Amber nach Tahoe City gefahren. Sie hat ihn so lange angebettelt, bis er schließlich nachgegeben und sich auf eine Shoppingtour mit ihr begeben hat. Ich bin mir nicht sicher, ob ihm klar ist, auf was er sich da eingelassen hat.

Mir hat es die Möglichkeit eröffnet, mich mit Evan zu treffen, ohne dass er oder Amber etwas davon mitbekommen. Ich sollte Ambs und Cole eigentlich begleiten, habe aber vorgegeben, Kopfschmerzen zu haben. Es fühlt sich scheiße an, sie zu belügen, aber ich bezweifle, dass es ihnen besser gehen würde, wenn sie wüssten, dass ich mich mit Evan treffe, um etwas so Privates wie unsere finanzielle Situation und die Zukunft von Pinewood Meadows zu besprechen. Immerhin sind sie beide im Team Cole.

Ich schließe die Augen und genieße die Sonne auf meinem Gesicht. Erst als Schritte näherkommen, öffne ich meine Augen.

»Hi, Liz«, sagt Evan sanft und schließt mich kurz in seine Arme. Helle Kreise trüben meinen Blick und verschwinden erst, als Evan sich bereits setzt.

»Hi, Evan«, sage ich, und ein Lächeln huscht über mein Gesicht. Ich bin angespannt, freue mich aber wirklich, ihn zu sehen. Ich wünschte, die Dinge lägen anders zwischen ihm und Cole und er würde öfter einfach vorbeikommen, so wie Freunde es eben tun.

»Willst du etwas trinken?«, frage ich, unschlüssig, wie ich das Thema Harris & Sons anschneiden soll.

Er schüttelt den Kopf. »Nein, eigentlich nicht. Wir sind ja wegen einer bestimmten Sache hier und ich weiß, dass du Cole angelogen hast, damit wir das erledigen können.«

Ich senke den Blick und frage mich, woher genau er das weiß. Wahrscheinlich, weil ihm klar ist, dass wir sonst nicht entspannt gemeinsam auf der Terrasse von Pinewood Meadows sitzen würden. Es ist mir unangenehm, dass er weiß, dass ich seinen Bruder belogen habe. Ich schüttle kaum merklich den Kopf. Eigentlich ist das, was mich wirklich fertigmacht, nicht die Tatsache, dass Evan es weiß, sondern dass ich es überhaupt getan habe. Dass es nötig ist.

»Das sind die Unterlagen?« Evan sieht neugierig zu dem Ordner, und ich schiebe ihn zu ihm hinüber. Coles Bruder nimmt ihn entgegen und versenkt sich sofort in der Zettelwirtschaft. Konzentriert liest er sich die Dokumente durch, und ich kann sehen, wie er in seinem Kopf Wichtiges von Unwichtigem trennt und die relevanten Dinge abspeichert.

Ich unterbreche ihn nicht, stelle keine Fragen. Ein- oder zweimal hakt er nach, weil ihm etwas nicht klar ist, bis er schließlich nach einer halben Stunde den Ordner zurückschiebt und nickt.

»Und?«

»Ich hätte jetzt doch gern etwas zu trinken.« Er wartet geduldig, bis ich mit zwei Gläsern Eistee zurückkomme, und nimmt einen tiefen Schluck, bevor er sich in seinem Stuhl zurücklehnt.

»Warum habt ihr euch nicht längst einen Anwalt genommen?«

Ich will Evans Hilfe, also wäre es idiotisch, jetzt aus Stolz zu lügen. »Wir haben das Geld nicht«, gebe ich leise zu. Meine Hände krampfen sich um das Glas, an dem Kondenswasser hinabtropft. Eine Biene hat sich an den Rand gesetzt und versucht, an den süßen Inhalt zu kommen, ohne ins Glas zu fallen. Ich beobachte sie, weil es einfacher ist, als Evan bei diesen Worten in die Augen zu sehen.

»Aber der Diner läuft gut.«

»Auf dem Restaurant liegt noch ein Kredit, den wir abbezahlen müssen. Die Einnahmen sind zwar stabil, aber der Gewinn eher dürftig«, murmle ich.

»Ich verstehe.« Evan legt mir seine Hand auf den Unterarm und bringt mich dazu, ihn anzusehen.

»Ich wünschte, es wäre anders, aber Harris & Sons hat durchaus Ansatzpunkte, wo sie euch gefährlich werden können, und ihr könntet kaum etwas unternehmen, wenn euch das Geld fehlt.«

Evans Worte laufen mir eiskalt den Rücken hinunter. Ich

merke, wie mir schwindelig wird, und bin heilfroh, dass ich sitze. Sonst wäre ich vermutlich umgekippt. Ich weiß nicht, was ich erwartet habe, aber insgeheim hatte ich gehofft, er würde mir meine Sorgen nehmen, anstatt Öl ins Feuer zu gießen.

»Ich weiß, du hättest lieber etwas anderes gehört, aber du hast mich gefragt, weil du eine ehrliche Einschätzung wolltest.«

Ich nicke wie betäubt.

»Dein Onkel ist vermutlich die unsicherste Stelle bei alledem.« Evan tippt auf den Schuldschein, auf dem unten die Unterschriften meines Dads und die seines Bruders stehen. »Ich meine, würde er einknicken und sich auf einen Deal mit Harris & Sons einlassen, wenn sie ihm genug Geld für den Schuldschein bieten würden?«

Ich habe Onkel George seit einer gefühlten Ewigkeit nicht mehr gesehen. Er war nie ein besonders gefühlsduseliger Mensch. Mit uns Kindern wollte er sich nie beschäftigen, er trank gern und liebte das Leben. Durch seine eigene Firma, eine Filiale einer großen Baumarktfirma, hatte er deutlich mehr Geld als Dad, aber wie seine heutige finanzielle Situation aussieht oder ob er sich darauf einlassen würde, für Geld seine Familie zu verraten, kann ich beim besten Willen nicht einschätzen.

»Ich weiß es nicht«, flüstere ich und reibe meine Schläfen, hinter denen ein pochender Kopfschmerz eingesetzt hat. Alles, was ich weiß, ist, dass George nichts an der Halfmoon Bay lag, als er seinen Anteil gegen einen Schuldschein meinem Vater überließ. Ich schließe die Augen.

»Es tut mir wirklich leid, dass ich dir keine besseren Nachrichten geben kann.« Evan leert sein Glas, steht auf und umrundet den Tisch. Er bleibt hinter mir stehen und legt mir seine Hände auf die Schultern. Ich spüre den leichten Druck und die Wärme seiner Hände und bin dankbar, dass er gerade da ist und aufhält, dass ich ansatzlos in einem schwarzen Loch versinke.

»Du bist eine Wahnsinnsfrau, Liz«, sagt er leise. »Selbst wenn das hier schiefgeht, könntest du überall neu anfangen. Wenn du zustimmen würdest und wir die Firma noch etwas im Preis hochbekommen, könntest du den Diner von dem Erlös schuldenfrei bekommen und dir in der Nähe in Cooper Springs etwas mieten.«

»Nein«, keuche ich tonlos. Ich drehe mich zu Evan um. »Das kann ich nicht. Pinewood Meadows ist unser Zuhause.« Ich sehe, dass er nicht versteht, wovon ich rede. Er hat nichts, das für ihn denselben Stellenwert hat wie Pinewood Meadows für mich und meine Schwestern.

»Kann man denn wirklich gar nichts machen?«, frage ich tonlos.

»Ihr könntet höchstens versuchen, euren Onkel davon zu überzeugen, dass er sich den Schuldschein nicht abkaufen lässt.«

Onkel George zu überreden würde voraussetzen, dass ich ihn finde. Wir hatten seit einer halben Ewigkeit keinen Kontakt mehr, und als ich versucht habe, ihn gleich zu Beginn dieser Sache wegen des Schuldscheins zu kontaktieren, war er nicht mehr auffindbar. Seine Firma hatte er aufgegeben, die alte Adresse sowie seine Telefonnummer waren nicht mehr aktuell. Und selbst wenn ich ihn finden würde, müsste ich ihm ein Versprechen dieser Art abringen, ohne ihm im Gegenzug dazu Geld anbieten zu können. Verzweiflung überrollt mich.

Evan legt seine Hände auf meine und streicht sanft darüber. »Ich muss jetzt gehen, Liz, aber mach dir bitte keinen zu großen Kopf.« Diese vertraute Geste irritiert mich, aber ich verbuche es unter Trost und versuche, keine Gespenster zu sehen. Evan versucht nur nett zu sein. Ich höre, wie er das Haus umrundet, wie wenig später sein Wagen anspringt und sich das Motorengeräusch in der Ferne verliert.

Meine Hand liegt auf dem Ordner mit den Papieren, und erst jetzt rollen Tränen meine Wangen hinunter. Ich versuche immer stark zu sein. Für alle anderen, aber es ist niemand hier, für den ich das gerade sein müsste, und so erlaube ich mir einen Moment voller Schwäche, indem ich schluchzend auf meinen Armen liege und mein einziger Gedanke ist, dass ich Mom und Dad zurückwill. Und Cole, der mich in seine Arme schließt und mir sagt, dass irgendwie doch noch alles gut werden wird.

Ich sitze mit einem Glas Wein am Ende des Stegs. Amber ist am Kochen, und dabei singt sie grundsätzlich zu lautstarker Musik, die aus dem Haus bis zu mir hinüberschwappt. Sie bereitet ein Risotto mit Scampi und Safran zu, weil Cole fallen ließ, dass er für Risotto mit Meeresfrüchten töten würde. Natürlich würde sie nie zugeben, dass sie ihm eine Freude machen will.

»Hi.«

Ich drehe mich um, und ein Lächeln schlüpft über meine Lippen. Cole. Seine breiten Schultern heben sich gegen das unnatürliche Blau des Himmels ab. Er ist genau das, was ich nach Evans vernichtender Einschätzung brauche.

»Hi«, sage ich leise. Diese Begrüßung ist tatsächlich zu unserem Ding geworden.

Cole setzt sich zu mir, gibt mir einen sanften Kuss und deutet dann mit dem Daumen hinter sich. »Hast du keine Angst um deine Küche? Amber tut undefinierbare Dinge darin.« Er lacht und nimmt einen Schluck aus meinem Weinglas, bevor er die Schultern kreisen lässt und tief einatmet.

»Große«, gebe ich zu und nippe ebenfalls am Wein. Mein Lächeln missrät auf halber Strecke und natürlich entgeht Cole das nicht.

»Die Mädels meinten, du wolltest allein sein?«

Er formuliert die Tatsache wie eine Frage, ob er ebenfalls lieber gehen soll. Ich schüttle den Kopf und schmiege mich in seine Arme. Ich müsste ihm von dem Gespräch mit Evan erzählen. Zum einen, weil ich es hasse, Geheimnisse vor Cole zu haben, und wissen will, warum er mir bisher nicht seine Hilfe angeboten hat, und zum anderen, weil ich wirklich gern seine Meinung zu der Situation hören würde.

»Was ist los?« Coles Hand wandert zu meinem Nacken, wo er in Kreisen Druck ausübt. Meine Muskeln sind nicht halb so loyal wie ich, und so erliege ich seinen Berührungen und seufze, als er die Verspannungen meiner Schultern sanft löst.

Seine Lippen berühren meine Schläfen, meine vom Weinen noch immer leicht geschwollenen Augen, wo er winzige Küsse hinterlässt, bevor er sich zurückzieht und mich aufmerksam ansieht. »Was ist los, Liz? Du hast geweint.«

Ganz langsam drehe ich meinen Kopf zu ihm und lasse zu, dass er die Ausläufer meiner Verzweiflung sieht und die Wut, die seine fürsorgliche Art in mir hervorruft, obwohl er von sich aus nicht bereit war, mir in dieser absolut wichtigen Angelegenheit unter die Arme zu greifen. »Warum hast du mir nicht geholfen?«

Cole ist irritiert, aber meine Worte lassen ihn den Arm senken. Er denkt nach, kommt aber zu keinem Schluss. »Wobei geholfen?«, fragt er und schüttelt den Kopf. »Kannst du mir jetzt mal verraten, was hier los ist?«

»Du arbeitest mit deinem Bruder zusammen. Ich habe ihn heute getroffen.« Das ist zwar nicht ganz richtig, denn es impliziert Zufälligkeit, die bei einer Verabredung ganz sicher nicht vorhanden ist. Trotzdem fahre ich fort. »Er hat mir erzählt, was ihr beruflich macht.«

Coles Blick wird starr und irgendwie kalt. Er sieht aus, als würde er Evan am liebsten dafür umbringen, dass er mir das verraten hat.

»Evan hat mir angeboten, dass er sich meine Unterlagen durchsieht, dass er mir hilft.«

»Das wird er nicht«, sagt Cole barsch, und ich frage mich, seit wann er entscheidet, mit wem ich spreche und worüber.

»Warum hast du mir deine Hilfe nicht angeboten, mir nicht geholfen?«, wiederhole ich meine Eingangsfrage.

»Das habe ich«, sagt er so leise, dass ich nicht sicher bin, ob ich die Worte richtig verstanden habe. Cole sieht über die spiegelglatte Oberfläche des Sees und wirkt wie versteinert. »Hast du ihm irgendwelche Informationen gegeben? Irgendetwas, Liz?«

»Und wenn?« Ich blicke ihn herausfordernd an.

Seine Hände umkrampfen die Holzplanken des Stegs, so dass das Weiß der Knöchel hervortritt. Seine Muskeln sind angespannt, seine Kiefer mahlen. Er holt mehrfach Luft, als bräuchte er eine Lastwagenladung voll Überwindung, um das Folgende auszusprechen. »Ich muss …«

Ein schriller Piepton überlagert seine nächsten Worte und lässt mich herumschnellen. Der Feuermelder. Aus den Terrassentüren von Pinewood Meadows quellen dichte, schwarze Rauchschwaden, und für einen Moment erwarte ich, dass Flammen aus den Fenstern schlagen werden. Dann erinnere ich mich, dass Amber kocht, und erlange zumindest die grundlegenden Körperfunktionen zurück, die sich beim ersten Szenario verabschiedet hatten.

»Ambs«, bringe ich schwach hervor und rapple mich auf, um zum Haus zu laufen.

Cole ist vor mir auf den Beinen und läuft mit großen Schritten voraus. Er wirft sich als Erstes in den Rauch, der das Erdgeschoss vernebelt. Amber steht fluchend und keuchend vor einer riesigen Pfanne, in der sie gerade Risotto in Kohle verwandelt. Geistesgegenwärtig wirft Cole den Deckel auf die Pfanne. Dann befördert er die noch immer rauchende Pfanne hinaus, wo er sie zum Auskühlen in den Sand stellt. Ich öffne in der Zeit alle Fenster des Erdgeschosses.

»Ich wollte … es stand so im beschissenen Rezept. Und ich war keine verdammte Minute lang weg«, bringt Amber hervor, aber ihr Fluchen wirkt kläglich. Ich sehe Tränen in ihren Augen schimmern. Sie hat einen gehörigen Schreck bekommen, genau wie ich.

Cole fährt ihr tröstend über den Arm. »Wusstest du, dass es in meiner Welt als Kochen durchgeht, wenn man Pizza bestellt?

»Ach echt?« Amber blinzelt ihn von unten an und wischt sich eine verirrte Träne aus dem Augenwinkel. »Scheiß Rauch«, sagt sie, wie um klarzustellen, dass die Tränen nur eine körperliche Reaktion auf den Qualm sind.

»Allerdings nur, wenn sie einen mit Käse gefüllten Rand hat.« Cole zwinkert ihr zu, und Amber lacht.

»Eklig«, kommentiert sie seine Bestellung, läuft dann aber zur Telefonstation und sucht gleichzeitig in ihrem Handy nach der Nummer des Pizzaservice.

»Sie liebt dich«, flüstere ich so leise, dass Amber es nicht mitbekommt, und lasse zu, dass Cole mich in seine Arme zieht.

»Sie ist wie ein Hundewelpe mit zu großen Tatzen.« Ein Lachen schlüpft über seine Lippen, bevor er wieder ernst wird. »Sie hätte euer Haus abfackeln können.«

»Was meinst du, warum wir einen Rauchmelder angebracht haben, seitdem Fiona nicht mehr hier ist? Wir sind alle keine Koryphäen in der Küche. Ich schaffe es sogar, Aufbackbrötchen anzubrennen.« Ich kuschle mich eng an ihn und höre Coles Herz beruhigend schlagen. Der Rauch hat sich gelichtet und gibt den Blick auf ein einziges Chaos frei, das Amber während ihres Kochversuchs in der gesamten Küche verursacht hat.

Seufzend beginne ich aufgerissene Scampipackungen, den Rest Risotto und eine leere Milchtüte in den Müll zu entsorgen. Cole hilft mir schweigend und Amber ebenfalls, was so etwas wie das dritte Weltwunder ist. Sie hilft nie freiwillig beim Aufräumen, selbst dann nicht, wenn sie die Verursacherin war und man ihr Folter androht.

Als wir so weit fertig sind, und ich nur noch die Arbeitsfläche wischen muss, geht Amber auf die Terrasse und beginnt einen zarten, melancholischen Song auf ihrer Gitarre zu spielen. Ihre Stimme mischt sich unter die Töne und nimmt einen mit in eine Welt aus unerfüllter Liebe, düsteren Geheimnissen und verpassten Chancen.

»Sie ist wirklich gut«, raunt Cole mir zu und wirft eine Handvoll verirrter Reiskörner, die er vom Boden gesammelt hat, in den Mülleimer.

»Leider weiß sie das auch.« Ich spüle den Lappen aus und lege ihn zum Trocknen über den Wasserhahn. »Sie will Sängerin werden, im Diner arbeiten und dort auch auftreten, weswegen ein Schulabschluss aus ihrer Sicht pure Zeitverschwendung ist.« Ich drehe mich zu Cole um, der nun direkt vor mir steht, und schlinge meine Arme um seine Taille. Ambers Lied hat mich daran erinnert, dass er mir etwas sagen wollte, bevor der Alarm losging, aber bevor ich ihn danach fragen kann, küsst er mich. Lange und tief, fast schon verzweifelt, und als er sich von mir löst, legt er seine Stirn gegen meine. Seine Hände streicheln meine Wangen.

»Du hast recht, ich hätte dir meine Hilfe anbieten sollen. Ich hatte einfach Angst, dass du mich für genauso einen Mistkerl halten könntest wie die Leute von Harris & Sons.« Seine Stimme ist belegt, und er senkt den Blick, während seine Daumen noch immer mein Gesicht liebkosen.

»Was wolltest du mir vorhin sagen?« Mir ist klar, dass das nicht alles ist.

Cole sieht mich an, und die Ernsthaftigkeit in seinem Blick lässt mein Herz höher schlagen. Ich lache nervös, verstumme aber, als Cole mir den Mund mit einem Kuss verschließt. »Ich weiß nicht, ob das zu früh ist oder irgendwie merkwürdig, aber du musst wissen, dass ich dich liebe, Liz.«

Ich starre Cole an. Er hat so etwas Ähnliches schon mal in einem Halbsatz gesagt, aber noch nie so klar und eindeutig. Ich atme seinen Geruch nach Sonne, Wind und Cole ein, und mir ist schwindelig vor Glück. »Cole«, flüstere ich.

»Ich liebe dich, Liz.« Er lacht unsicher. »Auch wenn ich

mich damit zu einem absoluten Idioten mache, sage ich es so lange, bis du mir glaubst. Ich liebe dich.«

»Ich liebe dich auch«, sage ich rau und spreche damit aus, was sich bereits tief in meinem Herzen verankert hat. Ich liebe diesen Mann. Mit meinem Körper, mit meinem Herzen und jedem meiner Gedanken. Tränen rinnen mir über die Wangen und machen unseren Kuss salzig und perfekt.

»Pizza ist da«, platzt Amber mitten in unsere Seifenblase aus Glück und verdreht die Augen. »In eurer Nähe kann man echt keine Liebeslieder spielen. Das ist so widerlich.« Sie schnappt sich mein Portemonnaie von der Kücheninsel, verdreht noch mal die Augen und verschwindet dann in Richtung Haustür, um die Pizza auszulösen.

Amber hat es sehr gut gemeint mit ihrer Bestellung. Für uns drei hat sie sage und schreibe vier extra große Pizzen bestellt, und bei Travis' Pizza bedeutet extra groß in etwa die Größe eines Traktorreifens. Ich packe die übrig gebliebenen Stücke zusammen und stelle die geschlossenen Schachteln in den Kühlschrank. Wenn Hazel und Grace aus dem Diner kommen, werden sie sicher schon gegessen haben, und so kann sich morgen noch jeder davon bedienen, der zwischendurch Lust auf ein Stück Pizza bekommt. Ich lasse meine Schultern kreisen.

»Was hältst du davon, wenn ich die Massage von vorhin zu Ende führe?« Cole küsst mich auf den Nacken und räumt dann den letzten Teller in den Geschirrspüler.

»Ich habe echt einen fiesen Muskelkater von gestern.« Wir sind statt der üblichen acht Meilen zehn gelaufen. Ich bin nicht sicher, ob die Verspannungen meiner Schultern ebenfalls daher rühren, aber die Schmerzen in Beinen und Po auf jeden Fall.

»Wenn ich schuld bin, ist es das Mindeste, was ich tun kann.« Cole nickt zum Steghaus hinüber, und ein heißes Kribbeln durchläuft mich.

»Geh schon mal vor, okay?«

Ich blinzle Cole misstrauisch an, als er ins Obergeschoss läuft, gehe aber vor, den Steg hinunter bis zu der kleinen, runden Hütte, die am Ende thront.

Ich betrete meinen Rückzugsort und entzünde die Kerzen auf dem Regal neben der Tür, dann ordne ich die Decken und Kissen, so dass sich ein gemütliches Lager ergibt.

Minuten später höre ich Coles eilige Schritte auf den Holzbohlen. Er reißt die Tür auf, und ich sehe in seinen Augen, dass er sich wahrscheinlich noch mehr auf die Massage freut als ich, wobei mir das fast unmöglich erscheint. Er hält einen kleinen Flakon in der Hand. Ich erkenne mein Mandelöl wieder. Er muss es aus dem Badezimmer geholt haben. Woher wusste er, dass das Öl mir gehört? Als hätte er meine Gedanken gehört, kommt er mir ganz nah und atmet tief ein. »Diese zarte Mandelnote gehört zu dir. Das ist mir schon bei unserem ersten Treffen im Diner aufgefallen.« Er senkt kurz den Blick und sieht mich dann wieder an. »Seitdem wollte ich dich.«

Ein heißes Ziehen durchfährt mich bei seinen Worten.

»Allerdings hast du nicht besonders gut vorgearbeitet«, rügt er mich und deutet auf meine Kleidung. »Ich dachte eigentlich, du würdest mich nackt erwarten.«

»Dachtest du also, ja?« Ich muss grinsen, weil er ungeduldig an meinem Oberteil zupft.

»Ja, schon.« Er guckt enttäuscht wie ein kleiner Junge und bringt mich damit zum Lachen. Als Cole meine Wange berührt, werde ich wieder ernst und streife mir das Shirt vom Oberkörper, während Cole mir wie gebannt zusieht. Der BH, meine Shorts und der Slip folgen. Cole sieht mich einfach nur an und dieser Blick ist mehr, als es ein ausgesprochenes Kompliment je sein könnte.

Ich streife ihm ebenfalls das Shirt ab, doch als ich den Knopf seiner Hose öffnen will, hält er mich davon ab. Ganz sanft folgt er mit seiner Hand meiner Körperlinie, streift meine Brust, fährt über meinen Bauch bis zu meiner Hüfte und streicht dann meinen Rücken hinauf. In dieser Berührung liegt so viel Intimität, dass mein Brustkorb eng wird, und gleichzeitig erregt mich seine Zärtlichkeit.

Mein Blick wandert zu der Beule in seiner Hose, und ich beiße mir auf die Lippe, um nicht sofort über Cole herzufallen. Erst möchte ich meine Massage.

»Du machst mich fertig.« Cole schließt gequält die Augen. »Ich habe wirklich vor, dich zu massieren, aber wenn du mich so ansiehst, kann ich für nichts garantieren.« Er deutet auf meine Lippen.

»Contenance, Mister.« Ich lache heiser, weil ich selbst nur noch daran denken kann, wie Cole mich berührt. »Du wirst es schon überleben, bis nach der Massage zu warten«, sage ich, dabei bin ich nicht sicher, ob ich so lange warten kann.

»Da bin ich ganz anderer Meinung«, bringt Cole mit einem vernehmlichen Stöhnen hervor. Er verzieht das Gesicht zu einer Grimasse, deutet aber tapfer auf die Decken. »Leg dich hin, sonst falle ich am Ende gleich über dich her«, brummt er mit einem flackernden Blick auf meine Brüste.

Ich strecke mich auf der Patchworkdecke aus, um ihn

nicht noch länger zu quälen, und Cole reicht mir ein rosafarbenes Kissen, das ich mir unter den Kopf schiebe.

Er schiebt sich so über meine Oberschenkel, dass ich seine Härte an meinem Po spüre, wenn er sich nach vorn lehnt, um meine Schultern zu massieren. Er wärmt das Öl in seinen Händen an und beginnt es dann auf meinem Rücken zu verteilen. In sanften kreisenden Bewegungen lockert er meine Muskeln, und ich spüre, wie ich mich vollkommen entspanne. Ich schließe die Augen, und eine fast schon unwirkliche Ruhe breitet sich in mir aus, während mich Coles Berührungen gleichzeitig bis aufs äußerste erregen. Ich seufze leise und versuche nicht allzu sehr darauf zu reagieren, dass Coles Erektion an meinem Gesäß liegt und sich in den rhythmischen Bewegungen seiner Hände an meinem Rücken an mir reibt.

Cole arbeitet sich hingebungsvoll meinen Körper hinab, lässt sich Zeit, wenn er spürt, dass er einen Punkt erwischt hat, der besondere Zuwendung braucht, und gelangt schließlich an meinen Po. Ich erzittere vor Erregung, als er mit seinen Fingern sanft über meinen Hintern fährt. Das Öl ist warm und verwandelt meinen Körper in eine einzige erogene Zone. Ich erwarte fast, dass Coles Hände als nächstes zwischen meine Beine gleiten werden und er spüren wird, dass ich mehr als bereit für ihn bin, aber Cole widmet sich stattdessen hochprofessionell meinen Schenkeln.

Ich schnaube frustriert aus und höre, wie Cole lacht. Er verändert seine Position, um auch meine Unterschenkel und meine Füße nicht auszulassen. Es ist himmlisch, auch wenn meine pulsierende Mitte noch immer nach Erlösung schreit und ich mich am liebsten umdrehen würde, damit Cole seine Mission vergisst und mich endlich nimmt.

Ich spüre, wie er erneut seine Knie rechts und links neben meine Schenkel platziert und sich wieder meinem Po widmet. Seine Finger graben sich tief in mein Fleisch, kneten mich, streichen und gleiten dabei immer ein Stück näher an meine Spalte. Ich stöhne auf und winde mich unter Cole, recke mich ihm entgegen. Verlangen rollt wie eine unbändige Welle durch mich hindurch und lässt mich wimmern.

Cole fährt von meinen Pobacken die Schenkel hinab und aufreizend nah an meiner pulsierenden Mitte wieder hinauf. Mal streift er mich, dann lässt er mich wieder unerlöst, fast als würde er spüren, wann ich kurz davor bin zu kommen, und als wäre er nicht bereit, mich jetzt schon über die Klippe zu schicken.

»Cole«, quetsche ich rau hervor und stöhne auf, als er Erbarmen hat und mit seinen eingeölten Fingern vollständig zwischen meine Beine fährt. Er beginnt mich zu reiben und lässt schließlich seine Finger in mich gleiten. Ich keuche auf und die Lust bündelt sich bereits in meinem Unterleib, als Cole mich mit den Fingern nimmt. Es ist ein Glühen, das jede meiner Zellen ergreift, aber bevor ich komme, zieht er sich zurück.

Ich will seine Hand zurückfordern, aber bevor ich etwas unternehmen kann, stützt Cole sich neben meiner Hüfte ab. Ich höre den Reißverschluss seiner Jeans und spüre seinen harten Penis an meiner Öffnung. Ich halte den Atem an und warte darauf, dass Cole mehr tun wird. Seine Muskeln zittern, seine Spitze ist in mir, aber er gibt mir nicht mehr, und ich habe das Gefühl, jeden Augenblick vor unerfüllter Lust zu zerbersten. Ich war noch nie so verrückt nach einem Mann, noch nie so körperlich gefangen und voller Lust.

Endlich gibt Cole die Kontrolle ab und versenkt sich

mit einem Ruck in mir, der mir den Atem raubt und mich augenblicklich explodieren lässt. Ich komme in zitternden Wellen, die Cole reizen und ihn dazu bringen, sich in mir zu bewegen. Ich spüre, wie er sich vollständig zurückzieht, nur um dann erneut zuzustoßen.

»Ich wusste, ich würde das nicht überleben«, raunt Cole mir ins Ohr, und seine dunkle Stimme verursacht mir Gänsehaut.

Irgendjemand hat mal gesagt, jeder Orgasmus wäre wie ein kleiner Tod. Seitdem ich Cole kenne, verstehe ich, was damit gemeint ist. Ich habe das Gefühl, mich aufzulösen, und gleichzeitig fühle ich mich lebendig und vollkommen im Hier und Jetzt. Ein Hier und Jetzt, dass ich mit Cole teile. Ich schlinge meinen Arm um seinen Nacken und küsse ihn stürmisch. Ein verrutschter Kuss, weil er mich noch immer von hinten nimmt. Ein tiefes Knurren mischt sich in diesen Kuss und macht mich dermaßen an, dass jeder meiner Sinne erneut sensibilisiert ist.

»Ich will dich tiefer in mir«, flüstere ich. Es ist ungewohnt, meine Wünsche so direkt auszusprechen, aber Cole gibt mir nicht das Gefühl, als wäre das etwas Schlechtes oder Verwerfliches. Im Gegenteil. Er küsst meinen Nacken, meine Schulter und gleitet kurz aus mir, damit ich meine Position verändern kann. Ich drehe mich auf den Rücken und sobald er zwischen meinen Beinen kniet, schiebt er sich wieder in mich. Dann schlingt er einen Arm um meine Taille und hebt mein Becken an, um so tief in mich zu stoßen, dass er mich komplett ausfüllt. Ich schnappe nach Luft und stöhne verzweifelt auf.

Cole hält mich und nimmt mich, rau und hart, bis ich schließlich komme. Kurz darauf ergießt sich Cole in die

Nachbeben meiner Lust. Er bricht auf mir zusammen und lacht leise.

»Das war …« Er sucht nach Worten, während er sich von mir hinunterrollt und mich in seine Arme zieht. Ich kuschle mich an ihn und lege meinen Kopf auf seine Brust. Meine Hand streicht über seine Schulter, seinen Hals, die Bartstoppeln, in denen sich bei gutem Wetter die Sonne bricht, und schließlich küsst Cole meine Finger. Dann vergräbt er sein Gesicht in meinen Haaren und beendet seinen Satz: »… der Wahnsinn.«

Anstatt einer Antwort küsse ich ihn auf die Brust. Das alles hier ist der Wahnsinn. Einfach perfekt. Wir sind perfekt. Und alle anderen Probleme erscheinen mit einem Mal belanglos, klein und lösbar. Das müssen sie einfach sein.

# Kapitel 16

Ich bin allein zu Hause, und obwohl ich Cole vermisse, ist es vielleicht gar nicht schlecht, dass er heute Morgen nach San Francisco aufgebrochen ist, um Kleidung und Kleinkram, den er hier am Lake Tahoe braucht, aus seiner Wohnung zu holen. So komme ich wenigstens mal wieder dazu, meine Wäsche zu waschen, ein bisschen was im Haushalt zu erledigen und den bereits der Verwilderung anheimfallenden Garten auf Vordermann zu bringen. Ich zupfe gerade Unkraut aus den Beeten neben der Terrasse, als Evan über den Weg auf mich zukommt.

»Hi, Liz.«

Ich wische mir mit dem Unterarm die Haare aus der Stirn und richte mich auf. »Hi, Evan, was gibt es?«, frage ich überrascht, weil ich nicht mit ihm gerechnet habe. Er besucht mich fast täglich im Diner, aber nach Pinewood Meadows ist er seit unserem Gespräch über Harris & Sons nicht mehr gekommen.

Ich deute mit dem Kinn zum Tisch, auf dem kalter Eistee in einer Karaffe steht, und schlüpfe aus Hazels rotgepunkteten Gartenhandschuhen, die ich mir geliehen habe. Ich lege sie auf einen Stein am Beetrand. Dann folge ich Evan zum Tisch. Er hat bereits zwei Gläser gefüllt und hält mir eines entgegen. Ich nehme einen großen Schluck und genieße, wie der fruchtige Tee meinen Durst lindert und mich von innen kühlt.

»Wolltest du etwas Bestimmtes?«, frage ich, weil Evan bis jetzt nicht mit der Sprache rausgerückt ist, warum er hier ist.

»Wollen wir ans Wasser gehen?«, fragt Evan und fächelt sich mit seinem Shirt Luft zu. »Ist verdammt heiß heute.«

Am Wasser weht immer ein kleines Lüftchen, und man kann seine Füße in den eiskalten See tauchen. Ich nicke. »Gute Idee, ich könnte definitiv eine Abkühlung vertragen.« Ich puste geräuschvoll den Atem aus.

Gemeinsam gehen wir zum Strand hinunter. Ich wate bis zum Knie in den See und spritze mir etwas Wasser ins Gesicht. Es ist herrlich frisch.

Evan ist noch damit beschäftigt seine Schuhe auszuziehen und seine dunkle Leinenhose hochzukrempeln. Dann folgt er mir ins Wasser. »Das ist echt gut«, sagt er mit einem genießerischen Augenverdrehen.

»Wenn du das machst, siehst du Cole verdammt ähnlich«, necke ich ihn und handle mir damit eine Wasserfontäne ein, die meine Kleidung und meine Haare trifft.

»Das hast du nicht getan«, bringe ich lachend und keuchend hervor. Mein helles Shirt ist unangemessen durchsichtig, aber zum Glück trage ich einen Bikini darunter, weil ich eigentlich vorhatte, nach der Gartenarbeit schwimmen zu gehen. Anstatt mir also darüber Gedanken zu machen, gehe ich zum Gegenangriff über. Innerhalb von Minuten sind wir vollkommen durchnässt.

Evan beendet die Wasserschlacht, indem er seine Arme um mich schlingt und mich damit bewegungsunfähig macht. Ich lache immer noch glucksend vor mich hin, als mir bewusst wird, dass Evan mich todernst ansieht. Ich erstarre, weil er mir so nah ist, dass ich seinen Atem auf meinem Gesicht spüre.

»Er ist weggefahren, oder?«, fragt Evan rau, und ich weiß nicht, was ich erwidern soll, um aufzuhalten, worauf sich das hier unwiederbringlich zubewegt. Ich fand es immer gut, dass Evan den Kontakt zu mir gesucht hat. Ich dachte, wenn Cole und er sich schon nicht verstehen, könnte es nicht von Nachteil sein, wenn wenigstens wir uns anfreunden und die beiden dadurch vielleicht in der Zukunft eine Chance hätten, sich wieder anzunähern. Ich hätte nie gedacht, dass Evan etwas anderes in mir sehen könnte als Coles Freundin.

»Evan, nicht!«, quetsche ich an meinem stockenden Atem vorbei, aber Coles Bruder scheint mich gar nicht zu hören.

Er legt seine Lippen auf meine. Ich bin vollkommen überrumpelt und sekundenlang unfähig, etwas zu tun oder zu sagen. Ich dachte wirklich, wir wären nur Freunde. Und selbst wenn er mehr empfindet, muss ihm doch genug an seinem Bruder liegen, um diese Gefühle zu unterbinden.

Ich versteife mich und stoße Evan von mir. Wütend starre ich ihn an. Cole hatte recht, sein Bruder ist ein Mistkerl, der es fertigbringt, alles zu zerstören. Wie konnte ich nur auf ihn hereinfallen?

»Hast du sie nicht mehr alle?«, bringe ich zischend hervor. Ich wische mir mit dem Handrücken über den Mund und versuche mich loszumachen. Evan hält mich noch immer fest. Ich kann das Sehnen in seinen Augen sehen, spüre, wie er nach Worten sucht, die mich davon überzeugen könnten, dass das hier eine gute Idee ist. Ich will sie nicht hören, egal, was er zu sagen hat.

»Cole ist dein Bruder, und ich bin seine Freundin, verdammt nochmal«, erinnere ich ihn und entziehe mich ihm mit einem Ruck.

»Nicht dass ihn das je gestört hätte«, entgegnet Evan kühl, und ich zähle zwei und zwei zusammen.

»Holly«, keuche ich und sehe die Wut und den Schmerz in Evans Augen. Gedanken poltern durch mein Hirn, aber es gelingt mir einfach nicht, in Cole einen Menschen zu sehen, der seinem Bruder die Frau ausspannt.

»Ich will jetzt nicht über Cole sprechen«, sagt Evan leise. »Ich habe dich überrumpelt, und das tut mir leid.« Er klingt zerknirscht. »Es war …« Seine Hände formen sich zu einer hilflosen Geste. »Wir verstehen uns so gut, Liz. Nach Holly …« Er bricht ab und versucht es noch einmal. »Dich in meinen Armen zu halten – ich konnte einfach nicht anders.«

»Hör auf damit.« Ich schreie die Worte fast, so entsetzt bin ich von dem, was er sagt, von dem, was er in Bezug auf Cole andeutet.

»Lass uns über das hier reden, über uns.« Er macht einen Schritt auf mich zu, aber ich weiche unwillkürlich zurück.

»Es gibt kein uns«, bringe ich mühsam hervor. »Da ist nichts, Evan. Hör bitte auf.«

Aber Evan hört nicht auf. Er folgt mir tiefer ins Wasser. Er achtet nicht darauf, dass sich seine Leinenhose voll Wasser saugt. Er sieht nur mich an, und ich erkenne, was ich all die Wochen nicht sehen konnte oder wollte.

»Bitte, Evan. Ich liebe Cole!«, sage ich verzweifelt.

Evan lacht bitter auf. »Liebe? Du weißt nicht, wovon du sprichst.«

Er macht einige Schritte rückwärts, und ich sehe, wie meine Zurückweisung in ihm arbeitet.

»Du kennst Cole ja nicht einmal, Liz. Du weißt überhaupt nicht, wer er ist.«

»Man kann jemanden kennen, ohne alles über ihn zu

wissen. Ich liebe ihn. Ich bitte dich, Evan, geh jetzt, und wir vergessen, dass das hier jemals passiert ist.«

In dem Moment, als die Worte meinen Mund verlassen, weiß ich bereits, dass das nicht möglich sein wird. Ich werde mich immer daran erinnern, dass er mich geküsst hat. Das wird ewig zwischen uns stehen. Aber ich kann ihm aus dem Weg gehen, und ich werde Cole nichts erzählen, um ihr Verhältnis nicht noch mehr zu belasten. Das könnte funktionieren. Ich nicke, um mich selbst zu überzeugen, aber Evans Worte zerstören meine letzte Hoffnung, dieser Vorfall könnte unter uns bleiben.

»Das wird nicht gehen, Liz. Ich kann die Verbindung zwischen uns nicht einfach ungeschehen machen. Ich habe dir Dinge erzählt, die nicht einmal mein Vater von mir weiß, und glaub mir, der kennt die richtigen Leute, um praktisch alles über seine Söhne zu wissen.« Er sieht mich eindringlich an und schüttelt dann den Kopf. »Ich weiß nicht wieso, aber du hast mich verändert, und ich muss wissen, was das hier ist.«

»Das ist Freundschaft. Nicht mehr«, versuche ich verzweifelt, Evan von seiner fixen Idee abzubringen.

»Das sagst du, weil du Cole für einen Heiligen hältst, aber irgendwann wirst du merken, dass er zwei Gesichter hat. In dem Moment, in dem du einen Blick auf das zweite werfen kannst, wirst du dir wünschen, mich an deiner Seite zu haben. Im Gegensatz zu ihm habe ich dich nie belogen, war immer ehrlich zu dir. Ich habe dir geholfen, soweit es mir möglich war.« Er schüttelt den Kopf, schnalzt mit der Zunge. Einen langen Moment scheint er mit sich selbst zu ringen.

Ich begreife nicht, was er da sagt. Verstehe nicht, was hier gerade vor sich geht. Aber ich kann den Kampf in seinen Augen sehen. Traurigkeit und Liebe ringen mit kalter Wut.

»Ich rede nicht von der Rechnung, die zwischen Cole und mir offen ist. Ich rede davon, dass er dich hintergangen hat«, sagt er kühl, und die Worte hängen wie giftiger Rauch zwischen uns. Ich wünschte, ich könnte sie einfach überhören, aber sie sind ausgesprochen, und ich kann nicht so tun, als hätte Evan sie nicht gesagt.

»Cole lügt nicht«, flüstere ich heiser.

»Du kennst ja nicht mal seinen richtigen Namen«, setzt er nach. Die Kälte, die seine Worte begleitet, trifft mich. Er will verletzen. Will mich dafür bestrafen, dass ich seine Emotionen mit Füßen trete. Ich bin mir nicht sicher, ob er sich bewusst ist, dass mich das den Boden unter den Füßen verlieren lässt.

»Er heißt Cole Parker«, sage ich hilflos, aber Evan schüttelt nur den Kopf.

»Parker ist der Mädchenname unserer Mutter«, erklärt er tonlos. »Er hat ihn dir genannt, damit du nicht merkst, warum er wirklich hier ist.«

»Nein«, stammle ich. Meine Beine drohen nachzugeben, aber Evan fährt unbeirrt fort.

»Unser Vater heißt Will Harris und ist Inhaber und CEO der Harris & Sons Corporation. Unser Hauptsitz ist in New York, aber wir haben auch Zweigstellen in Chicago und San Francisco. Cole und ich sind seine Söhne und werden die Firma irgendwann übernehmen. Die Firma, die schon bald Pinewood Meadows kaufen wird, um ein Hotel darauf zu errichten.« Er lässt die Schultern hängen und fährt sich müde über den Nacken, als würde es ihm zwar leidtun, aber so, als wäre dieser Ausgang unumgänglich.

»Warum tust du das?«, flüstere ich kraftlos und klammere mich am Steg fest, der neben mir in das türkisfarbene Wasser führt. Alles scheint so zu sein wie immer, der Steg, die Bay mit ihrer malerischen Schönheit, nur mein Leben zerfasert gerade wie Morgennebel über dem See.

»Du solltest die Wahrheit kennen. Ich verstehe, dass das hart für dich ist«, sagt er leise. »Aber mir bleibt nichts anderes übrig, als mit offenen Karten zu spielen. Ich reiße das Pflaster mit einem Ruck ab. Ich würde dich nie anlügen, auch wenn die Wahrheit weh tut. Cole ist in dieser Gleichung nicht der Gute. Ich bin hergekommen, um meinem Bruder eins auszuwischen, das gebe ich zu. Das war neben dem Projekt der einzige Grund herzukommen. Er hat meine Freundin gefickt, und ich wollte es ihm heimzahlen, aber dann habe ich dich kennengelernt. Das hat alles verändert. Ich habe dir geholfen, als du mich darum gebeten hast, und ich werde es wieder tun. Ich helfe dir ein neues Haus zu finden, Liz, neu anzufangen. Ich werde dafür sorgen, dass der Preis, den ihr für Pinewood Meadows erhaltet, mehr als fair sein wird. Das ist alles, was ich für dich tun kann. Du kennst unseren Vater nicht. Wenn er sich etwas in den Kopf gesetzt hat, dann bekommt er es auch. Und er will die Halfmoon Bay. Deshalb hat er Cole hergeschickt.«

Ich schüttle den Kopf, weiche vor Evan zurück und wiederhole fassungslos, was bis eben die Realität war.

»Er liebt mich. Cole liebt mich.« Als würde es dadurch wahr werden. »Er würde mich nicht anlügen. Das zwischen uns ist echt.«

»Ist es nicht, und tief in dir drin weißt du das längst.«

»Ich hasse dich«, bringe ich hervor, und die Heftigkeit meiner Worte füllt den Raum zwischen uns. Sie lassen Evan zurückweichen. Ich hasse Evan, weil er mit seinen Worten zerstört hat, was meine Zukunft sein sollte. Das ist nicht fair, denn Zerstörung entsteht aus Taten, weniger aus Worten, und getan hat hier fairerweise nur Cole etwas. Ich schüttle den Kopf. Ich will nicht fair sein. Dafür bin ich zu verletzt, zu verwirrt, zu wütend. Vor allem auf mich selbst. Ich habe mich ihm und Cole geöffnet, und so wie es aussieht, wird mein dummes Herz mich mein Zuhause kosten.

»Verschwinde! Ich will dich nie mehr sehen«, schreie ich ihn an, und Evan zieht sich tatsächlich zurück. Uns trennen rund drei Yards voneinander, als Evan sich noch einmal umdreht. Verzweiflung liegt auf seinem Gesicht und ein feiner Schleier aus Wut.

»Er liebt dich nicht«, sagt er, und seine Stimme ist kalt. »Coles einziger Grund, hier zu sein, war, dich dazu zu kriegen, uns alle nötigen Informationen zu liefern, um diese Scheißbucht zu bekommen. Ich verstehe nicht, wie du zu ihm halten kannst, obwohl du nie mehr für ihn warst als ein verdammtes Projekt.« Mit den Worten dreht er sich um und schlägt mit der Faust gegen die Hauswand, bevor er mit zügigen Schritten um die Hausecke verschwindet.

Seine Worte sind wie der Schlag eines Riesen. Ich kann nicht atmen, nicht begreifen, nichts tun. Mein Körper gibt als Erstes auf. Ich sacke im knietiefen Wasser zusammen und ziehe die Beine eng an meinen Körper. Das eiskalte Nass umspült mich, aber ich spüre es kaum. Mir ist übel, und mein Brustkorb fühlt sich an, als würde er von einer Schraubzwinge zusammengequetscht.

Stundenlang sitze ich im Wasser und starre auf meine Beine. Die Haut ist bläulich verfärbt, ich zittere und das Gefühl ist aus meinen Extremitäten gewichen, aber ich bin nicht in der Lage aufzustehen. Mir ist klar, dass ich meine Schicht im Diner verpasst habe und meine Schwestern sich sicher Sorgen machen, aber ich kann nicht aufstehen. Ich warte, und ich weiß genau, worauf. Auf die Wut, die mich aus dieser furchtbaren Lähmung befreien wird, damit ich Cole dafür umbringen kann, dass er mir alles genommen hat, was ich liebe.

Amber schläft heute bei einer Freundin, und ich war noch nie so dankbar für Ambs perfektes Timing. Mein Handy zeigt elf verpasste Anrufe von Hazel. Grace hat ihr Telefon mal wieder zu Hause vergessen und sogar über die Nummer hat Hazel versucht, mich zu erreichen.

Ich öffne die letzte der zahlreichen Nachrichten, die Hazel mir außerdem geschickt hat. Sie macht sich Sorgen und hofft, dass ich nur mit Cole versackt bin, aber wenn ich mich nicht bald melde, würde sie Grace allein lassen, um mich zu suchen. Ich tippe eine eilige Entschuldigung in mein Handy, sage, dass ich heute nicht mehr kommen könnte, weil es einen Zwischenfall gegeben hat, und verspreche ihr später alles zu erklären.

Dann schäle ich mich aus den nassen Sachen und werfe sie achtlos vor die Waschmaschine, wo sich innerhalb von Sekunden ein kleiner See bildet. Ich beachte ihn nicht, schlüpfe in einen Kapuzenpullover und eine weite Hose. Beides fische ich von dem Stapel mit schmutziger Wäsche. Es ist mir egal, dass die Sachen nicht frisch sind. Schmutzig passt zu meinen Gefühlen und zu dem, was ich vorhabe. Ich ziehe mir meine Ballerinas an und lege den Weg mit dem Rad bis zum Molly's in Rekordzeit zurück.

Coles Wagen steht vor dem Bed & Breakfast. Ich wusste, dass er zurück ist. Er hat mir eine Nachricht geschickt, als er zurück war, und mir angeboten, mich später nach der Arbeit im Lakeshore Diner abzuholen.

Ich betrete das winzige Hotel und haste die Treppe hinauf, ohne Mollys Gruß zu erwidern. Vor Coles Zimmer bleibe ich kurz stehen und atme tief durch.

Ich klopfe und Cole öffnet mir fast sofort die Tür. Er sieht überrascht aus. »Was machst du hier? Müsstest du nicht im Diner sein?«

Sein Anblick bringt mich fast ins Straucheln. Wieso liebe ich ihn immer noch? Nach allem, was er getan hat? Ich sperre diese dummen Gefühle für ihn in einen tiefen Winkel meines Herzens und quetsche mich an ihm vorbei. Dabei weiche ich ihm aus, als er mich in seine Arme ziehen will.

»Hey, Babe.« Er kneift die Augen zusammen und schließt die Tür. Er ist besorgt, und ich würde ihn am liebsten schlagen, weil er so tut, als würde es ihn wirklich kümmern, wie ich mich fühle.

»Was ist los?« Er folgt mir durch das Zimmer, an dessen andere Seite ich mich geflüchtet habe. »Du siehst mitgenommen aus.«

Weil er mich mit einem Dreißigtonner überrollt hat. »Warum?«, stoße ich hervor. Nur dieses eine Wort bringe ich heraus, aber es reicht aus.

Ich sehe, wie Coles Blick starr wird, wie die Farbe aus seinem Gesicht weicht und er schließlich in sich zusammensackt. Er lässt sich am Schrank hinabgleiten und bleibt in einer halb gehockten Haltung sitzen. Seine Hände durchpflügen seine Haare.

»Was hat er dir gesagt?«, fragt er leise.

»Das weißt du genau!« Ich kann nicht fassen, dass er so ruhig bleibt, sich nicht verteidigt. Irgendwie hatte ich bis jetzt einen letzten Funken Hoffnung, es gäbe eine logische Erklärung für all das. Wie dumm von mir. Natürlich gibt es die nicht. Cole hat mit mir gespielt, und ich habe nicht nur mein Herz an ihn verloren, sondern auch Pinewood Meadows.

»Jetzt weiß ich, warum du nicht wolltest, dass Evan und ich Kontakt haben«, quetsche ich mühsam hervor. »Du hattest Angst, dass er dich verrät und du dein Projekt dann nicht länger vögeln kannst.« Tränen rinnen über meine Wangen, aber meine Stimme ist fest und viel zu hart. Meine Lippen prickeln und am Rande meines Sichtfelds zuckt Dunkelheit. Ich muss hier raus, bevor ich umkippe. Das darf nicht passieren, nicht in Coles Nähe. Diese Genugtuung gönne ich ihm nicht. Ich stolpere an ihm vorbei, aber Cole richtet sich blitzschnell auf und hält mich zurück.

»Lass mich los«, knurre ich und zerre an meinem Arm, aber Cole ist stärker.

»Geh nicht. Nicht so. Lass es mich bitte erklären. Liz, ich liebe dich.«

Das ist zu viel. Ich schlage gegen Coles Brust. So hart, dass er ein wenig das Gleichgewicht verliert und mich freigibt. »Wag es ja nicht, mir so etwas noch mal zu sagen«, brülle ich ihn an und schlage noch mal zu und noch mal.

Cole versucht nicht einmal, meinen Schlägen auszuweichen.

»Ich war nie mehr als ein Projekt für dich«, flüstere ich, als mich alle Kraft verlässt, und meine dumme Stimme bricht. Ich schlucke trocken und sehe ihm dann in die Augen. »Nie mehr, als die bescheuerte Gans, die dir und deinem Bruder alle nötigen Informationen gegeben hat, damit ihr euch mein Zuhause unter den Nagel reißen könnt.«

»Das kannst du nicht ernsthaft glauben, Liz.« Cole greift nach meiner Hand, und obwohl unsere Berührungen einem Kampf ähneln, legt Cole Zärtlichkeit hinein. Es wirft mich aus der Bahn, aber ich werde nicht noch mal so dumm sein, auf ihn hereinzufallen.

»Lass mich los«, zische ich ihm zu, aber Cole lässt nicht los.

»Hör mir zu«, fordert er und spricht erst weiter, als ich ihn ansehe. »Ich habe dir nie meine Hilfe angeboten, weil ich nicht wollte, dass du mir irgendwelche Informationen gibst. Es stimmt, ich bin hergekommen, weil ich dich ausspionieren sollte.«

Am liebsten würde ich ihm ins Gesicht spucken, als er das sagt. Ich will das alles nicht hören, aber Cole lässt mir keine Wahl.

»Das war der Plan, aber dann habe ich dich das erste Mal im Diner gesehen. Und ich wusste, noch bevor du mich geküsst hast, dass du etwas Besonderes bist.« Er zuckt die Schultern und etwas Verzweifeltes liegt in dieser Geste. »Das hier war nicht geplant. Ich habe nicht damit gerechnet, dass ich mich in dich und diesen Ort verlieben würde. Aber es ist trotzdem passiert. Hör mir zu, Liz, ich liebe dich.«

Ich schüttle den Kopf und kneife die Augen zusammen.

»Ich habe mich bemüht, Evan von euch fernzuhalten. Ich hatte Angst, dass er mich verrät. Ich wusste, dass er sich an mir rächen und uns deswegen auseinanderbringen wollte.«

»Wegen Holly?« Ich will es eigentlich gar nicht wissen, aber es zerreißt mich trotzdem, als Cole stumm nickt.

Es stimmt also. Er hatte etwas mit der Freundin seines Bruders. Ich bin mir nicht sicher, ob ich den Mann vor mir jemals gekannt habe.

»Aber noch viel mehr Angst hatte ich davor, dass er dir Informationen entlocken könnte, die dir und deinen Schwestern schaden würden. Seitdem wir zusammen sind, habe ich nichts anderes getan, als nach Alternativen zu Pinewood Meadows zu suchen. Ich habe versucht, mich von dir fernzuhalten, aber ich konnte es nicht. Ich habe dich belogen, was meinen Namen angeht, aber alles andere zwischen uns war echt.«

Ich lege meine Hände über seine und zwinge ihn, mich loszulassen. »Dein Name ist Harris?«, frage ich ihn kühl und sehe, wie Coles Kampf um mich erlahmt.

»Du hast mich belogen, mich betrogen, genau wie deinen Bruder. Ich kenne dich nicht und selbst wenn alles stimmt, was du gerade gesagt hast, werde ich durch deine Lügen mein Zuhause verlieren. Wir haben uns dadurch verloren. Ich werde jetzt gehen.«

»Nicht, bitte, Liz«, sagt er rau.

»Ich will dich nie mehr wiedersehen«, presse ich hervor, obwohl mir allein der Gedanke daran die Luft abschnürt. Ich stolpere einige Schritte rückwärts, stoße gegen das Bettgestell und haste dann aus dem Zimmer.

Auf dem Flur pralle ich fast mit Molly zusammen, die ganz offensichtlich gelauscht hat. Ich eile an ihr vorbei und höre, wie sie sich bei Cole erkundigt, was denn vorgefallen sei. Sie bekommt keine Antwort. Cole schließt mit einem Scheppern die Zimmertür und sperrt Molly damit aus. Er wird mir also nicht folgen, und ich hasse den illoyalen Teil von mir, der wünschte, er würde es tun und um uns kämpfen.

Ich laufe ziellos durch die Stadt. Alles in mir fühlt sich taub an. Mir ist kalt, und das liegt mit Sicherheit nicht an der Temperatur dieses Spätsommertags. Ich schlage den Weg zum Diner ein. Auch wenn es mir schwerfällt auszusprechen, was passiert ist, weiß ich, dass meine Schwestern und Greta mich auffangen werden, und ich brauche dringend jemanden, der meinen Sturz abbremst.

Als ich vor dem Diner ankomme, hindert mich eine kleine Menschentraube von Gästen daran einzutreten. Sie quellen aus dem Diner auf die Straße, wo Cole Evan gegen die Wand des Diners quetscht. Sein Arm fixiert seinen Bruder am Hals und macht Evan das Atmen schwer. Er ist bereits knallrot. Seine Adern an den Schläfen treten deutlich hervor, und ich verstehe nicht, wieso er sich nicht wehrt.

Ich bleibe wie erstarrt stehen. Grace taucht neben mir auf und sagt etwas zu mir, aber ich kann sie nicht verstehen. Ein verwaschenes Rauschen hängt wie ein Störsignal in meinem Kopf.

Gabriel und sein Bruder Brian, die Besitzer des Grocery Stores von gegenüber, schreiten schließlich ein.

»Jungs, hört auf. Das bringt doch nichts«, redet Gabriel, der ältere der beiden, auf Cole ein und als das nichts hilft, zerren sie Cole zu zweit von seinem Bruder weg.

»Ich bringe dich um«, brüllt Cole außer sich, während Gabriel und Brian ihn gemeinsam festhalten, die Arme auf den Rücken verdreht. Trotz dieser schmerzhaft aussehenden Haltung tobt Cole weiter. »Ich bringe dich um, hörst du mich? Ich mache dich fertig.« Pure Emotion bricht seine Stimme.

Evan ordnet seine Kleidung und atmet mehrfach tief durch. »Es ist zu spät«, stößt er hervor, aber da ist keine Genugtuung in Evans Stimme, nur eine schreckliche Leere. »Dad weiß Bescheid. Ich habe ihm die Unterlagen zugeschickt. Es gibt nichts, was ich noch tun kann.«

Ich schließe die Augen. Mein Herz setzt einen Moment aus. Wir drei wissen als Einzige, um was es geht, welche Tragweite Evans Worte haben.

Cole hört auf sich zu wehren und gibt Brian und Gabriel zu verstehen, dass er keinen Ärger mehr machen wird. Jegliche Spannung ist bei Evans Worten aus seinem Körper gewichen, und er wirkt nicht länger bedrohlich. Die kleine Menschenansammlung vor dem Diner löst sich auf, jetzt da keine Sensation mehr zu erwarten ist. Nur Cole, Evan, Grace und ich bleiben auf der Straße zurück. Die Sonne knallt auf den Asphalt zwischen uns und lässt die Luft flirren.

»Ich liebe sie«, höre ich Cole sagen, aber ich sehe ihn nicht an, weil ich Angst habe, was sein Blick in mir auslösen wird. Unsere Basis ist zerbrochen, und mir ist klar, dass sich etwas, das mit einer solchen Wucht zerschlagen wurde, nie wieder richtig zusammensetzen lässt, aber Cole kann mir noch immer gefährlich werden. Mein Herz wird erst sehr viel später kapieren, was mein Verstand mir zubrüllt.

»Es tut mir leid«, wiederholt Evan sich. »Komm, wir sollten verschwinden, bevor Liz den Leuten sagt, wer wir sind, und sie uns aus der Stadt jagen. Es ist vorbei.«

Und tatsächlich folgt Cole seinem Bruder. Evan startet den Wagen, und Cole verschwindet aus meinem Leben, wie ich es ihm befohlen habe.

Ich sehe ihm hinterher und habe das Gefühl, mein Herz würde zersplittern. Allein Graces Arme, die mich umgeben, halten mich davon ab, weinend auf dem Gehweg zusammenzubrechen. Sie fragt nicht, was passiert ist. Sie ist einfach da.

# Kapitel 17

Ich sitze auf dem Wohnzimmerboden, den Laptop auf den Beinen und suche im Internet nach Anhaltspunkten über den Verbleib von Onkel George. Das habe ich schon so oft getan. Bisher immer ohne Erfolg, und dennoch kann ich nicht aufgeben. Ich muss ihn einfach finden, wenn ich Pinewood Meadows nicht verlieren will.

Es ist drei Uhr nachts, und ich schreibe gerade eine Mail an eine ehemalige Mitarbeiterin meines Onkels, deren Adresse mir der neue Besitzer der Firma gegeben hat. Vielleicht hat sie eine aktuelle Telefonnummer von Onkel George, aber meine Hoffnung ist nach so vielen Fehlversuchen nicht gerade groß.

Um mich herum liegen sämtliche Unterlagen Pinewood Meadows betreffend und die Briefe von Harris & Sons, sowie Pläne zur Lösung des Problems, die ich auf Papier gekritzelt, wieder durchgestrichen und neu ausgearbeitet habe.

Ich nippe an einem Tee, der mich im Gegensatz zu Kaffee eventuell noch ein paar Stunden schlafen lassen wird, sobald ich die Mail abgeschickt habe. Ich lache tonlos auf und reibe mir über die Schläfen. Ich schlafe kaum noch, seitdem Cole und Evan Cooper Springs verlassen haben, und das ist ziemlich unabhängig von Kaffee oder Tee. Ich rede mir ein, dass allein die Sorge um Pinewood Meadows für die Schlafstörungen verantwortlich ist und nicht mein Herz, das sich noch immer an die Illusion von Cole klammert, die er geschaffen hat, um mich zu täuschen.

»Du bist immer noch wach?«, fragt Hazel, die mit einem Mal hinter mir auftaucht. Ich weiß, dass sich alle Sorgen um mich machen, aber ich werde das schon irgendwie überleben. Ich habe Moms und Dads Tod überlebt und die Sorge um Fi und Jake. Cole wird mich nicht kleinkriegen, immer vorausgesetzt, es gelingt mir, unser Zuhause zu retten. Ich habe das Gefühl, als würde ich alles überstehen, solange ich Mom und Dad in diesen Wänden nah sein kann.

»Es ist drei Uhr morgens«, sagt Hazel sanft und setzt sich dann mir gegenüber auf den Boden. Sie hebt einen Brief von Harris & Sons an und lässt ihn dann zurück auf den Boden segeln. Sie trägt ein rot gepunktetes Shirt und eine rosafarbene, sehr kurze Jerseyhose dazu, die ihre langen Beine betont.

»Kommst du denn weiter?«

Ich schüttle den Kopf und schnaube frustriert. »Es ist, als hätte er sich in Luft aufgelöst.«

»Cole oder George?«

Ich verdrehe die Augen. »Onkel George.« Ich knabbere an meinem Finger herum. »Cole kann bleiben, wo der Pfeffer wächst. Das ist mir egal.«

Hazel nickt und schüttelt dann den Kopf. »Ich bin vielleicht harmoniesüchtig, aber meinst du nicht, dass es gut wäre, noch mal mit Cole zu reden? Wie er dich angesehen hat, das war echt, und solange du das nicht mit ihm geklärt hast, wirst du nicht über ihn hinwegkommen.«

»Das ist nicht hilfreich, Haze.«

»Er kam mir einfach nicht wie ein besonders talentierter Schauspieler vor, und er hat bis zuletzt behauptet, dass er dich liebt.« Sie legt den Kopf schief.

»Wir kennen ihn nicht. Ich kann nicht beurteilen, wie talentiert er als Schauspieler ist oder nicht, aber im Grunde ist es auch egal. Selbst wenn er mich wirklich liebt, heißt er immer noch Harris.« Ich deute auf den Briefkopf der umliegenden Unterlagen. »Und hat mich die ganze Zeit belogen. Wie sollte ich das je vergessen.«

»Vielleicht hast du recht. Es fällt mir einfach schwer, dich so traurig zu sehen.« Hazel steht seufzend auf und streicht mir über die Haare. »Versuch noch ein bisschen zu schlafen. Es wird nicht besser, wenn du dich so kaputtmachst.« Sie drückt mir einen Kuss aufs Haar. »Ich helfe dir morgen früh, wenn du magst.«

Ich sehe ihr hinterher, wie sie die Treppe ins Obergeschoss hinaufläuft. Sie hat dieselbe kerzengerade, stolze Haltung wie unsere Mutter, die den Anschein erweckt, sie wäre eine Tänzerin. Dabei hat Hazel mit sechs Jahren nach nur drei Stunden in der Ballettschule erklärt, sie hätte absolut gar keine Lust darauf, sich so zu verrenken.

Ich stoße die Luft aus und versuche Cole aus meinen Gedanken zu vertreiben, aus meinem Herzen, aber das ist einfacher gedacht als getan. Selbst das Laufen hilft mir nicht dabei, ihn aus meinem Kopf zu verbannen. Früher konnte ich verlässlich den Kopf von allem freikriegen, wenn ich nur schnell und weit genug gelaufen bin. Jetzt erinnere ich mich an die vielen Male, wenn wir gemächlich nebeneinander liefen und Coles Arm von Zeit zu Zeit meinen berührte. Ich erinnere mich an die Momente, in denen wir lachend das Tempo erhöhten, bis wir am Ende der Strecke euphorisch und nach Luft schnappend in einen tiefen Kuss gefallen sind. Ich bin mit ihm zusammen high geworden, indem ich einfach nur gelaufen bin, indem ich ihn in mein Leben gelassen habe, und als wir am höchsten Punkt waren, hat er uns zum Abstürzen gebracht.

Tränen laufen lautlos meine Wangen hinab. Ich raffe die Papiere zusammen und lege sie als Stapel auf den Esstisch. Dann ziehe ich meinen weichen, hellgrauen Poncho mit dem rosafarbenen Muster am Rand von der Garderobe und laufe zum Steghaus hinunter. Ich kuschle mich in die Decken, vergrabe meine Nase tief in dem festen Stoff der Patchworkdecke.

Noch immer hängt der Geruch nach Mandelöl und Cole im Raum. Ich sperre für den Moment den Verlust aus und stelle mir vor, Cole würde hinter mir liegen, seine blonden Haare zerzaust, seinen Arm quer über die Brust gelegt, bereit mich zu umarmen, wenn ich ihn berühre, und mit diesem Bild im Kopf gelingt es mir schließlich einzuschlafen.

Meine Finger krampfen sich nervös um den Telefonhörer. Ich stehe im Hinterhof des Diners und nutze die ruhige Zeit kurz vor der Öffnung, um endlich Onkel George anzurufen. Gerade eben kam die lang ersehnte E-Mail, die mir eine Telefonnummer mit der Vorwahl von North Carolina gegeben hat. Ich will und kann keine Zeit verlieren. Es muss jetzt sein. Das Freizeichen ist klar und deutlich zu hören, genau wie die kratzige Stimme meines Onkels, als er endlich abnimmt.

»Carson«, sagt er und klingt dabei geschäftsmäßig. Obwohl wir uns so lange nicht gesprochen haben, erkenne ich seine Stimme sofort wieder. Vielleicht, weil sie Dads Stimme so sehr ähnelt.

»Hallo?«, fragt er ungeduldig, und mir wird klar, dass ich noch immer nichts gesagt habe.

»Onkel George«, sage ich unsicher. »Hier ist Elizabeth.«

Schweigen am anderen Ende der Leitung. Dann ein Seufzer. Mir rutscht das Herz in die Hose. Das kann nur eins bedeuten, und tatsächlich bestätigt Onkel George meine schlimmsten Befürchtungen.

»Ich kann mir denken, weshalb du anrufst. Es tut mir wirklich leid, mein Mädchen, aber ich habe den Schuldschein letzte Woche an diese Immobilienfirma verkauft. Sie haben mir verdammt gutes Geld dafür geboten.«

Ich sacke in mich zusammen und presse meine Hand vor den Mund.

»Warum hast du nicht vorher mit mir darüber gesprochen?«, frage ich erstickt. Ich kann es mir denken. Aus demselben Grund, aus dem er nach Moms und Dads Tod nicht einmal gefragt hat, ob wir Hilfe benötigen. George ist auf eine desinteressierte Weise nett, aber im Zweifelsfall dreht sich seine Welt um ihn und um niemanden sonst.

»Du weißt, wie das Leben ist, meine Kleine. Ich bin aus Florida weg, weil ich ’ne ziemliche Bruchlandung mit meinem Laden hatte. Hab hier neu angefangen, aber es reicht gerade so zum Leben. Dieses Geld ist der reinste Segen. Ich …«

Ich drücke meinen Onkel weg und starre sekundenlang auf das Smartphone, das in meinem Schoß liegt. Alles in mir fühlt sich taub an.

»Liz?«, ruft Greta von der Tür. »Kommst du?« Sie steht im Lichtkegel der Außenbeleuchtung und winkt mir fröhlich zu.

Ich reiße mich zusammen und lächle zurück. Sogar meine

Hand hebe ich und winke ihr zu, als wäre nicht gerade eben meine letzte Hoffnung zu Staub zerfallen. Meine Stimme hört sich an wie immer, während mein Innerstes kalt und leer ist. »Ich komme gleich.«

Ich brauche nur noch einen Moment, um mich zu sammeln, die innere Stimme abzustellen, die so laut schreit, dass ich mich wund und zerbrochen fühle.

Schließlich raffe ich mich auf und kehre zurück in den Diner, um Greta zu helfen. Niemand darf sehen, was ich gerade erfahren habe. Ich bin noch nicht bereit, meinen Schwestern zu gestehen, dass wir Pinewood Meadows verlieren werden.

Im Diner erwarten mich Hank und Greta bereits und mustern mich aufmerksam.

»Du solltest dir ein paar Tage frei nehmen«, brummt Hank. »Sonst laufen uns die Kunden weg. So mitgenommen wie du aussiehst, denken sie am Ende noch, es läge an meinen Kochkünsten.« Die Zärtlichkeit in seiner Stimme nimmt den Worten die Wucht. Er versucht auf seine ungelenke Hank-Art auf mich aufzupassen. Ich drücke ihm einen Kuss auf die Wange und wende mich Greta zu.

»Was gibt es?«, frage ich sie, weil sie noch immer aufgeregt durch die Gegend hopst, als wollte sie ihrem Kind einen Drehwurm verpassen.

»Heute Abend, Mädelsabend. Grace mischt Caipis, für mich gibt es Orangensaft, dazu ein Lagerfeuer, Amber singt uns was Hübsches, wir bestellen Pizza bei Travis. Eine super duper Liebeskummerablenkungsparty für dich.«

Ich sehe sie zweifelnd an, weil mir alles andere als nach feiern zumute ist, und das hat ausnahmsweise mal nicht nur mit Cole zu tun. Ich bin nicht sicher, ob ich eine Feier durchstehen werde, ohne zusammenzubrechen, aber trotzdem nicke ich. Diese Party ist wichtig und zwar nicht, weil sie mir dabei helfen wird, über Cole hinwegzukommen, sondern weil ich möchte, das sich meine Schwestern später an diesen Abend erinnern. Das wird keine Antiliebeskummerparty, sondern eine Abschiedsparty. Niemand außer mir wird es wissen, aber das macht nichts. So werden sich meine Schwestern immer an ein ausgelassenes letztes Fest in Pinewood Meadows erinnern.

# Kapitel 18

Ich reibe mir stöhnend über die Schläfen und lasse meinen bleischweren Kopf noch einen Moment auf dem Kissen liegen. Der gestrige Abend war schmerzhaft und gleichzeitig wunderschön, aber er hat mich nicht vergessen lassen, was ich verloren habe. Zusammen mit dem apokalyptischen Kater poltert diese schreckliche Wahrheit durch meinen Kopf.

Ich schließe die Augen, aber das macht es nicht besser. Ich rapple mich mit der Anmut einer Neunzigjährigen aus dem Bett und stolpere ins Bad. Zum Glück ist es nicht besetzt, was daran liegen könnte, dass es schon mitten am Vormittag ist. Hazel und Grace sind sicher schon im Diner. Ich habe kurz ein schlechtes Gewissen, weil ich eigentlich die Frühschicht gehabt hätte, aber ein Zettel von Grace an der Badezimmertür zerstreut meine Sorge. Sie besteht darauf, dass ich heute zu Hause bleibe und meinen Kater genieße. Sie hätten die Reste des Frühstücks auf der Terrasse für mich stehenlassen.

Sehr nett. Ich fühle mich elend. Selbst wenn Gretas Rezept, mich auf andere Gedanken zu bringen, gestern kurzfristig gut funktioniert hat, ist stocktrunken mit den Mädels zu singen definitiv keine praktikable Dauerlösung. Ich muss mir Gedanken machen, wie ich meinen Schwestern beibringen soll, dass wir keine andere Wahl haben werden, als umzuziehen. Bei dem Gedanken wird mir schlecht.

Ich stehe stöhnend auf, putze mir die Zähne und schlüpfe dann unter die Dusche. Für eine halbe Stunde bleibe ich regungslos unter dem heißen Wasserstrahl stehen, und tatsächlich fühle ich mich nach dem Abtrocknen wieder halbwegs wie ein Mensch. Ich schlüpfe in eine kurze Jerseysporthose und ein eng anliegendes Tanktop, eigentlich eines meiner Joggingoutfits. Nicht dass ich vorhätte, heute laufen zu gehen, aber allein der Weg auf die Terrasse, um etwas zu essen, fühlt sich nach einer sportlichen Herausforderung an. Da kann die richtige Kleidung auf jeden Fall nicht von Nachteil sein.

Draußen strahlt eine unbarmherzige Sonne vom wolkenlosen Himmel, und ich kneife die Augen zusammen, als ich mit meinem Kaffeebecher auf die Terrasse trete. Unbestimmt angle ich nach der Sonnenbrille, die ich mir auf dem Weg in die Küche ins Haar geschoben habe. Ich nehme mir einen verführerisch duftenden, weichen Sesambagel und kuschle mich auf einen der ausladenden Holzstühle. Ich schaue in den azurblauen Himmel, der sein Spiegelbild im See findet, und schrecke zusammen, als plötzlich ein Schatten meinen Sitzplatz verdunkelt. Mein Körper versteift sich, als ich sehe, wer da vor mir steht, und ich habe das unwillkürliche Gefühl, flüchten zu wollen. Stattdessen setze ich mich auf, kämpfe die Übelkeit herunter, die bei Evans Anblick übermächtig wird, und presse hervor: »Ich habe gesagt, dass ich dich nie wieder hier sehen will. Geh! Jetzt sofort!«

Es ist also so weit. Evan ist hier, um mir mitzuteilen, dass wir Pinewood Meadows an sie übergeben müssen. Ich hätte nicht gedacht, dass er extra herkommen würde, um seinen Sieg persönlich auszukosten. Auch wenn Cole immer wieder betont hat, dass Evan skrupellos ist, was das Geschäft angeht. Das ist selbst für Evans Verhältnisse widerwärtig.

»Darf ich mich setzen?« Er deutet auf einen der Stühle auf der anderen Seite des Tisches.

»Nein«, sage ich. »Verschwinde, es sei denn, du willst, dass ich die Polizei rufe!« Ich starre Evan an, weil ich nicht fassen kann, mit welcher Nonchalance er auftritt. Für einen Moment scheint er zu überlegen, ob ich wirklich die Polizei rufen würde. Er hat ja keine Ahnung, was ich gerade alles tun wollen würde. Da ist die Polizei zu rufen noch eine der nettesten Möglichkeiten.

Evan mustert mich und beschließt dann wohl, es darauf ankommen zu lassen.

»Liz, …«

»Verschwinde!«, wiederhole ich, und da er keine Anstalten macht zu gehen, stehe ich auf und will mich ins Haus zurückziehen, aber Evan erwischt meine Hand und hält mich zurück.

»Können wir reden? Nur kurz!« Sein Tonfall ist warm und überhaupt nicht überheblich oder siegreich.

»Worüber sollte ich mit dir reden wollen«, frage ich kühl.

»Darüber, dass ich ein Arschloch war, zum Beispiel.«

Ich widerspreche ihm nicht, bleibe aber stehen, anstatt mich von ihm loszumachen.

»Würdest du dich setzen und mir fünf Minuten Zeit geben?«

Ich zögere. Wieso zum Teufel zögere ich? Ich sollte die Polizei rufen und nie wieder mit dem Typen reden, der zusammen mit seinem Bruder versucht hat, mein Leben zu zerstören. Vielleicht ist es seine verdammte Ähnlichkeit mit Cole, die mich weich werden lässt oder Evans zurückhaltende Art, die vollkommen untypisch für ihn ist und mich neugierig macht, was genau er mir sagen will. Besser wäre hingegen, wenn der Umstand, dass ich mich setze, nichts mit einem der beiden Harris-Brüder zu tun hätte.

»Drei Minuten«, sage ich knapp. Ich will Gewissheit, wann Pinewood Meadows Geschichte sein wird. Die Warterei und der Schwebezustand zwischen vertrautem Alltag und der Möglichkeit, jederzeit unser Zuhause zu verlieren, haben mir in den letzten Wochen zugesetzt.

»Wir haben deinen Onkel George gefunden«, beginnt Evan. Das weiß ich bereits, aber es von Evan selbst zu hören, ist wie ein Schlag in den Magen. Ich schließe die Augen, und mein Herz pocht in meinem Hals. Abgehackt und stolpernd.

»Er lebt jetzt in North Carolina. Wir haben ihm den Schuldschein abgekauft.« Auch das wusste ich schon, aber jetzt wird die Bedrohung, unser Haus zu verlieren, so real wie ein Riese, der es sich auf meiner Brust bequem gemacht hat. Ich bekomme kaum Luft, und ein Zittern erfasst meinen Körper.

»Wann müssen wir raus sein?« Ich wünschte, meine Stimme würde fest klingen, kühl und überlegen, aber das Gegenteil ist der Fall. Sie zittert wie der Rest von mir.

Etwas berührt meine Hand. Ein Papier.

»Mein Verhalten war unverzeihlich.« Evan stellt den Salzstreuer auf das Dokument, das er mittig auf den Tisch gelegt hat. Ich kann nicht erkennen, was genau darauf steht, nehme aber an, dass es der neue Schuldschein ist, der den Grund und Boden, auf dem Pinewood Meadows erbaut wurde, schon bald zum Eigentum von Harris & Sons machen wird. Denn auslösen können wir die Summe nicht.

Ich sehe Evan an, weil ich nicht schwarz auf weiß sehen will, dass ihm Pinewood Meadows so gut wie gehört. Dann würde ich vermutlich vor seinen Augen zusammenbrechen, und diese Genugtuung ist das Letzte, was ich ihm gönne.

»Warum erzählst du mir das alles?« Meine Stimme wackelt.

»Ich habe noch zweieinhalb Minuten.« Er tippt ohne hinzusehen auf seine Uhr. »Also hör zu, in Ordnung? Cole hatte von Anfang an Bedenken, was diesen Ort anging. Er war dafür, dass wir am Dollar Point bauen, weil der verfügbare Grund dort noch nicht bebaut war. Er hat es Dad gut verkauft, meinte, es ginge ihm darum, den Beginn der Bauarbeiten möglichst schnell zu bewerkstelligen und Ärger mit Grundstücksbesitzern aus dem Weg zu gehen, weil diese immer zu Verzögerungen führen würden.«

Evan schüttelt den Kopf und lacht leise. »Mir war klar, dass er die Konfrontation mit euch vermeiden wollte. Cole ist so. Ein Mistkerl, wenn es sein muss, aber im Inneren hat er eine soziale Ader. Dad hat sich auf keine Diskussion eingelassen und Cole hergeschickt, um alles klarzumachen. Du kennst seinen ursprünglichen Auftrag.«

Er senkt den Blick und fährt dann fort. »Am Anfang hat Cole noch Nachrichten geschickt, dass alles nach Plan verläuft. Er hätte dich kennengelernt, und ihr hättet jetzt Kontakt. Irgendwann kamen nur noch Informationen, die vollkommen unnütz waren. Nichts, was man nicht im Netz über euch herausfinden könnte und was nicht längst in den Akten stand. Normalerweise hätte er das Projekt zu dem Zeitpunkt längst in trockenen Tüchern haben sollen. Du musst verstehen, dass Cole verdammt gut in seinem Job ist, auch wenn er nie mit dem Herzen dabei war. Es war untypisch für ihn, hier so herumzueiern. Deswegen bin ich ihm an den Lake Tahoe gefolgt.«

»Evan, ich will das nicht hören.« Coles Name allein bringt mein Innerstes zum Einstürzen. Tränen brennen in meinen Augen, und ich bin nicht sicher, wie lange ich sie noch zurückhalten kann.

»Bitte, nur noch einen Augenblick. Cole hat, nachdem er dich kennengelernt hat, überhaupt nicht an dem ursprünglichen Projekt, also an euch und der Halfmoon Bay weitergearbeitet, sondern sich ausschließlich um Dollar Point gekümmert, obwohl diese Alternative längst abgelehnt war. Er hat den Grundstückspreis verhandelt, Verträge aufgesetzt und mit einem unserer Architekten ein neues Modell erarbeitet, das Dad und mich davon überzeugen sollte, die Halfmoon Bay aufzugeben und voll in seine Dollar-Point-Idee einzusteigen. Dann hat er mir die ganze Scheiße gegeben. Das war an dem Tag, als wir mittags im Diner aneinandergeraten sind. Er hat mir gesagt, dass wir uns damit zufriedengeben sollen, weil er nicht zulassen würde, dass Harris & Sons euch Pinewood Meadows wegnimmt. Er wollte, dass ich verschwinde und Dad beibringe, dass er bei euch bleiben und langfristig ganz aus der Firma austreten würde.«

Er hat mich also tatsächlich nur belogen, mich aber nicht verraten, immer vorausgesetzt, dass das, was Evan sagt, der Wahrheit entspricht. Ich weiß nicht, was ich davon halten soll, aber mein zerschlagenes Herz erwacht bei dem Gedanken, dass Cole versucht hat, uns und Pinewood Meadows zu verteidigen.

»Nach der Sache mit Holly war mir egal, was er wollte. Schon allein deswegen bin ich nicht auf die Dollar-Point-

Alternative eingegangen. Außerdem ist Dollar Point in vielerlei Hinsicht interessant, aber es kommt nicht mit der Schönheit der Halfmoon Bay mit. Das brauche ich dir nicht zu sagen. Ich habe das Projekt in die Hand genommen und Cole gleichzeitig eins ausgewischt, indem ich Zeit mit dir verbracht habe.«

Evan schüttelt die für ihn ungewohnten Emotionen ab. »Das Ding ist, dass der See und ihr Carson-Schwestern nicht nur meinen Bruder verändert habt. Mir ist hier einiges klargeworden. Zum Beispiel, dass Holly es nie wert war. Ich dachte damals wirklich, ich liebe sie, aber das zwischen uns war nie wie das zwischen dir und Cole. Ich meine, sie hat bei erstbester Gelegenheit meinen besoffenen Bruder gevögelt.« Er lacht bitter auf. »Ich habe ihm die Schuld dafür gegeben, aber Tatsache ist, dass er an dem Abend nicht einmal mehr wusste, wie er hieß. Er war total betrunken. Sie hingegen wusste genau, was sie tat.«

Er bricht ab und fährt sich über das Gesicht. »Was ich sagen will, ist, dass ich Coles Gefühle und das, was da zwischen euch war, einfach nicht ernst genommen habe. Ich war auf Rache aus, dachte, er fände dich heiß und ich könnte es ihm endlich heimzahlen. Mir war nicht bewusst, was ich damit zerstöre.«

»Was soll ich damit anfangen, Evan?«, frage ich schwach.

»Ihm noch eine Chance geben. Ernsthaft, Liz, ich habe Cole so noch nie gesehen. Er hat sich mit unserem Dad überworfen. Er hat mich dazu gebracht, dasselbe zu tun, was wirklich eine Leistung ist, weil ich meinen Job liebe. Er ist am Ende, verlässt seine Wohnung nicht mehr und sieht aus, als wäre er Nebendarsteller in einem Zombiefilm. Ich mache mir Sorgen, und das ist an sich schon besorgniserregend, weil ich in der Regel ein gewissenloser Mistkerl bin.«

»Er hätte ehrlich zu mir sein müssen.«

Evan nickt. »Hatte er vor, und wäre ich kein Arschloch gewesen und hätte ihm mehr Zeit gegeben, hättest du es sehr bald von ihm erfahren. Er hat nur solange gewartet, weil er Schiss hatte, du könntest ihm nicht verzeihen, wer er ist und weswegen er ursprünglich hergekommen ist. Er wollte es dir sagen, sobald die Sache mit Dollar Point gesetzt gewesen wäre, weil er dachte, du würdest ihm dann eher verzeihen.«

Er hebt den Salzstreuer an und zeigt auf das Papier, das zwischen uns liegt. »Er ist ein so verliebter Trottel, dass er mich dazu gebracht hat, gemeinsam mit ihm den Schuldschein von deinem Onkel aufzukaufen und auf deinen Namen ausstellen zu lassen. Dad hat getobt, und ich fürchte, wir sind bereits enterbt, aber Will Harris wird sich mit Dollar Point zufriedengeben müssen. Die Halfmoon Bay gehört jetzt dir. Nur dir und deinen Schwestern.«

Ich habe das Gefühl, als würde die Zeit stillstehen, als er mir das Dokument ganz herüberschiebt. Ich sehe es an, aber es gelingt mir einfach nicht, den Umstand zu begreifen, dass Cole uns Pinewood Meadows geschenkt hat. Dass Evan ihm dabei geholfen hat, obwohl sonst jedes Wort der Brüder ein Kampf ist. Unser Zuhause war verloren, und jetzt liegt die Urkunde vor mir auf dem Tisch, und mein Name steht darauf.

»Warum hat er das getan?«, flüstere ich und atme in meine Hand, die ich vor meinen Mund geschlagen habe.

»Weil er dich liebt.« Evan verdreht die Augen, wie Amber es tut, wenn sie zu viel Gefühlsduselei als widerlich abtut.

»Und warum hast du dabei mitgemacht?«, frage ich.

»Warum ist mir schleierhaft, aber ich vermute, dass es etwas mit den Genen zu tun hat. Er ist nun mal mein kleiner Bruder. Vielleicht werde ich auch einfach alt und rührselig.« Evan grinst mich an, und ich weiß nicht, was ich sagen soll. Auch wenn Cole alles dafür getan hat, seinen Fehler wiedergutzumachen, hat er mich belogen und das Vertrauen zwischen uns zerstört. Ich bin nicht sicher, ob man einen solchen Bruch wieder beheben kann. Und dann ist da noch die Tatsache, dass er und Evan sich wegen des Schuldscheins mit ihrem Vater überworfen haben. Und so viel habe ich verstanden, wenn Evan etwas herunterspielt, ist es ernster, als er zugibt.

»Ich kann das nicht annehmen«, flüstere ich und kann nicht glauben, dass ich das gerade wirklich sage.

»Nicht?« Evan sieht mich verständnislos an. »Warum nicht?«

»Das ist zu viel Geld.«

»Zahl es Cole irgendwann zurück. Du hast ein Leben lang Zeit dazu und wenn ihr alt und grau seid und zusammen auf den Deckchairs in der untergehenden Sonne sitzt, die Enkelkinder auf den gichtverseuchten Knien, dann wirst du hierüber lachen«, sagt Evan gleichmütig. Für ihn sind solche Summen keine große Sache, für mich schon.

»Um so einen Betrag zurückzuzahlen, bräuchte ich drei Leben, und ich will Cole nichts schuldig sein.« Vielleicht weil ich nicht sicher bin, ob wir jemals wieder zusammen in der untergehenden Sonne sitzen werden. Ob wir eine Zukunft haben, nach allem, was passiert ist, auch wenn Evans Worte viel gerade gerückt haben.

Evan steht auf. »Liz, ehrlich, wenn du nicht kapierst, dass dich dieser Mann liebt, ist dir nicht mehr zu helfen.«

Ich senke den Blick, weil ich nicht will, dass Evan sieht, wie sehr auch ich Cole noch liebe und dass genau das das Problem ist.

Evan stößt frustriert die Luft aus. »Ihr seid echt so was von kompliziert, ihr beide«, brummt er. »Sollte Liebe nicht einfach sein? Mit Sternschnuppen und Engelschören? Bin ich froh, dass ich mit so 'nem Zeug nichts am Hut habe.« Er steht auf und tippt auf die Besitzurkunde. »Wenn du das Geschenk nicht haben willst, wirst du dieses Papier allerdings höchstpersönlich zurückbringen müssen. Ich habe keine Lust, mich von Cole umbringen zu lassen, weil er denkt, ich hätte das hier ebenfalls vermasselt.« Er lächelt und verschwindet dann ohne ein weiteres Wort um die Hausecke.

Ich sitze immer noch auf der Terrasse, als Hazel und Amber um die Hausecke biegen. Amber feuert ihren Rucksack ins Wohnzimmer und setzt sich mir gegenüber an den Tisch.

»Scheiße ist das heiß.« Sie fächelt sich mit dem schwarzen Tanktop Luft zu und streift sich eine ganze Armada an Ketten ab. Den Modeschmuck schmeißt sie auf den Tisch und legt dann den Kopf in den Nacken, damit die frische Brise vom See ihren Hals kühlen kann.

Hazel trägt die Einkäufe in die Küche, und nachdem sie sie eingeräumt hat, kehrt sie zurück auf die Terrasse und gibt mir einen Kuss, bevor sie sich setzt.

»Wie geht es dir und dem Kater?«

»Gut«, erwidere ich tonlos und schiebe ihr das Dokument entgegen.

Hazel setzt sich aufrecht hin und liest eine halbe Ewigkeit. Ich sehe, dass sie mehrfach neu ansetzt und es genauso wenig fassen kann wie ich.

»Wirst du es annehmen?«

»Was ist das?«, fragt Amber und reißt ihr den Schuldschein aus der Hand. Sie braucht nur Sekunden, bevor sie ausgelassen quietscht und aufspringt, um im Kreis zu tanzen. Sie schleudert ihre Bikerboots von den Füßen, und ich muss lachen, weil mich ihre unbändige Freude an ihre unbeschwerte Kindheit erinnert. »Natürlich nimmst du das an.« Sie überlegt kurz. »Ist das Schwestern-Blasphemie, wenn ich immer noch im Team Cole bin?«

Ich schüttle den Kopf und wende mich Hazel zu. »Ich weiß es nicht.«

»Was heißt hier, du weißt es nicht?« Amber tanzt mit der Urkunde in einem weiten Bogen an mir vorbei. »Ich tue sie in meinen Tresor, nicht dass du Dummheiten machst. Dein verletzter Stolz könnte ein ziemlich schlechter Berater sein«, sagt sie weise und verschwindet im Innern des Hauses.

»Sie hat recht«, sagt Hazel. »Ich verstehe, dass es dir schwer fällt, das von Cole anzunehmen, aber es geht um Pinewood Meadows.«

»Ich weiß«, flüstere ich leise. »Er war nicht hier. Evan hat die Urkunde vorbeigebracht und versucht, mir Coles Beweggründe zu erklären. Ich gebe ihr das Gespräch wieder und versuche so wenig wie möglich auszulassen. Hazel hört still zu, nickt, sagt aber nichts. Erst, als ich fertig bin, rutscht sie an den Rand ihres Stuhls und nimmt meine Hände.

»Eins steht fest. Er liebt dich, und die Frage ist, ob du ihm verzeihen kannst. Ich denke, du solltest zumindest darüber nachdenken.« Sie sieht mich eindringlich an. »Du warst doch glücklich mit ihm, oder?«

Glücklicher als jemals zuvor, betrunken vor Liebe und Freude, aber ich bin einfach nicht sicher, ob ich jemals werde ausblenden können, was alles passiert ist.

# Kapitel 19

Es ist spät, als ich aus dem Diner komme. Sam war heute da, und ich habe ihm nach der Schicht von Jake erzählt und von den Sorgen, die ich mir um ihn mache. Sam hat sich alles angehört, aber als ich ihn gebeten habe, bei unserem nächsten Gespräch dabei zu sein, hat er nur den Kopf geschüttelt. Er ist stur wie ein Esel, wenn es um seinen Sohn geht.

Ich stelle mein Fahrrad gegen die Hauswand, weil ich keine Lust habe, es in den Schuppen zu bringen. Ich atme tief den herben Geruch nach Pinien ein, bevor ich die Haustür öffne und fast über eine Reisetasche stolpere. Im Flur türmen sich drei weitere Taschen auf, dazu Jacken, ein ganzes Arsenal an Schuhen und eine prall gefüllte Proviantüte.

»Gut, dass du endlich da bist.« Grace begrüßt mich mit einem flüchtigen Kuss auf die Wange und hüpft freudig auf und ab. »Sie ist da. Es kann losgehen«, brüllt sie ins Obergeschoss.

»Was genau geht denn los?«, frage ich skeptisch, weil mir Graces überbordender Enthusiasmus um diese Uhrzeit etwas Sorge macht.

Amber und Hazel poltern aus dem Obergeschoss herunter und schnappen sich die Taschen.

»Wohin wollt ihr um Himmels willen?« Ich sehne mich gerade nur noch nach einer Dusche und meinem Bett.

»Wir fahren nach Frisco«, stellt Amber klar. »Das Arschloch besuchen.« Sie grinst zufrieden. Ich hätte ihnen nicht erzählen sollen, was Evan mir gesagt hat.

»Ich fahre nicht mit«, sage ich wenig überzeugend, aber meine Schwestern lassen sich sowieso nicht aus der Ruhe bringen. Sie beladen fröhlich durcheinanderschnatternd den Buick.

»Ich meine, was ist mit dem Diner?«

»Der ist in guten Händen«, erwidert Grace fröhlich. »Greta und Hank schaukeln das Schiff schon, und sie haben tolle Unterstützung.«

»Wen?«, frage ich fassungslos.

»Evan hat sich angeboten, als er gehört hat, dass wir Romeo und Julia wieder vereinen möchten. Evan als Kellner. Das würde ich so gern sehen. Wenn du also nicht willst, dass ich in den Diner abhaue und dich und die Mission Cole vergesse, steig endlich ein«, sagt Grace.

Hazel tritt neben mich, während Amber schon zu Grace in den Wagen krabbelt.

»Ich kann nicht mitfahren, Haze.«

»Doch, kannst du.« Sie nimmt mich in den Arm, und wie immer erinnert mich ihre sanfte Art, ihre Stimme, ja sogar ihr Geruch an unsere Mom. Für einen Moment fühlt es sich an, als wäre es sie, die mich umarmt.

»Du musst sogar. Du liebst ihn, und er liebt dich. An allem anderen kann man arbeiten. Er hat Scheiße gebaut, aber er hat auch für dich und uns und Pinewood Meadows gekämpft, obwohl das für ihn bedeutet hat, sich mit seinem eigenen Vater zu entzweien. Hättest du an seiner Stelle den Mut dazu gehabt? Fahr zu ihm und sprich wenigstens mit ihm. Wenn du es nicht einmal versuchst, wirst du dich dein Leben lang fragen, ob er vielleicht deine Zukunft war. Eins ist nämlich sicher. Ich habe dich noch nie so glücklich gesehen wie in den drei Monaten, die ihr zusammen verbracht habt.«

»Nur reden?«, frage ich schwach und verstehe nicht, wieso meine Schwestern so leichtes Spiel haben, mich von etwas zu überzeugen, von dem ich mir geschworen hatte, es nicht zu tun. Ich rutsche auf den Beifahrersitz und Grace startet den Motor.

»Sind wir überhaupt sicher, ob der Buick die Strecke schafft?«, frage ich und spiele so meinen letzten Trumpf aus, um diese Aktion doch noch abzubrechen.

»Zur Not trampen wir«, erwidert Amber fröhlich, und ich muss grinsen, weil sie das wirklich durchziehen würde und weil es sich seltsam gut anfühlt, nicht der Angst, sondern der Hoffnung nachzugeben.

Grace dreht das Radio auf, während sie den Wagen in Richtung Interstate 80 lenkt und Gary Allan mir entgegenbrüllt, dass jeder Sturm ein Ende hat. Meine Schwestern singen aus vollem Hals mit, und im Refrain formen meine Lippen ebenfalls die Worte, die voller Hoffnung sind, dass Liebe alles überstehen kann. Ich bin nicht sicher, ob das auch für mich und Cole gilt, aber bei dem Gedanken, ihn wiederzusehen, fühle ich mich das erste Mal seit Wochen wieder lebendig.

# Kapitel 20

Mein Herz schlägt so laut, dass ich die Klingel kaum höre, als ich tief durchatme und den Knopf drücke. Ich bin mit einem der Bewohner durch die Tür unten ins Haus geschlüpft und stehe jetzt vor Coles Wohnung. Das Treppenhaus ist mit blank poliertem weißen Marmor ausgelegt und unterstreicht genau wie die moderne Fassade den Wert der Immobilie. Ich weiß nicht einmal, was ich sagen soll. Ich muss einfach darauf vertrauen, dass sich alles Weitere ergibt, sobald wir einander gegenüberstehen. Hazel, Grace, Amber und ich sind mitten in der Nacht in San Francisco angekommen und haben übermüdet und trotzdem in vibrierender Ausgelassenheit unser Motel bezogen, das Amber im Internet ausfindig gemacht und gebucht hatte. Ein kleines, schäbig eingerichtetes Apartment mit vier Schlafgelegenheiten, das nach Putzmittel und alten Stoffen riecht. Ich habe wenig oder besser gar nicht geschlafen, und vermutlich sehe ich nicht wirklich begehrenswert aus. Trotzdem gibt es jetzt kein Zurück mehr.

Ich trete unruhig von einem Fuß auf den anderen, weil niemand öffnet und mir mit jeder Sekunde, die verstreicht, die Aufregung mehr und mehr die Kehle zuschnürt. Ich klingle noch mal, aber wieder herrscht nur Stille auf der anderen Seite der Tür. Warum bin ich tausend Möglichkeiten im Kopf durchgegangen, wie das Gespräch verlaufen könnte, habe aber nicht einen Gedanken daran verschwendet, dass er nicht da sein könnte?

Ich setze mich auf die Stufe vor seiner Apartmenttür und tippe eine Nachricht an meine Schwestern ins Handy, die zu einer Sightseeingtour aufgebrochen sind. Ich werde warten und später zu ihnen stoßen. Eine andere Idee habe ich nicht. Ich lehne meinen Kopf an die Tür und schließe die Augen.

»Miss, kann ich ihnen helfen?«

Ich muss weggedöst sein, denn ein kräftiger untersetzter Mann reißt mich aus dem Schlaf, indem er gegen meine Schulter tippt. Orientierungslos sehe ich mich um. Coles Apartment. Er war nicht hier, ist es noch nicht, und ich versperre dem Mann vor mir ganz offensichtlich den Weg in Coles Wohnung. Umständlich richte ich mich auf und lasse ihn durch. Vielleicht ist er ein Freund von Cole oder ein Bauarbeiter, der irgendetwas reparieren soll, denke ich mit einem Blick auf seine staubige Kleidung und den Gürtel mit Werkzeug, den er locker um die Hüfte trägt.

Er schließt auf, und vor uns tut sich ein sonnendurchfluteter Raum auf. Ähnlich einem Loft befinden sich Küche, Schlafbereich und Wohnraum in einem Zimmer. Nur das Bad scheint hinter der einzigen Tür der Wohnung versteckt zu sein. Auf der gegenüberliegenden Seite dominieren bodentiefe Fenster, die den Blick auf die San Francisco Bay freigeben. Der Anblick ist überwältigend, aber das ist es nicht, was mir den Atem nimmt. Die Wohnung ist leer. Nicht nur minimalistisch eingerichtet, sondern leer.

»Miss, kann ich ihnen helfen?« Der Typ sieht mich eindringlich an, versperrt mir den Weg in die Wohnung und ist sich wohl nicht sicher, ob ich das Recht habe, überhaupt in diesem Gebäude zu sein.

»Ich wollte zu Cole Harris«, bringe ich mit einem schiefen Lächeln heraus.

»Soviel ich weiß, hieß der Typ, dem die Wohnung vorher gehörte, so. Der hat das Ding zu einer ungehörigen Summe an meinen Arbeitgeber verkauft und ist weg.«

»Weg?« Meine Stimme kippt, und das Wort ist nur ein leises Fiepen.

»Ja, weg. Hat sich nicht bei mir abgemeldet. Keine Ahnung, wo der hin ist. War ein komischer Kauz, aber er hat mir seine Stereoanlage und den Fernseher überlassen, deswegen will ich nicht schlecht über ihn reden. 55 Zoll hat das Ding und die beste Auflösung. Wenn du damit Football guckst, ist es, als würdest du selbst auf dem Feld stehen.«

Ich nicke, obwohl ich ihm schon längst nicht mehr zuhöre. Cole ist weg, und er hat nicht einmal Evan eingeweiht. Wie also soll ich ihn jemals finden? Und da ist noch ein Gedanke, der mein Herz zusammenquetscht. Cole hat alle Verbindungen zu seinem alten Leben gekappt, und das lässt nur einen Schluss zu. Er will nicht gefunden werden. Nicht von Evan und auch nicht von mir. Das Gefühl, ihn unwiderruflich verloren zu haben, zerreißt mich.

Ich taste mich an der Wand entlang zur Treppe und reagiere nicht mehr auf den Typen mit Coles 55-Zoll-Fernseher. Tränen verschleiern meinen Blick, als ich auf die sonnendurchflutete Embarcadero Road stolpere und mich zittrig zum nahen Pier kämpfe, um mich zu setzen. Meine Beine schwingen über dem Wasser, und die Luft, die mein Gesicht streift, trägt Salz in sich. Ich höre den Lärm und das geschäftige Treiben von der anderen Seite des Piers. Hier auf der Rückseite eines Restaurants, das um diese Uhrzeit noch geschlossen hat, bin ich allein. Nur eine Möwe leistet mir

Gesellschaft. Ich bin hergekommen, weil meine Schwestern mich dazu überredet haben. Ich wollte Cole nie wiedersehen, und mein Wunsch scheint in Erfüllung gegangen zu sein. Dabei spüre ich jetzt, wo ich ihn für immer verloren habe, wie sehr ich ihn noch immer liebe.

# Kapitel 21

Seitdem ich zurück am Lake Tahoe bin, versuche ich mich damit abzufinden, dass Cole und ich Vergangenheit sind. Es gelingt mir nicht wirklich gut, aber ich rede mir ein, dass es besser werden wird. Irgendwann.

Evan betritt den Diner, und ich halte irritiert dabei inne, den Tresen abzuwischen. Ich hatte nicht angenommen, dass Coles Bruder noch immer am Lake Tahoe sein würde.

»Hi, Liz«, sagt er und schiebt sich auf einen der Stühle direkt am Tresen.

»Hi, Evan.« Ich bin noch nicht so weit, dass ich komplett vergessen kann, was er und sein Bruder getan haben. Andererseits sind die beiden der Grund dafür, dass ich nie wieder Angst um Pinewood Meadows haben muss. Ich schenke ihm ein kleines Lächeln und schiebe ihm wortlos eine der Speisekarten zu, aber Evan beachtet sie gar nicht.

»Du warst in San Francisco?«, fragt er, obwohl klar ist, dass er die Antwort bereits kennt.

Ich nicke und versuche das Gefühl der Leere beiseite zu schieben, das sich sofort wieder in mir breitzumachen versucht.

»Mein Bruder hat seine Wohnung verkauft und alle Zelte in Frisco abgebrochen.« Evan zeigt auf sein Handy. »Dad hat es mir mitgeteilt. Er macht sich Sorgen, auch wenn er es nie zugeben würde, und mir geht es ähnlich.«

Was will Evan von mir hören? Dass ich mir ebenfalls Sorgen mache? Dass ich wünschte, ich hätte noch einmal mit Cole sprechen können, um herauszufinden, ob wir noch eine Chance gehabt hätten, trotz allem, was passiert ist?

»Warum bist du hier, Evan?«

»Weil es hier den besten Kaffee der Stadt gibt«, sagt er augenzwinkernd und wird dann ernst. »Und weil ich sehr gern hier bin. Ich hoffe wirklich, dass du mir irgendwann vergibst und es wieder so wird wie vor dieser Sache. Ich könnte eine gute Freundin gebrauchen, wenn ich hier am See neu anfange.«

Ich bin überrascht, dass Evan vorhat, ausgerechnet hier seinen Neuanfang zu versuchen. Andererseits ist dies der Ort, der ihn und Cole verändert hat. Ich bin noch unsicher, wie ich das finden soll. Immerhin wird er mich tagtäglich an das erinnern, was ich verloren habe. Trotzdem gebe ich mir einen Ruck. »Unseren Kaffee zu loben ist ein guter Anfang.«

Evans Mundwinkel verziehen sich zu einem Grinsen. Unsere Freundschaft bedeutet ihm wirklich etwas, das kann ich spüren, und irgendwo unter den Zentnern an Enttäuschung, die noch immer in mir brodeln, geht es mir genauso.

»Liz?«, reißt mich Evans Stimme aus meinen Gedanken, die wie immer bei Cole stranden. »Eigentlich bin ich nicht nur wegen des Kaffees hier.« Er hält kurz inne und sieht mich dann direkt an. »Cole hat mir geschrieben.«

Adrenalin pulsiert durch meine Adern. Cole hat sich gemeldet, was bedeutet, dass er zumindest wohlauf ist und dass Evan eine Möglichkeit hat, ihn zu erreichen.

»Er hat eine neue Nummer«, erklärt Evan und schiebt mir sein Handy über den Tresen zu. »Allerdings hat er das bescheuerte Telefon seit seiner Nachricht ausgeschaltet.«

Zitternd nehme ich Evans Handy in die Hand und starre auf den Bildschirm.

*Die Redneckschleuder und ich tauchen einige Zeit unter. Mach dir keine Sorgen. Cole,* steht da. Das ist alles.

Ich reiche Evan das Handy zurück und gieße ihm Kaffee nach. »Er ist also weg«, fasse ich zusammen und schaffe es nicht, die Enttäuschung in meiner Stimme zu verbergen. Ich weiß nicht, worauf ich gehofft hatte. Vielleicht darauf, dass er uns noch nicht aufgegeben hätte. Resigniert stoße ich die Luft aus.

Evan nickt. »Ich hoffe nur, dass er dieses Mal nicht wieder so lange wegbleibt. Während seines Sabbatjahrs war er ewig unterwegs. Der einzige Ort, an dem er länger geblieben ist, war …«

»… Cannon Beach«, flüstere ich, und eine Idee macht sich in meinem Kopf breit. Die Chance ist minimal, aber es ist eine Chance.

Evan merkt, dass ich ihm nicht mehr zuhöre, klopft lächelnd auf den Tisch und verlässt dann den Diner, während mein Herz wie verrückt gegen meine Rippen schlägt. Es ist das erste Mal seit einer Woche, dass ich nicht nur funktioniere, sondern das Gefühl habe, es gäbe wieder eine Perspektive, die nicht grau in grau ist. Und das nur, weil es eine vage Annahme gibt, wo Cole sich eventuell aufhalten könnte. Während ich noch überlege, warum das überhaupt keine gute Idee ist, packt mein Herz bereits die Koffer.

»Hey, was geht?«, fragt Amber, die kaugummikauend zu mir hinter den Tresen kommt, ihren Rucksack in die Ecke pfeffert und die Kühlung nach einer kalten Limonade durchforstet.

»Du siehst aus, als hätte Evan dir gerade irgendetwas Unanständiges zugeflüstert.« Sie deutet auf meine Wangen, in denen adrenalingeschwängertes Blut pulsiert.

»Das ist längst aus der Welt geräumt«, weise ich meine kleine Schwester zurecht. »Und das weißt du. Er und Cole haben Fehler gemacht, aber das ist passé.«

»Weil Cole das alles sehr romantisch wieder geradegebogen hat«, erinnert mich Amber und zeigt wieder einmal, dass sie uneingeschränkt im Team Cole spielt. Ich bin nicht sicher, ob ich ihr von den neuesten Entwicklungen erzählen sollte, solange ich nicht weiß, was ich mit Coles Nachricht anfangen soll.

»Also, was hat Evan gesagt?« Amber stützt sich auf der Theke auf und trinkt die halbe Flasche Seven Up in einem Zug aus.

»Es könnte sein, dass Evan mich auf eine Idee gebracht hat, wo Cole sein könnte«, gebe ich vorsichtig zu und verstehe nicht, seit wann ich Amber mein Gefühlschaos zumute.

»Und warum bist du dann noch hier?«, fragt Amber.

***

Grace, Hazel und Amber haben ein Lagerfeuer gemacht, das noch leise glimmt, als ich mich nach der langen Schicht im Diner an den Strand der Halfmoon Bay setze. Meine Schwestern sind im Haus und alle Lichter bereits gelöscht, obwohl es erst kurz nach elf ist. Der Geruch nach gerösteten Marshmallows liegt in der Luft und beschwört Kindheitsbilder herauf. Obwohl keine von uns besonders auf die klebrige Süßigkeit steht, essen wir sie immer noch regelmäßig, weil Mom und Dad sie früher immer mit uns geröstet haben.

Den ganzen Tag habe ich über Ambers Worte nachgedacht. Ich werde morgen früh mit meinen Schwestern sprechen und nach dem Frühstück aufbrechen, um das absolut Bescheuertste zu tun, zu dem mein Herz mich je gebracht hat. Ich lege neue Holzscheite auf und sehe zu, wie das Feuer krachend Tausende von Funken in den Abendhimmel entlässt, während sich eine prickelnde Vorfreude in mir breit macht. Ich werde Cole suchen. Ich werde ihn finden und dann hoffentlich die richtigen Worte, damit wir noch eine Chance haben.

Ich setze mich nah an die warmen Flammen in den Sand. Ein von Wind, Wasser und Sonne gegerbter Baumstamm dient mir als Rückenlehne. Ich ziehe die Beine an meinen Körper und sehe über das Wasser, als plötzlich jemand hinter mir leise »Hi« sagt.

Mein Körper reagiert eher als mein Hirn auf die Dunkelheit und den rauen Klang von Coles Stimme. Für einen Moment habe ich Angst, dass ich mir nur einbilde, er wäre hier, weil er seit meiner Entscheidung, ihn zu suchen, in jedem meiner Gedanken ist, aber das warme, vertraute Gefühl, das bei seinem »Hi« meinen Körper flutet, kann keine Einbildung sein.

»Hi«, flüstere ich zurück, und mein Herz setzt sekundenlang aus, als sich Coles breiter Oberkörper tatsächlich in mein Sichtfeld schiebt. Seine Haare sind länger geworden, sein Gesicht schmaler. Sein Blick ist ernst, als er kurz abwartet und auf mein Einverständnis wartet, ob er sich setzen darf. Ich nicke sanft, und er lässt sich unmittelbar neben mir auf dem Sandboden nieder.

Ich würde ihn am liebsten umarmen, ihm die Haare aus der Stirn streichen und ihn küssen, bis er mir dieses verrutschte, perfekte Grinsen schenkt, das jeden meiner Gedanken zum Erliegen bringt. Ich will in seinen Armen liegen und nichts anderes tun, als seinen Herzschlag zu spüren, auch wenn das so denkbar unkritisch ist, dass ich mich selbst nicht wiedererkenne.

Ein schmaler Streifen Sand trennt unsere Körper, und ich vergrabe meine Hand in den feinen Körnern, weil ich mir verbiete, ihn zu berühren. Erst müssen wir reden, die Dinge aus der Welt schaffen. Ich muss wissen, dass Cole dasselbe fühlt wie ich, bevor ich meinem Herzen erlaube, weiter für ihn zu schlagen. Eine Weile sitzen wir stumm nebeneinander, bevor Cole leise zu sprechen anfängt.

»Du wolltest mich nie wiedersehen, und das zu respektieren war das Einzige, was ich nach allem, was ich falsch gemacht habe, noch tun konnte. Ich habe es wirklich versucht, wollte mit dem Wagen die Küste hochfahren wie früher, aber ich konnte es nicht.« Er sieht mich an, und unsere Blicke treffen sich.

»Ich verstehe, dass du Zeit brauchst, und ich verspreche, dass ich versuchen werde, sie dir zu geben, aber ich kann uns nicht aufgeben.« Er fährt sich durch die Haare, und in dieser Geste liegt die gesamte Verzweiflung, mit der er es versucht hat.

»Ich habe wirklich Mist gebaut. Das weiß ich, und ich erwarte nicht, dass du das jemals vergisst, aber vielleicht kannst du mir irgendwann verzeihen und mir noch eine Chance geben. Es tut mir leid, Liz. Ich hätte dich nie belügen dürfen.«

»Evan hat mir alles erzählt«, flüstere ich, und meine Stimme zittert. Tränen schwimmen in meinen Augen. »Auch, was du für uns getan hast, nachdem du uns verlassen hast.«

Cole bricht den Blickkontakt mit mir ab und sieht auf den See hinaus. »Ich habe gar nichts getan«, stößt er gepresst hervor. »Das Land hat schon immer euch gehört. Jetzt ist einfach alles, wie es sein sollte.« Er richtet seinen Blick wieder auf mich. »Fast alles«, sagt er leise. »Und um den Rest werde ich kämpfen, solange es nötig ist.«

»Ich war in San Francisco«, gebe ich leise zu. »Und ich wollte morgen zum Cannon Beach fahren, um dich dort zu suchen.«

»Wieso?«, fragt er, und seine Stimme vibriert.

»Was meinst du denn, du Dummkopf?« Ich sehe ihn an und wage den Sprung, für den ich vorher nie den Mut aufgebracht habe. »Ich liebe dich«, flüstere ich so leise, dass ich mir einreden kann, dass es mich nicht allzu angreifbar macht. »Und ich bin genau wie du ziemlich erfolglos darin, dagegen anzukämpfen.« Ich hebe meine Hand aus dem Sand und berühre vorsichtig Coles Wange. Sandkörner verirren sich in seine Bartstoppeln, als ich über seine Haut streiche. Er schließt seine Augen und hält den Atem an, als ich seine Lippen berühre. »Du hattest mich schon nach dem Hi«, flüstere ich und überwinde die Distanz, die uns trennt. Der Moment, als Cole seine Arme um mich legt, mich an seinen Körper zieht und immer wieder »ich liebe dich, Liz« sagt, ist wie ein Nach-Hause-Kommen, und sein Kuss zeigt, dass er mich nie wieder gehen lassen wird.

Als wir uns schließlich voneinander lösen, kuschle ich mich eng an Cole, und wir sehen eine Weile stumm auf das Wasser der Halfmoon Bay hinaus. Coles Hand streicht durch meine Haare, als er schließlich zögernd beginnt, zu erzählen.

Es fällt Cole sichtlich schwer, die Ereignisse und seine Rolle darin in Worte zu fassen, und ich würde ihm am liebsten sagen, dass es nicht nötig ist, aber das wäre gelogen. Es ist wichtig, nicht nur die Bruchstücke der Geschichte zu kennen, sondern die ganze Geschichte. Cole lässt nichts aus, nicht die kleinste Einzelheit. Er spricht über seinen Vater, seinen ursprünglichen Auftrag, über die Sache mit Holly, über alles. Er zögert ab und an, als hätte er Angst, dass seine Worte meine Meinung doch noch ändern könnten, aber er bricht nicht ab.

Ich höre ihm stumm zu, erlebe den Schmerz des Verrats noch einmal, aber dieses Mal ist er schwächer, denn ich weiß jetzt, wie es wirklich war.

Cole hat Fehler begangen, aber er liebt mich, und er hat aus Liebe zu mir sein komplettes Leben umgekrempelt. Er hat Pinewood Meadows gerettet und sich dafür mit seinem Vater überworfen. Das ist der einzige schwarze Fleck in Coles Geschichte, der bleibt. Er lässt den Streit mit seinem Vater in seinen Erzählungen aus, und ich respektiere, dass er nicht darüber reden will. Ich kann mir in etwa vorstellen, wie schlimm die Konfrontation gewesen sein muss.

Es ist bereits kurz nach zwei Uhr nachts, als Cole schließlich endet. Ein milder Sommerwind streicht über unsere Haut, und Wellen lecken am Ufer. Das Lagerfeuer ist ausgegangen, und um uns ist es dunkel und still.

Cole löst seine Umarmung und umfasst meine Hände. Ich habe zwar in seinen Armen gelegen, aber er hat mich während der gesamten Zeit nicht angesehen.

Jetzt tut er es und im schwachen Schein des Mondlichts sehe ich unverstellte Liebe in seinem Blick. Liebe und Sorge.

Ich sehe auf unsere ineinander verschränkten Hände und dann wieder Cole an. »Ich wusste das alles schon«, sage ich leise. Ich zucke mit den Schultern. »Okay, nicht alles, aber fast, und ich wäre trotzdem morgen früh in Richtung Cannon Beach aufgebrochen.« Ich habe mich für ihn entschieden, und diesen Entschluss werden auch seine Worte nicht ändern.

Cole nickt. »Durch diese Sache wird es trotzdem nie wieder so sein wie vorher, oder?« Er senkt den Blick und schiebt mit seinem Fuß Sand zu einem Hügel zusammen.

Es ist ungewohnt, Cole so unsicher zu sehen. »Ich kann nicht versprechen, dass uns diese Sache nicht wieder einholt, aber wer sagt, dass es so sein muss, wie vor alledem? Wieso konzentrieren wir uns nicht einfach auf jetzt? Du bist hier, und ich bin hier, und ich für meinen Teil bin gerade sehr glücklich.«

Wieder nickt Cole, und ein Grinsen huscht über sein Gesicht. »Ein Jetzt, mit dir, hier.« Er wiegt den Kopf hin und her. »Hört sich verdammt verlockend an.«

Ein leises Prickeln durchzieht mich, und ich rücke näher an Cole heran. Ich habe mich so sehr nach ihm gesehnt, war zu lange von ihm getrennt.

Ich platziere einen sanften Kuss unterhalb seines Kinns. Einen weiteren direkt daneben und ganz in der Nähe noch einen, aber bevor ich die Stelle an seinem Hals erreichen kann, an die ich mich so gerne schmiege, dreht Cole sich zu mir und verschließt mir mit einem langen Kuss den Mund. Erst sind da nur seine Lippen, voller Zärtlichkeit und Wärme, aber dann dringt seine Zunge sanft in meinen Mund vor.

Ich schiebe mich auf Coles Schoß und ertrinke in der Nähe zu ihm, die endlich wahrhaftig ist, weil nichts mehr zwischen uns steht. Keine dunklen Flecken, keine Ungewissheit, nichts, das unausgesprochen geblieben ist. Und ich falle in seinen Kuss, bis ich es nicht mehr aushalte und das

Spiel seiner Zunge herausfordere. Der Baumstamm in Coles Rücken schirmt uns so weit vom Haus ab, dass wir ungestört sind, und ich lasse meine Hände unter sein Shirt wandern, ertaste seine perfekten Muskeln, seine Haut, während unsere Küsse stürmischer werden.

In einer fließenden Bewegung streift Cole mir das Shirt über den Kopf und löst dabei nur für den Bruchteil einer Sekunde seine Lippen von meinen. Der Sommerwind streichelt meinen Oberkörper. Cole tut es. Er zieht mich enger an sich, und ich spüre seine Härte, während Coles abgehackter Atem gegen meinen prallt.

»Ich liebe dich, Liz«, flüstert Cole dicht an meiner Haut und lässt dann seine Lippen über mein Kinn und das Dekolleté bis zu meinen Brüsten wandern.

Ich spüre, wie er den Stoff des BHs zwischen seine Lippen nimmt und meine Nippel dadurch streift. Ich stöhne leise auf und lege den Kopf in den Nacken. Über mir funkelt ein Meer aus Sternen, das es so nur am Lake Tahoe gibt, und ich habe das Gefühl, vor Glück platzen zu müssen.

Cole befreit meine Brüste und wirft den BH achtlos neben uns in den Sand, bevor er seine Lippen um meine Nippel schließt. Seine Zunge fährt immer wieder über meine Spitzen, während ich in die Sterne sehe, meine Hände in seinen Haaren vergrabe und ihn eng an mich presse.

Ich fühle mich wie einer dieser Himmelskörper, die am Firmament verglühen, als Cole mich anhebt und sanft unter sich dreht. Der Sand der Halfmoon Bay wärmt meinen Rücken und Coles Atem, seine Lippen, sein starker Körper den Rest von mir.

Er streift mir Rock und Höschen ab und ich helfe ihm dabei, sein Shirt loszuwerden, die Jeans zu öffnen und sie mitsamt der Boxershorts an seinen Beinen hinabzuschieben. Als wir komplett nackt sind, schiebt Cole sich erneut über mich. Die Hitze seines Körpers setzt mich in Flammen, als er sanft in mich eindringt. Er verharrt tief in mir und streicht mir liebevoll die Haare aus dem Gesicht, die der Wind sofort zurückweht. Es ist ein unmögliches Unterfangen, das Cole trotzdem nicht aufgibt, während er mich unentwegt ansieht und ganz langsam beginnt, sich in mir zu bewegen. Wir lassen uns Zeit, genießen einander, jede winzige Berührung, ohne uns auch nur eine Sekunde aus den Augen zu lassen, und mir ist vollkommen klar, dass ich gerade dabei bin, mich vollständig in Cole zu verlieren. Haltlos und unumkehrbar, und es fühlt sich keine Sekunde erschreckend, beängstigend oder gar falsch an. Wir gehören einfach zusammen. Und als die Lust über uns beide hereinbricht und uns mit sich fortreißt, versiegelt Cole diese Erkenntnis mit einem tiefen Kuss, der mein Herz endgültig raubt.

# Epilog

Es klingelt, als wir gerade alle beim gemeinsamen Frühstück auf der Terrasse sitzen. Greta ist so hochschwanger, dass ich immer ein wenig Angst habe, sie könnte plötzlich und spontan ihr Kind auf unserer Terrasse bekommen. Bis zum errechneten Geburtstermin sind es nur noch drei Wochen, und sie hat mittlerweile gehörig die Nase voll vom Schwangersein. Ich glaube, dass ein Großteil ihrer Unzufriedenheit auch daher rührt, dass ihre Mutter ihr das Leben zur Qual macht, seitdem sie wieder bei ihren Eltern eingezogen ist.

»Es ist Cole«, sagt Amber in dem Moment, als Cole hinter ihr auftaucht. Sie hat aufgehört, ihn Arschloch zu nennen, was ich als gutes Zeichen werte.

Cole lässt sich mit einem Stöhnen neben mich auf einen der Deckchairs fallen. Ich kann mich einfach nicht an das Gefühl gewöhnen, dass er in mir auslöst, einfach nur weil er da ist. Das wird nur durch seine Lippen auf meinen getoppt und durch seine Berührungen und … Ich stoppe den Gedanken, bevor ich noch rot anlaufe. Mit einigen Sekunden Verzögerung beugt er sich zu mir herüber und küsst mich nicht halb so unschuldig, wie es im Beisein meiner Schwestern angebracht wäre.

»Cole«, ermahne ich ihn lachend und schiebe ihn von mir. Er stöhnt erneut und verdreht die Augen, als würde ich ihn durch meine abweisende Art umbringen.

»Evan?«, frage ich und habe echt Mitleid mit ihm. Evan und er sind in Sierra Shores eingezogen, einem luxuriösen Blockhaus einige Meilen nördlich von South Lake Tahoe, das direkt auf die Klippen gebaut wurde und über einer privaten Sandbucht thront. Diese Art Brüder-WG ist absolut sinnvoll, wenn man bedenkt, was Sierra Shores an Miete kostet, aber Evan ist bestimmt kein einfacher Mitbewohner. Manchmal scheint es, als wäre es derzeit Evans einziger Zeitvertreib, Cole zu ärgern.

»Er braucht dringend einen Job oder eine Frau oder was weiß ich.« Cole fährt sich über das Gesicht. »Er trägt jetzt Vollbart und hat sich Flanellhemden gekauft, weil er meint, das gehört sich als echter Hinterwäldler so. Er macht mir wirklich Angst.« Ich muss lachen, versuche es aber hinter meiner Hand zu verstecken.

»Heute Morgen hat er außerdem das komplette Warmwasser verbraucht, was eigentlich nur möglich ist, wenn er die Dusche die ganze Nacht hat laufen lassen. Dann hat er den letzten Kaffee ausgetrunken und ist mit meinem Wagen los.«

Erst jetzt fällt mir auf, dass Cole seine Laufsachen trägt. Er ist hergejoggt, weil ihm sein Bruder die Redneck-Schleuder entwendet hat. Ich muss lachen, verstecke das aber so gut es geht hinter einem Kuss.

»Ja, ja, amüsier dich ruhig. Ist ja auch nicht dein Wagen«, brummt Cole und nimmt dankbar einen Becher mit frischem Kaffee von Amber entgegen. »Danke, Ambs. Wenigstens eine hier, die Mitleid hat.«

»Ich schenke dir später all mein Mitleid«, sage ich leise.

»Boah, hier sind Minderjährige am Tisch.« Amber tut so, als müsste sie sich übergeben. Wenn sie etwas tun soll, ist sie

Meisterin darin, mich zu überhören, aber Dinge, die nicht für ihre Ohren bestimmt sind, bekommt sie grundsätzlich mit.

»Gewöhn dich dran, Ambs. Ich bin verrückt nach deiner Schwester und sehr ungeduldig, wenn es um mein verdientes Mitleid geht«, sagt Cole mit einem amüsierten Blitzen in den Augen und packt mich. Über die Schulter gelegt, trägt er mich zum Steghaus. Ein heißes Ziehen durchläuft mich, auch wenn ich quietschend und wenig überzeugend protestiere.

»Ekelhaft«, höre ich Amber hinter uns herrufen, aber Cole lässt sich davon nicht beirren. Und auch nicht davon, dass Hazel und Grace ebenfalls sehen, wie er mich sexyneandertalermäßig in das Steghaus verfrachtet.

In dem Moment, als er mich im Inneren absetzt, verschließt er mir mit einem stürmischen Kuss den Mund. Sein Körper ist eng an meinen gepresst und seine Finger wandern über meine Schenkel zu meinem Hintern. Seine Lippen verschließen das leise Stöhnen, das mir seine Zunge entlockt. Ich vergrabe meine Hände in seine blonden Haare und lache in die Haut seiner Schulter, als er seine Lippen von meinen löst, um meinen Hals zu erobern.

»Sie wissen, was wir hier drin tun.«

»Und?«, fragt Cole, ohne seine Lippen von meiner Haut zu nehmen. Er hält inne und sieht mich zärtlich an. Dann nickt er, nimmt meine Hand und zieht mich zurück vor die Tür in den Sonnenschein. Er setzt sich an das Ende des Stegs und zieht mich neben sich, so dass meine Schwestern sehen, dass wir nicht im Häuschen übereinander hergefallen sind. »Besser?«

Ich nicke, obwohl mein Körper vor Erregung summt und

ich mich nach seinen Berührungen sehne. »Sehr anständig.«

»Das ist zwar nicht halb so leicht wie es aussieht, weil meine Beherrschung echt angekratzt ist, aber ich bemühe mich, ganz brav zu sein«, flüstert Cole mir zu, und ich mag, wie das Lachen seinen Körper schüttelt.

Ich drehe mich zu ihm und ziehe ihn am Kinn zu mir, um ihm einen langen Kuss zu geben. »Sie fahren gleich in die Stadt, um für Amber ein Kleid für den Sommerball zu suchen.«

»So lange halte ich auf keinen Fall durch. Nicht ohne eine Abkühlung«, sagt Cole, rutscht nach vorn und lässt sich mitsamt seiner Kleidung in den See fallen.

Ich lache und schüttle den Kopf. »Du bist verrückt.«

Cole tritt vor mir Wasser, obwohl er an dem Punkt des Sees bequem stehen könnte. Dann würde ich auch mehr von seinem süchtig machenden Körper sehen. Ich versuche unserem Zusammensein zumindest für den Moment eine andere Richtung zu geben und frage: »Wisst ihr beide schon, was ihr jetzt machen wollt?«

Cole und Evan sehen sich nach einem neuen Tätigkeitsfeld um, aber bisher ist noch nicht sicher, in welchem Bereich sie ihren geschäftlichen Neustart wagen wollen. Sie sind jetzt hochoffiziell aus der Firma ihres Vaters ausgetreten. Sie haben nie wieder mit Will Harris gesprochen, und ich weiß, dass es sowohl Cole als auch Evan zu schaffen macht, mit ihrem Vater gebrochen zu haben, obwohl sie das Gegenteil behaupten. Die Abfindung, die ihnen die Anwälte ihres Vaters zugestanden haben, und die Ersparnisse, die sie sowieso schon besaßen, sind ein Polster, das ihnen Zeit lässt, sich etwas Neues zu überlegen. Ich frage das also weniger wegen der Finanzen, sondern eher, weil den beiden ihre Arbeit fehlt und Evan den Anschein erweckt, als sollte er dringend wieder etwas zu tun haben. Sie sind Workaholics, die es nicht gewohnt sind, monatelang die Hände in den Schoß zu legen.

»Wir gucken uns verschiedene Möglichkeiten an«, sagt Cole, und sein Atem kräuselt die Wasseroberfläche. »Es gibt Einiges, das uns ziemlich gut gefällt, aber noch ist nichts entschieden.« Er richtet sich im Wasser auf und kommt so nah an den Steg heran, dass ich die Kühle seines Körpers spüre.

»Wenn ihr euch nicht bald entscheidet, wird Evan dich zu Tode nerven«, gebe ich zu bedenken und entlocke Cole damit ein Grinsen.

»Ich lasse mir etwas einfallen.« Mit einem Ruck zieht Cole an meinem Bein, so dass ich das Gleichgewicht verliere und mit einem Platsch neben ihm im Wasser lande. Die Kälte presst die Luft aus meiner Lunge, und als ich japsend wieder auftauche, umfängt mich Cole mit seinen starken Armen und drängt mich, noch immer atemlos, gegen die Pfeiler des Stegs. Er küsst mich, und in dem sanften Druck seiner Lippen auf meinen liegt weniger Erregung als vielmehr Liebe, Zärtlichkeit und das Versprechen auf eine gemeinsame Zukunft hier am Lake Tahoe.

Mia Williams
**Pure Desire – Nur bei dir**
**(Eine Pure-Desire-Story)**

Liz und Cole erleben nach dem Trubel der letzten Monate einen Moment der Zweisamkeit in San Francisco. Aber während sie die Atmosphäre der Küstenmetropole genießen, braut sich über dem Lake Tahoe eine Katastrophe zusammen. Hank, Koch und gute Seele des familieneigenen Diners am See, verletzt sich schwer. Liz muss nicht nur um sein Leben fürchten, sondern auch um die Existenz des Restaurants. Zusammen mit ihren Schwestern und ihrer großen Liebe Cole muss sie schnell eine Lösung finden…

*Eine prickelnde E-Novella für alle Fans der Pure-Desire-Serie*

E-Book

Weitere Informationen finden Sie auf
*www.fischerverlage.de*

AZ 10-490997/1

Mia Williams

**Pure Desire – Zwischen uns**

Band 2

Fiona führt ein atemloses Leben zwischen Partys und bedeutungslosen Affären weit weg von ihrem Zuhause am Lake Tahoe – alles, um die schmerzhaften Erinnerungen an den Tod ihrer Eltern zu vergessen. Doch nun muss sie zurück an den See, um den American Diner ihrer Familie zu retten. Da ist ihr der heiße Bad Boy Evan eine willkommene Ablenkung, und die beiden stürzen sich in ein leidenschaftliches Abenteuer. Fi nimmt sich fest vor, dass es auf gar keinen Fall mehr werden darf. Denn eigentlich will sie doch bald wieder weg...

*Der zweite Band der aufregenden „Pure Desire"-Serie*

304 Seiten, Klappenbroschur

Leonie Lastella
**Brausepulverherz**
Roman
Band 03546

Jiara lebt eigentlich in Hamburg, jobbt aber den Sommer über in einer Trattoria an der italienischen Riviera. Ihr ansonsten so strukturiertes Leben steht Kopf, als sie Milo trifft. Naja, von einem „Treffen“ kann hier nicht die Rede sein, eher von einer Explosion, einem Tsunami, einem Feuerwerk. Nein, Letzeres wäre dann doch zu kitschig. Sofort ist da dieses Knistern und Kribbeln. Nur manchmal fühlt es sich eher an wie viele kleine Stromschläge – so grundverschieden sind die beiden. Und eigentlich darf das alles nicht sein: Jiara hat einen Freund, ein Leben und eine Zukunft in Hamburg – oder?

Ein Roman über die große Liebe, die einen trifft wie eine Explosion und die die Welt aus den Angeln hebt!

fi 03546 / 1

Leonie Lastella
**Nordsternfunkeln**
Roman

Als Juna zum ersten Mal nach acht Jahren auf Bosse trifft, ist da sofort wieder diese explosive Anziehungskraft. Eigentlich wollte sie nie mehr einen Fuß nach Amrum setzen. Zu groß ist das Loch, das die Ereignisse von damals in ihr Herz gerissen haben. Das Loch, das Bosse dort hinterlassen hat. Doch Juna ist gezwungen, auf die Insel zurückzukehren. Und Bosse ist noch da. Es hat keinen Tag gegeben, an dem er nicht an sie gedacht hat. Aber neben den Gefühlen, die wieder zwischen ihm und Juna aufbrechen, lauert noch der alte Schmerz, der beide in einen wahren Herzseilakt stürzt.
Ein bezaubernder Liebesroman, der Herzen stolpern lässt – mitten hinein ins Glück.

560 Seiten, broschiert

Weitere Informationen finden Sie auf
*www.fischerverlage.de*

AZ 596-29910/1